dtv

In der Stadtkirche von Zungen an der Nelda wird zu Füßen der Marienstatue eine Blutlache entdeckt: Ein Serientäter kündigt damit seine brutalen Frauenmorde an. Der Künstler und ehemalige Kommissar Alexander Swoboda, der in der Kirche ein Fenster neu gestalten soll, wird gegen seinen Willen in die Ermittlungen hineingezogen. Die Fundorte seiner Opfer gibt der Mörder in rätselhaften Videospielen preis. Der Schlüssel zu deren Lösung liegt offenbar in Dantes Dichtung ›Die Göttliche Komödie‹.

Swoboda begreift, wie sich die Gegenwart des Todes mit einer Bluttat in der Vergangenheit verbindet – und bringt mit der Aufklärung der Mordserie das Geheimnis einer einflussreichen Familie ans Licht.

Gert Heidenreich, geboren 1944 in Eberswalde, lebt in der Nähe von München. Sein literarisches Werk umfasst Romane, Theaterstücke, Essays und Lyrikbände. Er wurde u. a. mit dem Adolf-Grimme-Preis und dem Marieluise-Fleißer-Preis ausgezeichnet und erhielt 2013 den Bayerischen Filmpreis und 2014 den Bundesfilmpreis in Gold für das Drehbuch, das er gemeinsam mit Edgar Reitz für dessen Film ›Die andere Heimat‹ verfasst hat. Zuletzt erschienen seine Erzählung ›Die andere Heimat‹ sowie ›Der Fall‹, die Geschichte von Alexander Swobodas viertem und letztem Fall.

Gert Heidenreich

Mein ist der Tod

Kriminalroman

dtv

Ausführliche Informationen über
unsere Autoren und Bücher
www.dtv.de

Von Gert Heidenreich sind bei <u>dtv</u> erschienen:
Abschied von Newton (12875)
Der Geliebte des dritten Tages (12941)
Die Steinesammlerin von Etretat (13573)
Im Dunkel der Zeit (13713)
Das Fest der Fliegen (14055)

2015 dtv Verlagsgesellschaft mbH & Co. KG, München
Lizenzausgabe mit Genehmigung des Verlages Langen*Müller*
© 2012 Langen*Müller* in der
F. A. Herbig Verlagsbuchhandlung GmbH, München
Umschlagkonzept: Balk & Brumshagen
Umschlagfoto: plainpicture/Ute Klaphake
Druck und Bindung: Druckerei C.H.Beck, Nördlingen
Gedruckt auf säurefreiem, chlorfrei gebleichtem Papier
Printed in Germany · ISBN 978-3-423-14390-5

Inhalt

Betretet nun die Stadt, in deren Mauern
das Leiden wohnt und endlos Klagen hallen.
Doch wird um diese Seelen keiner trauern.
Dante, Commedia, Hölle, III. Gesang

I

Das Marienherz

EIN WUNDER!
Der Schrei der Frau hallte über den Platz vor der Aegidiuskirche und flog über die Dächer der kleinen Stadt. Die Bewohner von Zungen an der Nelda waren an diesem Freitag
auf ein Wunder so wenig vorbereitet wie auf ein Erdbeben.
An der Barockfassade der Kirche hielten sich noch die
Lichtfarben des Sonnenaufgangs, die im Himmel schon
vergangen waren.
Die Frau in einem dünnen, grauen Kleid hatte sich ihre
rote Strickjacke um den Kopf geschlungen, die Ärmel
schwangen vor ihrem Gesicht hin und her, während sie mit
geschlossenen Augen am Fuß ihres langen Schattens über
die Platten aus Sandstein tanzte, als hielte es sie nicht mehr
am Boden.
Sie hatte das Herz der Schmerzensmutter in der Kirche blu-
ten sehen.
Ein paar Halbwüchsige auf ihrem Weg zum Eichendorff-
Gymnasium am Ludwigsbühel lachten über die Tänzerin,
die Arme und Gesicht zum Himmel hob und unablässig
mit schriller Stimme verkündete:
Ein Wunder! Oh, die Güte des Herrn! Ein Wunder!
Die Schüler liefen schneller am Kirchenportal vorüber, als
sei ihnen die hysterische Tänzerin unheimlich, und verlie-

ßen den Platz, der aus längst vergessenen Gründen Kranzplatz genannt wurde.

An diesem Aprilmorgen, der als Beginn eines Albtraums in
die Geschichte des Ortes eingehen sollte, wies der Himmel
blaue Löcher im Wolkengrau auf, während über dem Horizont ein unerklärlicher Streifen von Dunkelheit stand, so,
als hielte sich dort ein Rest der Nacht.

Die von Gottes Güte Beglückte schrie weiter, sah hinter ihren geschlossenen Lidern das Licht himmlischer Freude,
hob die Hände zur Anbetung, drehte sich schneller, verfing
sich plötzlich in den Schlingen ihrer Schritte, stolperte, die
rote Strickjacke flog vom Kopf und fiel zu Boden. Die Frau
taumelte, stand einen Augenblick still, sank auf ihre nackten Knie, legte die Hände zum Gebet aneinander und ver-
harrte in ihrer Andacht.

Ein Jogger, an der Westseite der Kirche von der Prannburg
herunterkommend, erreichte den Platz und lief auf die
Kniende zu. Er streifte seine Kapuze zurück, legte seine
Hände an die Schultern der Frau und hob sie langsam auf,
umarmte sie und hielt sie fest. Auffällig an dem jungen
Mann in der üblichen schwarzen Joggerkleidung war seine
Frisur: Schläfen und Nacken waren hoch geschoren, das
schwarze Haar darüber nur als gelockter Ring erhalten, in
dessen Mitte der Kopf kahl rasiert war. Diese römische
Tonsur gab seinem hageren Gesicht das Aussehen eines
mittelalterlichen Mönchs. Wer sich in der Kirchenge-
schichte auskannte, wusste, dass die auffällige Haartracht
seit dem siebten Jahrhundert allen Geistlichen vorgeschrie-
ben war. Rund tausendvierhundert Jahre später wirkte sie
bei dem jungen Mann befremdlich, und hätte er die Frau,

8

die kurz zuvor in Ekstase auf dem Kranzplatz getanzt hatte, nicht so behutsam in den Armen gehalten, wären Passanten, die jetzt über den Platz liefen, misstrauisch geworden und stehen geblieben. Sie schienen aber nicht beunruhigt zu sein oder wussten vielleicht, dass es sich bei dem Paar um Mutter und Sohn handelte:

Frank Züllich hielt seine Mutter Verena fest und sprach beruhigend auf sie ein.

Sie hatte sich das Wunder in der Kirche nicht eingebildet. In der ersten Apsis links vom Altarraum zog sich über den himmelblauen Mantel der fast menschengroßen Marienfigur aus dem siebzehnten Jahrhundert ein Blutfaden und speiste eine kleine Pfütze zwischen den rosa lackierten nackten Füßchen. Seit jeher hatte die Maria vom Brennenden Herzen an einer silbernen Halskette ihr Glasherz getragen. Jährlich am Karfreitag wurde das Licht darin entzündet und nach Christi Himmelfahrt wieder gelöscht. Doch nun hatte sich die rubinfarbene Öllampe vor der Brust der Gottesmutter in einen dunkel glänzenden Muskel verwandelt, der zu trocknen begann.

Und Verena Züllich, gerade neunundvierzig geworden, verwitwet und mit ihrem Sohn Frank in einem kleinen Haus am Höllacker gegenüber der Brauerei Sinzinger lebend, täglich von Schnäpsen, nächtlich von einer, oft zwei Flaschen Wein getröstet, fühlte sich gebenedeit unter den Weibern.

Maria war Fleisch geworden und hatte sie auserwählt, den Menschen das Zeichen zu verkündigen.

Dieser Frühling trug kein neues Leben, sondern neuen Tod in die Stadt, die seit fast einem Jahrtausend für ihre Insellage zwischen den Flüssen bekannt war: Zungen an der Nelda – so auf den Karten verzeichnet, obwohl der Fluss, der den Stadtnamen schmückte, erst am spitzen Ende ihrer Halbinsel beginnt.

Dort vereinigen sich zwei Flüsse, die Mahr und die Mühr, zur rascher strömenden Nelda. Man hat es in Zungen seit jeher für ein gutes Zeichen gehalten, dass die beiden Flüsse die Stadt in den Winkel ihres Zusammentreffens aufgenommen haben, als trügen sie ihre langsam treibende Vergangenheit hierher, um sich vor der Nordspitze der Altstadt zu einem Fluss der Zukunft, eben jener schiffbaren Nelda, zu vermengen.

Auf der Halbinsel hielten Gasthäuser sich leidlich am Leben, die Menschen in den kleinteiligen Bürgerwohnungen schienen langsamer zu leben als anderswo, und obwohl die Stadt mit ihren fünfzigtausend Einwohnern einige Anstrengungen unternommen hatte, Touristen anzulocken, machte Zungen den Eindruck, als webe hier eine geschlossene Gemeinschaft ihre Tage abseits der Welt und sei mehr von der Geschichte der Steine bestimmt als von dem Wunsch, an der Gegenwart teilzuhaben.

Man konnte auch sagen: Zungen an der Nelda war eine nette, selbstgerechte und unumkehrbar überalterte Stadt, deren Bürger mehrheitlich an Phantasiearmut litten. Sie hatten geschlummert, als jenes Blutwunder in der Aegidiuskirche geschah, das dann am Morgen die unglückliche Verena Züllich zu ihrem Tanz auf dem Kranzplatz veranlasste.

Bald nach der Verkündung des Herzblutens hatten sich vor dem Nebenaltar Schaulustige eingefunden, zwei Frauen knieten vor der Madonna, ein kleiner Junge legte, von der

10

Mutter beauftragt, blühende Himmelsschlüssel an der heiligen Blutpfütze zwischen Marias Füßchen ab. Hinter dem Kind drängten sich mehr und mehr Neugierige und Gnadenbedürftige, streckten die Hälse, gierten nach einem Blick auf das Mysterium und fotografierten es mit ihren Mobiltelefonen. Einige machten auch Bilder von der fast zwei Meter langen Arche Noah, die von Kindern zum Weltnaturschutztag gebastelt und seitlich vom Altar vorerst stehen geblieben war, weil keiner wusste, wohin mit ihr und den darin versammelten Teddybären, Plüschhasen und anderen Kuscheltieren.

Erst eine Stunde später kam ein Streifenpolizist vorbei und sah in der Kirche nach. Man war sich nicht sicher gewesen, wo die Grenze zwischen Stadtgrund und Kirchenbesitz verlief und ob die Ansammlung von Gläubigen nicht vielleicht doch eine unangemeldete Demonstration war.

Jeder vernünftige Mensch hätte das Ereignis für einen ebenso widerwärtigen wie dummen Scherz angesehen und vielleicht angenommen, dass ihn sich die Studenten der Zungener Bildhauerakademie mit einem Schweineherz erlaubt hätten. Doch an jenem Morgen – mögen Frühlingsgefühle oder die Krisenstimmung des Jahres ursächlich gewesen sein – stillten hier zahlreiche Menschen ihr Bedürfnis nach einem Wunder. Dank der sozialen Dienste im Internet hatte sich die Aegidiuskirche rasch mit Anbetungswilligen gefüllt, bald sammelte sich auch auf dem Kranzplatz eine Menge an, in der man sich Fotos und Videoclips des blutigen Herzens – von den inneren Anbetern zu denen vor dem Gotteshaus gesandt – wechselseitig als Beweise vorwies.

Die Bilder multiplizierten sich so lange, bis für jeden Betrachter die Wahrheit des göttlichen Phänomens feststand. Eine halbe Stunde nach Auftauchen des Polizisten wurden die bis in die hintersten Reihen gefüllte Kirche und der Kranzplatz gegen den heftigen Protest der Anbetenden geräumt und abgesperrt.

Plötzlich war von Mord die Rede. Das Gerücht, in Zungen an der Nelda gebe es eine *Maria vom Blutenden Herzen*, war da aber schon unwiderruflich in alle Himmelsrichtungen getwittert worden und nahm seine globale Verbreitung auf. Man munkelte etwas von einer bevorstehenden Papstwallfahrt.

Frank Züllich hatte seine Mutter nach Hause gebracht, ihr einen Beruhigungstee zubereitet und sie, als sie erschöpft auf der alten Couch in der Wohnküche eingeschlafen war, zugedeckt. Er hatte die Schränke nach Flaschen durchsucht, einen halben Liter Korn und vier kleine Kümmelschnäpse gefunden und ins Spülbecken geleert, das Haus durch den Hintereingang verlassen, den kleinen Hof überquert, der eine Gerümpelkammer unter freiem Himmel war, und den Schuppen betreten, den er sich in den vergangenen Jahren eingerichtet hatte: Sein eigenes Reich, das seine Mutter nicht betrat. Er ließ sie im Glauben, dass er dort an der Anlage einer elektrischen Eisenbahn weiterbaute, die sein Vater hinterlassen hatte.

Hier verbrachte er seine Zeit mit Videogames, rauchte ab und an einen Joint und träumte seiner kurzen Vergangenheit nach, seinen abgebrochenen Studien in Betriebswirtschaft und Sportmanagement und seinen Hoffnungen auf einen Job als Model, um den er sich aber nie bemüht hatte. Du, mein Junge, du bist ein ganz Besonderer, hatte sein Vater ihm immer wieder gesagt, du wirst mindestens mal Professor, und dann freu ich mich noch im Grab. Frank Züllich war jetzt achtundzwanzig Jahre alt, ohne akademischen Grad, halbqualifiziert, arbeitslos, nicht vermittelbar. Vor vier Jahren war sein Vater mit einer Geliebten, von der die Familie nichts wusste, auf einer Bergwanderung tödlich verunglückt, und Frank war ins Elternhaus zur Mutter zurückgekehrt, lebte von ihrer Witwenpension und seiner Geschicklichkeit in Tauschbörsen für Computerteile. Vorwiegend aber wurden er und seine Mutter von der umfänglichen Lebensversicherung des Vaters durch die Tage getragen, was es seiner Witwe leichter machte, ihrem Mann nach einer Zeit zielloser Wut posthum seine Untreue zu vergeben.

Über den Fenstern, mit denen Frank einen Teil des Daches selbst verglast hatte, sah er den Frühlingshimmel leuchten und darin wie eine rosige Wolke das lächelnde Gesicht seines Vaters, der ihm zurief:

Hast du dein Glück gemacht, mein Junge?

Frank hob die Hände, winkte ihm zu und rief hinauf:

Bald! Bald!

Der Maler Alexander Swoboda erfuhr von dem Wunder des blutenden Herzens in seinem Atelier in der Prannburg. Die Nachricht erreichte ihn mitten in einem Traum:

Er versuchte, die Farbe der Auferstehung zu finden.

Vor zwei Jahren hatte er sein Arbeitsleben als Kriminalhauptkommissar vorzeitig beendet und den jahrzehntelang ausgeübten Brotberuf als Aufklärer von Kapitalverbrechen abgelegt. Seither genoss er die Freiheit des Pensionärs und konnte seiner wahren und wirklichen Neigung, der Malerei, nachgehen.

Während seiner Zeit als Kriminaler hatte er Kollegen, die seine Kunst Hobby nannten, so lange durch Gesprächsverweigerung gestraft, bis sie begriffen, dass er ein Künstler war, den ein Missgriff des Schicksals in den Polizeidienst versetzt hatte.

Wenige wussten, wie es wirklich gewesen war. 1969 hatte die Münchener Kunstakademie ihn und seine Bilder gerade abgelehnt, und mehr aus Wut als aus politischen Gründen hatte er während einer Studentendemonstration einen Stein in die Hand genommen und wollte ihn am Odeonsplatz in das Schaufenster der amerikanischen *Chase Manhattan Bank* schleudern. Eine junge Beamtin in der Polizeikette ihm gegenüber ließ den schon gezückten Gummiknüppel sinken, legte den Kopf schief und sah ihn an. Er ließ den Stein fallen.

Später hatten sie sich unterhalten. Er sprach über seine Bilder, seine Enttäuschung über die Akademie, und sie wollte sehen, was er malte. Bald darauf war sie in seinem Bett. Sie überredete ihn, zur Polizei zu gehen; als Brotberuf war das, wie er meinte, so gut oder so schlecht wie alles andere. Ein halbes Jahr später hatten sie geheiratet. Eine Tochter bekommen. Lena. Nach zwölf Jahren Ehe sich scheiden lassen. Ihm wurde die Schuld zugesprochen: Sein Verhältnis mit einer Polizeischülerin hatte darüber hinaus zur Strafversetzung geführt. Die Kunst hatte er nie aufgegeben, aber sein Leben änderte sich radikal.

Seine Versetzung brachte ihn ausgerechnet nach Zungen an der Nelda zurück, wo er aufgewachsen war und das er einen Tag nach dem Abitur am altsprachlichen Eichendorff-Gymnasium auf dem Ludwigsbühel fluchtartig verlassen hatte. Irgendein Zyniker in der Verwaltung hatte sich diese Strafe einfallen lassen.

Inzwischen herrschten in Zungen andere Verhältnisse, nur sein Widerwille gegen die Stadt war derselbe geblieben. Er arbeitete um so mehr, löste einige komplizierte Fälle in verblüffender Schnelligkeit und erwarb sich den Ruf des Kriminalers mit der guten Nase, der ihn seither begleitete.

Nach seinem ersten Hörsturz musste er sich eingestehen, dass er lebte wie eine Kerze, die an zwei Enden brannte. Tags arbeitete er als Hauptkommissar, nachts war er Maler. Er rauchte, trank zu viel Wein und schüttelte verständnislos den Kopf, wenn Kollegen von Freizeit sprachen.

Damals hatte sein zwei Jahre jüngerer Vorgesetzter, Kriminalrat Jürgen Klantzammer, eingesehen, dass die Kunst der Hauptberuf seines besten Mannes war, und durch seine Verbindungen in den Stadtrat dem malenden Kriminaler für eine erträgliche Miete das weitläufige Atelier im ersten Stock der Prannburg verschafft. Swoboda hatte die saalartigen Räume, die einst Stadtarchiv waren, umgebaut und renoviert, als die Zungener Verwaltung ins neue Rathaus am Schillerplatz umgezogen war. Kurz darauf hatte sich seine berufliche Beziehung zu der Galeristin Martina Matt zu einer privaten vertieft.

Die Mitarbeiter des einsneunundachtzig großen, breitschultrigen, schon seit seinem vierzigsten Lebensjahr grauhaarigen Kriminalhauptkommissars hatten ihn schließlich

als das akzeptiert, was er war: Ein Mann, dem die Über-
führung eines Täters weniger galt als ein vollendetes Bild,
und der dennoch oder deswegen den besten Riecher hatte,
wenn es um die Verfolgung einer Spur ging. Manchmal
schien er sich den Mörder bereits genau vorstellen zu können, auch wenn es noch kaum konkrete Anhaltspunkte gab
– weshalb ein Satz seines Kollegen Rüdiger Törring über
ihn zum geflügelten Wort wurde:
Der Swoboda malt sich seine Täter.

Bis spät in die Nacht hatte er im Altarraum der Aegidiuskirche an den Entwürfen für das Ostfenster gearbeitet, war
gegen drei Uhr in sein Atelier gekommen und im Dunst
von Ölfarben und Terpentin auf seinem Sofa eingeschlafen.
Als sein ehemaliger Assistent Törring, zwanzig Jahre jünger
als er, überzeugter Junggeselle und seit einem Jahr selbst
Hauptkommissar, ihn mit einem Anruf weckte, reagierte er
unwirsch, und Törring verwandte etliche beschwichtigen-
de Sätze darauf, seinen einstigen Chef zugleich wach zu reden und milde zu stimmen.
Schließlich raunzte Swoboda: Also, was ist, Turbo?
Dass der Maler ihn bei seinem Spitznamen im Kommissariat nannte, ermutigte Törring. Er berichtete von dem blutigen Herzen in der Aegidiuskirche.
Alles spricht dafür, dass es das Herz der Paintnertochter ist.
Sie wird jetzt schon fünf Tage vermisst. Iris Paintner ist vierundzwanzig. Wir haben noch keine DNA. Und keiner
traut sich, von der Familie irgendwas von ihr zu erbitten.
Wenn wir nach ihrer Zahnbürste fragen, wissen die Paintners doch sofort Bescheid. Das Herz würde zu einer jungen

16

Frau passen. Es ist irgendwie frisch gehalten worden, die Bestie hat sich Zeit gelassen.

Die Bestie?

Was soll ich sonst sagen?

Swoboda kannte die Tochter von Martin Paintner vom Sehen: groß, schlank, kurz gelockte blonde Haare. Er wusste, dass sie die Firma übernehmen sollte. Zu keiner der reichen Familien in Zungen hatte er freundschaftliche Beziehungen, aber er konnte nicht verhindern, dass in ihm das Bild der Leiche mit geöffnetem Brustkorb entstand. Er versuchte, Törring und sich selbst abzulenken.

Sicher kein Schweineherz?

Hältst du uns für Idioten?

Entschuldige. Deine Bestie wird ein durchgeknallter Typ sein, den euch am Ende die Psychogutachter aus den Fängen reißen.

Törring schwieg. Er hoffte, dass Swobodas Polizistengehirn zu arbeiten begonnen hatte. Er täuschte sich nicht, doch sein einstiger Chef gab es nicht zu.

Ihr macht das schon. Ich habe nichts mehr damit zu tun.

Törring entschloss sich zu härterer Gangart: Du hast einen Schlüssel zur Sakristei, du arbeitest an dem einen Fenster neben dem Altar.

Ja. – Und?

Man hat nachts noch Licht gesehen.

Wann ich arbeite, geht niemanden was an.

Das Herz muss irgendwann zwischen zwei und sechs Uhr an die Maria gehängt worden sein. Ein Fleischerhaken.

Alexander Swoboda wusste, dass die darin verborgene Frage nach seinem Alibi lächerlich war. Er hatte den Auftrag des Bischofs zur Neugestaltung des Kirchenfensters nach langem Zögern vor einem halben Jahr angenommen, arbeitete am Tag mit Farbmustern und hatte in der letzten Nacht seine Papierentwürfe mit den Fenstermaßen abgeglichen.

Hör zu, Turbo. Ich arbeite am östlichen Altarfenster mit dem Thema Auferstehung. Nicht Hinrichtung. Nicht Leichenzerstückelung. Ich brauche Tageslicht für die Farbbestimmung und Innenlicht für die Vermessung. Kapiert? Und jetzt mach deinen Job und lass mich in Ruhe. Ich hab dich lang genug ausgebildet.

Er legte auf. Aber im Kopf verlosch das Bild der jungen Toten nicht, der ihr Mörder das Herz aus der Brusthöhle geschnitten hatte. Wie fast bei jedem Fall in den zurückliegenden Jahren war es Mitleid, das andere unprofessionell genannt hätten, ihn aber antrieb, den Täter zu ermitteln. Manchmal war er aus Wut zum manischen Verfolger geworden. Er hatte sich angewöhnt, konzentrische Kreise um das Opfer zu legen, und immer war er auf einer dieser Bahnen dem Täter begegnet. Einige Male lange vor der Aufklärung, ohne den Zusammenhang schon zu erkennen.

Der Maler Swoboda versuchte, die Erinnerung an seine fünfunddreißig Berufsjahre als Kommissar wegzuwischen. Es gelang ihm nicht. Mit jedem Abwehrreflex geriet er tiefer in seine Gedanken. Törring wusste das. Swoboda wusste es. Hatte man ihm einen rätselhaften Mordfall unterbreitet, arbeitete sein Gehirn unabhängig von seinem Willen weiter. Wie ein französischer Kollege, ein Commissaire Lecouteux, mit dem er einmal auf einen Fall in der Normandie angesetzt war, in seinem elsässischen Deutsch gesagt hatte: Wir bleiben immer Bullen, Swoboda, egal, wo wir sind, egal, was wir tun, egal, wie alt wir sind.

Als Swoboda gegen das Wort Bulle protestierte, hatte der Kollege entgegnet: Aber das sind wir doch! Meine Frau nennt mich auch Bulle, ich mag das. Schließlich sind wir keine Schafe.

Und Swoboda hatte geantwortet: Hoffentlich.

Jetzt verwünschte er den Commissaire, er verwünschte Törring und sich selbst, ging zum Sofa, legte sich hin und zog sich die Decke über den Kopf. Er spürte ein leises Schwanken unter sich, als läge er in einem Boot. Gleichzeitig begann das Pfeifen in seinem rechten Ohr, das er kannte. Es würde sich bis zum Hörsturz steigern.

Der Anfall war leicht. Nach einer Viertelstunde legten sich Schwindelgefühl und Übelkeit, er stand auf, duschte, zog sich an, aß einen Joghurt, trank einen Espresso, nahm ein 500er-Aspirin und machte sich auf den Weg zur Aegidiuskirche.

Ich lebe seit 12 743 Tagen. Wer immer einst meine Aufzeichnungen lesen wird: Er soll wissen, dass ich mich bemüht habe, uns alle vor ihr zu retten.

Darum habe ich die Bestie zwei Mal umgebracht.

Nach ihrem ersten Tod ist sie auferstanden, obwohl ich ihren Kopf in ein Grab neben die Gebeine eines armen Teufels gelegt hatte, der ihr den Weg nach unten zeigen konnte! Ich hatte dem Kopf dieser Schlange sogar ein Schiffchen mitgegeben, das ihn über den Totenfluss bringen sollte. Dennoch kam sie zurück. Ihren amüsierten Blick, als ich mein Schwert hob, fand ich empörend. Ihr Kopf lag schon vor ihren Füßen und verstand immer noch nicht, was geschehen war. Hatte er aus dem ersten Mal nichts gelernt? Ist sie ohne Erinnerung wiedergeboren worden? Hat sie mich deshalb nicht erkannt, als ich die Kapuze zurückstreifte und ihr als Letztes in ihrem Leben mein Gesicht zeigte?

Nach ihrem zweiten Tod am Ufer der Nelda habe ich ihr Herz von ihrem Körper entfernt. Damit er es sich nicht wieder einverleiben kann, habe ich es der Muttergottes zur Aufbewahrung übergeben.

Als ich sah, wie sich die Anbeter in der Kirche zu dem toten Muskel drängten, als wäre das Schlangenherz das der gnadenreichen Maria, da spürte ich wieder meinen ungeheuren Ekel vor den Menschen.

II

Der zweite Schrei

Von den acht Fischerhäusern am linken Ufer der Mühr waren zwei noch bewohnt, und auch sie schienen von den fast zwei Jahrhunderten, die sie am Rand des Flusses gestanden hatten, erschöpft zu sein.

Schon lange hatte sich niemand mehr aufgerafft, die Balkone, Läden und Fensterrahmen mit einem neuen Anstrich zu versehen oder schadhaftes Gebälk auszutauschen. Die Holzhäuser gehörten der Stadt, und die ließ sie verfallen. Die Bootsstege waren bis auf einen ins Wasser gesunken, in den grauen Fassaden gab es keinen rechten Winkel mehr. Die Neigung der Giebel zum Fluss, ihre unübersehbare Ermüdung forderten den Abriss geradezu heraus.

Seit Jahren bestand der Plan, an dieser Stelle ein Freizeitgelände zu errichten, das Tagestouristen und Camper anlocken, der Zungener Jugend als Spielgelände dienen und nicht zuletzt der städtischen Verwaltung Pachteinnahmen in die Kasse tragen sollte. Unter den drei Geldmächtigen der Stadt, der Brauerei Sinzinger *(Zickerpils, Zickerdunkel, Zickerbock, Zickerweisse)*, dem Fleischgroßbetrieb und Konservenhersteller Ungureith *(Fleisch und Wild von Ungureith: Hochgenuss und Haltbarkeit)* und dem Holzhandel Paintner *(Holz ist unser Stolz)* hatte Letzterer das höchste Gebot für den Uferstreifen und sein Hinterland abgegeben.

An der Floßlände lautete die Adresse seit der ersten urkundlichen Eintragung der Fischerhäuser 1818, als die napoleonische Besetzung gerade zwei Jahre vorüber war.

Fast eineinhalb Jahrhunderte, und noch am Anfang der Dunklen Zeit, wie man in Zungen die Herrschaft der Verbrecher in den zehn Jahren nach 1935 zu nennen pflegte, waren die Häuser bewohnt gewesen. Doch als die Fischer im Krieg waren, wollten ihre Frauen mit den Kindern lieber in der Stadt leben.

In den Fünfzigerjahren hatten wieder Fischerfamilien in den Häusern 2 und 3 gewohnt und mit Barben, Bachforellen und Barschen ihr Auskommen gehabt, gelegentlich auch Aale und Hechte, selten Welse gefangen. Dann waren die Bestände zurückgegangen, die Fänge lohnten kaum noch, auch weil in den Neldaauen mehr und mehr Rotmilane nisteten und sich ihre Beute im Flug von der Wasseroberfläche griffen. Das Fischergewerbe in Zungen ging in die Hände von Angelsportlern über. Sie schossen heimlich mit Luftgewehren auf die geschützten Milane und versprachen sich von der städtischen Planung einen neuen Steg.

Bisher war davon nichts verwirklicht. Die leeren, windschiefen und zugigen Hütten hatten ab und an Landstreicher zu Gast, auf ihren Bänken vor der Flussseite ruhte sich manchmal ein Jogger aus, und sehr alte Leute in Zungen deuteten an, schreckliche Dinge hätten sich dort abgespielt, wollten aber nicht sagen, was sie meinten.

Zwei Tage nach dem blutigen Herzfund in der St. Aegidiuskirche – die Stadt hatte sich von dem Entsetzen noch nicht erholt – wurde unter dem Bretterfußboden des leer stehenden Fischerhauses An der Floßlände 5 zufällig das Skelett eines Mordopfers entdeckt, das offenbar schon Jahrzehnte dort gelegen hatte.

Ohne den politischen Protest gegen die Schleifung der Fischerhäuser wären die Gebeine wahrscheinlich später im Abraum untergegangen, und der Stadt wäre die Geschichte dieses Toten erspart geblieben. Es war auch die Geschichte ehrenwerter Bürger, deren Namen in Zungen an der Nelda guten Klang hatten. Und es war die Liebesgeschichte einer Frau, die der Skelettfund von ihren lebenslangen Zweifeln erlöste.

Vermutlich hatte, wer immer für den Mord verantwortlich war, darauf gehofft, dass die Knochen des Toten sich eines Tages in einer Baggerschaufel mit dem Häuserschutt mischen und später in irgendeiner Grube verschwinden würden.

Doch die Bewohner der Nummern 4 und 7 verteidigten, seit die Firma Paintner Anspruch auf das Gelände erhob, ihre Häuser mit passivem Widerstand: Aus Nummer 4 zogen drei Studenten der Zungener Bildhauerschule trotz Räumungsklage und Erzwingungsankündigung nicht aus, und in Nummer 7 widersetzte sich der zweiundachtzigjährige Sepp Straubert, der nicht mehr zum Fischen ausfuhr, nur sonntags noch an der Nelda seine Angel auswarf, hartnäckig der Kündigung. Von seiner Rente überwies er der Stadt die symbolische Miete, die Anfang der Fünfzigerjahre der damalige Bürgermeister mit ihm vertraglich vereinbart hatte. Mündlich war ihm lebenslanges Wohnrecht zugesichert worden. Wer konnte auch seinerzeit ahnen, dass der feuchte Streifen Uferland einmal lukrativ werden würde.

23

Die Öffentlichkeit nahm an dem schwelenden Konflikt kaum Anteil, bis an jenem Freitag, an dem Verena Züllich auf dem Kranzplatz das Wunder der blutenden Maria verkündete, vor der unteren Floßlände zwei Schaufelbagger von Tiefladern abgelassen wurden. In einer halben Stunde rissen sie das Fischerhaus Nummer 8 nieder und schoben es zu einem Haufen Schutt, Bretter und Ziegel zusammen.

Straubert stand vor dem Nachbarhaus und brüllte auf die Maschinen ein. Seine Beschimpfungen waren sämtlich justiziabel, im Lärm jedoch kaum vernehmbar. Er weinte vor Wut, auf seinem hochroten Gesicht glänzten Tränen. Plötzlich schwankte er, reckte die Arme nach oben und griff ins Leere.

Zwei der Studenten aus Nummer 4 kamen gerade rechtzeitig hinzu, um den schweren Mann aufzufangen. Sie legten ihn vor die Holzstufen zu seinem Fischerhaus, einer rief mit seinem Mobiltelefon den Notarzt, der andere fotografierte die Baggerfahrer. Die sahen wenig später auf *Facebook* in ihrer Berufskleidung – Helm, Schutzbrille, Ohrenschützer und weiße Staubmaske – wie außerirdische Monster aus.

Die Studenten twitterten an Freunde und Freundesfreunde die Nachricht: Der Rentner Sepp Straubert, den sie liebenswerter schilderten, als er gewesen war, sei an der Zungener Floßlände von skrupellosen Spekulanten so bedroht worden, dass er einen Herzinfarkt erlitten habe.

Eindringlich forderten sie zur Verteidigung der Häuser auf. Protestbereite Menschen reisten innerhalb weniger Stunden an und besetzten, von wütendem Pazifismus beseelt, zahlreich die Floßlände. Die Baggerfahrer parkten ihre Geräte einige Hundert Meter seitab und suchten das Weite.

Aus Erfahrung auf einen längeren Kampf eingestellt, hatten die meisten Demonstranten ihre Zeltausrüstung mitgebracht. Wohnmobile bildeten hinter den Fischerhäusern einen Wagenwall gegen die Zufahrtstraße.

Am Sonntag war die Menge so angewachsen, dass es Probleme mit den Latrinen im Hof der besetzten Häuser gab. Fotografen, Reporter, ein Fernsehteam und eine Rundfunkjournalistin mit Übertragungswagen trafen ein.

Der Pächter des Geländes, Martin Paintner, ließ der Polizei durch seinen Prokuristen Oliver Hart mitteilen, dass man kein Eingreifen wünsche. Paintner und seine Frau hatten sich, seit ihre Tochter Iris verschwunden war, in ihr Haus zurückgezogen und warteten auf eine Lösegeldforderung. Noch immer wollten sie an eine Entführung glauben und hielten an ihrer aussichtslosen Hoffnung fest. Einen Tag zuvor erst waren sie von der Polizei für eventuelle Bestimmungen um eine Haarbürste der Entführten gebeten worden, und noch hatte die DNA-Analyse keine Gewissheit über das Herz in der Aegidiuskirche ergeben.

Gegen Mittag stieg hinter den Fischerhäusern von zahlreichen Campinggrills der Duft von Würsten und Schweinesteaks auf, Bierkästen mit Zickerpils standen zur Kühlung im Uferwasser der Nelda, und kein modernes Freizeitgelände hätte Vergnügen und Gerechtigkeitsempfinden auf so zwanglose Weise vereinen können, wie es die Rettungsaktion für die modrigen, wurmstichigen und verschimmelten Fischerhäuser vermochte.

Wildfremde Menschen tauschten ihre Gründe für den

Schutz der Tradition aus, in der Feststimmung entwickelten sich tiefer reichende Zuneigungen, die Kinder genossen die Aktion als Abenteuer, während ihre Eltern die Spekulanten verfluchten, die, wie man weiß und hier erneut gesehen hatte, über Leichen gingen.

Unter dem frühlingshellen Licht dieses Apriltages entstand an der Nelda eine heitere Gegenwelt zur Profitgier der Investoren. Einer der Besetzer in schwarzer Joggerkleidung, der durch einen schmalen, dunklen Haarkranz und eine Tonsur auffiel, rief, später vielfach zitiert, in eine Kamera: Alles lassen wir uns nicht bieten, alles nicht!

Plötzlich schrie ein Kind.

Nach Verena Züllichs lautem Entzücken über das blutende Herz der Maria war dies der zweite Aufschrei, der Zungen noch lange beunruhigen sollte, wenn auch noch niemand ahnte, wie die beiden Schreie untereinander und mit einem dritten zusammenhingen, der noch bevorstand.

Es war der gellende Schrei eines Jungen, er kam aus einem der Fischerhäuser.

Mehrere Mütter und Väter stürmten zur Quelle des kindlichen Alarms und drängten sich durch die Tür von Nummer 5 neben dem Haus der Studenten, sahen im Halbdunkel, dass die Kinder, die hier gerade so wie durch die anderen Häuser getobt waren, unverletzt lebten. Sie hatten sich, stumm und blass, nebeneinander an der Wand aufgestellt.

Der Junge, der geschrien hatte, er war höchstens sechs Jahre alt, hielt sich die Hände vor die Augen, japste nach Luft und schrie weiter. Er war in den Fußboden eingebrochen, stand noch immer bis zu den Knien in dem Hohlraum, vor dem er zwei der lockeren Bohlen hochgerissen hatte, um sich zu befreien.

Seine Füße steckten fest. Als die Erwachsenen sich an die Dämmerung im Raum gewöhnt hatten, erkannten sie, dass das Kind bis zu den Knien im Brustkorb eines menschlichen Skeletts stand wie in einem Wolfseisen und beim Blick nach unten den Schädel vor sich gesehen haben musste.

Eine Frau packte den Knaben und riss ihn hoch, brach dabei dem Toten zwei staubende Rippen, konnte das Kind aber in ihren Armen beruhigen, bis die leibliche Mutter in das Fischerhaus kam und der Trösterin den Jungen entriss, der nun wieder schrie.

Die Presse vor Ort, die vom mittlerweile üblichen Kampf der Bürger gegen den Fortschritt berichten wollte, hatte unversehens eine veritable Sensation. Sollten sich noch irgendwelche verwertbaren Spuren im Haus 5 befunden haben, waren sie durch Eltern, Kinder und Reporter unlesbar geworden.

Die Demonstranten folgten ihrer Abneigung gegen die Staatsmacht und unterließen es, die Polizei zu informieren. Die Journalisten dokumentierten gründlich und in aller Ruhe den Schauplatz. Vor allem der Totenkopf hatte es ihnen angetan. Offensichtlich war die Stirn eingeschlagen worden. Die Kameras konnten sich daran nicht sattsehen. Dann rief ein Reporter der *Zungerer Nachrichten* Kommissar Viereck im Präsidium am Burgweg an und berichtete von dem Fund.

Als Rüdiger Törring mit der Kriminalhauptmeisterin Sibylle Lingenfels und dem Tatortteam eintraf, war fast eine Stunde seit der Entdeckung des Toten vergangen, und die Eltern des kleinen Finders hatten gelernt, dass man in solcher Lage nur das erste Interview honorarfrei gibt.

Für die polizeiliche Räumung des Geländes waren die Gründe nun hinreichend und politisch unverdächtig: einmal die Gefährdung der Kinder, zum anderen die großräumige Sicherung eines Tatortes. Den Protestierenden war die Kriminalpolizei weniger unsympathisch, als es Bereitschaftspolizei gewesen wäre, was vielleicht daran lag, dass die Kriminaler keine Uniform trugen.

So beendete ein unbekannter Toter die politische Aktion zur Rettung der Zungener Fischerhäuser noch am Sonntagabend. An den Fahrzeugen der Besetzer klemmten unter den Scheibenwischern Werbezettel, die auf besonders günstiges Vollholzparkett der Firma Paintner hinwiesen: *Holz ist unser Stolz.*

Es war Sibylle Lingenfels, die darauf bestand, den ganzen Boden des Hauses aufzubrechen. Das gelang erstaunlich leicht, die Bretter waren sämtlich locker, die Nägel durchgerostet.

Dabei wurde unter einer dritten Bohle neben dem Skelett ein menschlicher Kopf gefunden, den jemand zu den Handknochen gelegt hatte. Nach erster forensischer Einschätzung handelte es sich um eine große, blondgelockte Frau zwischen dreißig und vierzig, deren Tod maximal fünf Wochen zurücklag. Wegen der kühlen Feuchtigkeit am Flussufer war das Haupt gut erhalten. Wer immer es vom Rumpf getrennt hatte: Der Glätte der Trennung nach zu

28

urteilen, musste er im Besitz einer äußerst scharfen Klinge sein und blitzartig zugeschlagen haben. So weit noch erkennbar, war der Ausdruck ihres Gesichts blankes Erstaunen.

Rätselhaft für die Spezialisten des Tatortteams war, dass der Kopf in einer länglichen, aus hellem Holz und in einem Stück geschnitzten Schale in der Form eines kleinen Bootes lag, ein offenbar mit großem handwerklichen Geschick verfertigtes Modell.

Rüdiger Törring erinnerte sich undeutlich daran, in Fernsehdokumentationen von Mythen gehört zu haben, aus Ägypten oder dem alten Griechenland, in denen von einem Nachen erzählt wurde, der die Toten über einen Fluss ins Jenseits brachte. Er nahm sich vor, Swoboda zu fragen, der sich in solchen Dingen auskannte.

Lasst den Kopf drin liegen und nehmt das Ganze in die KTU, sagte er. Da will uns einer ein Zeichen geben, und wenn ich es richtig sehe, ist das die beste Spur, die wir bis jetzt haben.

Noch beschäftigte ihn nicht das Problem, wie, warum und von wem der Kopf in dem kleinen hölzernen Kahn zu dem Skelett gelegt worden war, sondern die Tatsache, dass der Fund nicht zu seiner Vermutung über das Menschenherz in der Aegidiuskirche passte: Das Gesicht der Toten war zweifelsfrei nicht das von Iris Paintner.

Jetzt hatte er neben der Frage, wessen Knochen hier lagen, zwei Morde an Frauen aufzuklären, von denen er nicht einmal wusste, ob sie vom selben Täter begangen worden waren.

Während Sibylle Lingenfels die Studenten im Fischerhaus

Nummer 4 befragte, stand Törring am Ufer der Nelda, blickte auf die Strömung und erinnerte sich daran, was Alexander Swoboda ihm vor Jahren geraten hatte: Spuren und Ermittlungsergebnisse, die nicht offensichtlich zusammengehörten, so lange einzeln zu verfolgen, bis ihre Gemeinsamkeit sich von selbst ergab. Zu früh hergestellte Verbindungen konnten blind machen für die Wahrheit.

Er sah vom Fluss auf und genoss den leichten Schwindel beim Blick auf das Ufer und die Hügel mit ihrem ersten grünen Schimmer in den Wäldern, die jetzt unter dem Himmel flussaufwärts zu gleiten schienen, als sei das Land in Bewegung geraten.

Die Presse ist voll von dem Knochenmann. Wozu die Aufregung? Der Globus besteht aus Knochen. Von ihrem blonden Kopf war keine Rede. Vielleicht haben die Toten ihn doch in dem kleinen Nachen zu sich herübergeholt.

Aber wie konnte sie der Hölle entkommen und wiederkehren? Hat ihr Wächter versagt?

Dabei war er es, der mich gerufen hat!

Nach dem, was man über die Vergangenheit der Holzhändler munkelt, war es nicht schwer, ihn zu finden. Man musste nur eins und eins zusammenzählen und konnte sich ausmalen, was geschehen war. Trotzdem wäre ich nicht auf ihn gestoßen, wenn er sich mir nicht gezeigt hätte.

Ich war schon drauf und dran, umzukehren und meinen Lauf am Ufer fortzusetzen. *Er* hat die Bodenbretter unter meinen Füßen wackeln lassen, *er* hat von unten dran gerüttelt. Bin fast in ihn reingetreten.

Er wollte ihren Kopf neben sich liegen haben!

Vielleicht hat er sie unten abgeliefert, und die haben in der Hölle nicht auf sie aufgepasst.

Um so wachsamer muss ich sein.

Ich bin der letzte Kämpfer. Nach mir ist Chaos.

III

Die Hölle

<small>HAST DU EINEN AUGENBLICK ZEIT FÜR MICH?</small>
Die Frage hallte im Kirchenraum. Alexander Swoboda, der im Reitsitz viereinhalb Meter hoch auf den obersten Sprossen einer hölzernen Stehleiter hockte, erkannte in der dünnen schwarzen Gestalt mit leuchtender Glatze den Redakteur Wilfried Herking vom Kulturteil der *Zungerer Nachrichten*, der im Gang zwischen den Bänken stand und zu ihm heraufsah.

Swoboda ließ die in unterschiedlichen Gelbtönen bemalte Papierbahn, die er vor den Rundgiebel des Ostfensters gehalten hatte, nach unten gleiten. Sie rauschte zu Boden und legte sich am Fuß der Leiter in Wellen.

Zeit?, rief er hinab. Seit ich pensioniert bin, habe ich überhaupt keine Zeit mehr.

Er stieg langsam abwärts. Die Leiter schwankte, die Sicherungskette klirrte. Herking griff nach den Holmen und hielt sie fest.

Ich würde dich nicht stören, wenn es nicht wichtig wäre.

Denke ich mir. Ich hoffe, es hat mit der Auferstehung zu tun oder wenigstens mit dem Glasfenster, das vor dem Krieg hier drin war? Du hast versprochen, mir Farbbilder zu besorgen.

Herking schüttelte den Kopf. Wenn er wollte, konnte er

32

blicken wie ein Hund und dabei die Stirn bis zur Mitte seines nackten Schädeldachs in Falten legen.

Also geht es nicht um Kunst?

Nein.

Und nicht um einen Augenblick Zeit, sondern um mindestens eine Stunde?

Ja.

Das trifft sich, sagte Swoboda. Ich merke grade, dass ich seit heute früh nichts gegessen habe. Das Licht ist auch nicht mehr gut. Hilf mir, der Entwurf muss eingerollt werden, wir gehen zu *Da Ponte*.

Die beiden Männer liefen schweigend auf der Hauptstraße in Richtung Schillerplatz, bogen kurz davor links in die Tuchwebergasse ein, die seit dem achtzehnten Jahrhundert nahezu unverändert erhalten geblieben war, trafen an ihrem Ende auf den Hohenzollerndamm am rechten Mührufer, dem sie folgten. Ein Jogger in schwarzer Hose und Kapuzenanorak überholte sie. Auf seinem Rücken war ein auffälliger Köcher festgeschnallt. Sie liefen am Zungener Krankenhaus vorbei und gelangten kurz darauf zum Restaurant *Da Ponte*, dessen korpulenter Wirt Swoboda mit einer Umarmung begrüßte und an seinen Tisch führte.

Oder wollt ihr draußen?

Die für den April ungewöhnliche Wärme hatte noch nicht nachgelassen. Sie nahmen Platz an der Balustrade der Veranda, die freitragend über das Ufer hinausragte. Durch die Ritzen zwischen ihren Holzbohlen konnte man das Wasser der Mühr fließen sehen.

Swoboda legte seinen Arm aufs Geländer und blickte über

den Fluss. Er hatte dieses späte Licht gern, wenn das Wasser russischgrün eindunkelte und die Luft darüber ihren rötlichen Abendglanz bekam, der bald in leuchtendes Karmesin mit Gluträndern an den Wolken übergehen würde. Seit seinem Abschied vom Polizeidienst erlebte er die Tageszeiten nicht mehr als Ablauf der Termine, sondern als Wechsel der Lichtfarben, und stellte sich jeweils die Mischung vor, die er dafür auf seiner Palette ansetzen würde.

Herking bestellte Schwertfischcarpaccio mit Rucola und Ossobuco mit Polenta, Swoboda, wie üblich, eine halbe Portion Linguini mit Flusskrebsen, danach Kalbsleber in Salbeibutter mit Rotweinrisotto. Sie einigten sich auf einen 2007er Montevetrano Colli di Salerno aus Kampanien, bei dessen Preis sie sicher sein konnten, nur eine Flasche zu trinken.

Swoboda aß schweigend seine Pasta und wartete, dass der hagere Mann mit dem rasierten Schädel ihm gegenüber, der sein Sohn hätte sein können, ihn etwas fragen würde. Der zupfte die hauchdünnen, mit geschrotetem Pfeffer bestreuten Schwertfischscheiben auseinander, träufelte Zitrone darauf und schien, während er kaute, nachzudenken, weshalb er mit Swoboda hierhergekommen war.

Wilfried Herking war ein vorsichtiger Mensch. Schon als Kind hatte er, von der Mutter dazu angehalten, beim Klettern, Rennen, Balancieren mehr an die möglichen Gefahren als ans Vergnügen gedacht. Jetzt quälte ihn der Gedanke, dass ein falscher erster Satz Swobodas Widerwillen gegen jede kriminalistische Überlegung verstärken könnte. Außerdem fühlte er sich als Leiter des Feuilletons zu guten Formulierungen verpflichtet.

34

Viel zu schreiben hatte er nicht, die *ZN* waren ein Kopfblatt, dem der Nachrichtenmantel, die Wirtschaft und der internationale Sport von einer überregionalen Zeitung zugeliefert wurden. Wenigstens überließ man ihm das Gebiet, auf dem er Experte war: die Oper. Gelegentlich durfte er zu Premieren reisen und Kritiken für die Zentralredaktion schreiben. Er bewunderte Swoboda, der noch vor Erreichen der Altersgrenze aus dem sicheren Berufsleben auf das schwankende Schiff der Kunst gewechselt war. Diesen Mut hätte er gerne gehabt. Herking lebte allein und trug mit seinen knapp vierzig Jahren für niemanden Verantwortung als für sich selbst. Dennoch war er das Wagnis, als freier Autor zu arbeiten, nie eingegangen. Er warf sich das, wenn er getrunken hatte, als Feigheit vor und schätzte, wieder nüchtern, das Risiko erneut als zu hoch ein.

In diesem Augenblick bewegte ihn nicht die Frage nach der Bedeutung der Kunst in seinem Leben. Er war ungewollt Mitwisser eines Verbrechens geworden und brauchte Swobodas kriminalistischen Rat.

Erstaunlich schnell beendete er seine Vorspeise, schob den Teller von sich weg, atmete tief ein und sagte:

Es geht um die Paintnertochter. Wir haben gerade die Meldung bekommen, dass das Herz in der Aegidiuskirche zweifellos das von Iris Paintner ist. Sie ist – sie war vierundzwanzig.

Swoboda blickte nicht auf und aß weiter.

Vide cor tuum. Sagt dir das was?

Noch immer ließ sich Swoboda nicht aus seinem Schweigen locken. Nach der letzten Gabel Linguini mit dem letzten Krebsschwanz schmatzte er und sagte:

Siehe, dein Herz.

So weit bin ich auch gekommen, der Typ, der uns die Botschaft geschickt hat, wollte auf das Herz an der Marienstatue aufmerksam machen. Ein Video, deshalb ist es wahrscheinlich auf meinem Schreibtisch gelandet, die DVD ist am vergangenen Mittwoch bei uns eingegangen. Du verstehst?

Nein. Wie war dein Schwertfisch? Meine Linguini waren wie immer perfekt. Kannst du nicht dafür sorgen, dass hier mal einer vom Michelin speist und anschließend wenigstens ein Sternchen vergibt?

Der Wirt Emmanuele Luccio brachte die Karaffe mit dem dekantierten Montevetrano, den er, wie stets bei Weinen dieser Preisklasse, selbst verkostet hatte. Er war stolz darauf, den Vornamen des Mozart-Librettisten Da Ponte – auch in dessen unüblicher Schreibweise mit doppeltem M – zu tragen, nach dem er sein Restaurant benannt und mit dessen Porträts und faksimilierten Textauszügen er die Wände geschmückt hatte.

In der Speisekarte wurde der Gast aufgefordert, sich vor der Auswahl der Gerichte eine Seite Lebensgeschichte Da Pontes von dessen jüdischer Geburt als Emmanuele Conegliano über die Konversion zum Christen und Wechsel seines Namens 1763 bis zum Tod im hohen Alter von fast neunzig Jahren 1838 in New York durchzulesen. Emmanuele behauptete, dass die Lektüre unabdingbar zum Essen gehöre.

Wie eine Monstranz trug er den Wein an den Tisch, füllte die Glaskelche zu einem Drittel, stellte die Karaffe ab, wollte etwas sagen, spürte die Anspannung zwischen den Männern, nahm wortlos die Vorspeisenteller auf und entfernte sich. Der Montevetrano änderte Swobodas Stimmung schlagartig. Nach dem ersten Schluck entspannte sich sein Gesicht, er lächelte, und Herking hoffte, er werde nun seine Sturheit aufgeben.

Ich bitte dich, dir das Video einmal anzusehen, ich vermute, da stecken noch mehr Hinweise drin. Es ist eine Art Computerspiel.

Swoboda hob abwehrend die Hände.

Ich habe so was noch nie gespielt und werde das auch nicht tun. Du solltest damit zur Polizei gehen.

Deshalb frage ich dich ja.

Ich bin aber nicht die Polizei.

Der Wirt brachte den Hauptgang, Ossobuco für Herking, Kalbsleber für Swoboda, der sich den Salbeiduft über dem Teller zufächelte. Sie begannen zu essen und schwiegen wieder.

Dann machte der Journalist einen neuen Versuch.

Schade eigentlich.

Was?

Dass du nicht mehr die Polizei bist, du warst ein ungewöhnlich angenehmer Bulle, außerdem sehr erfolgreich.

Und jetzt bin ich ein erfolgloser Maler.

Das habe ich nicht gesagt, protestierte Herking.

Wolltest du aber.

Dass sein Gegenüber nicht widersprach und sich auf seine geschmorte Kalbshaxenscheibe konzentrierte, gefiel Swoboda nicht. Er hob sein Glas.

Trinken wir auf die große Kunst, die sich uns entzieht, die Schlange!

Herking blickte auf, musste grinsen und prostete Swoboda zu.

Dass sie sich beide vom Kulturbetrieb übergangen fühlten, hatten sie bald nach ihrer ersten Begegnung während einer Vernissage in der Galerie Matt begriffen, und ihre ähnliche Veranlagung zur Melancholie trug dazu bei, dass sich zwischen ihnen zwar keine Freundschaft, doch eine gewisse Nähe eingestellt hatte – vielleicht auch nur die Solidarität zweier Verlierer.

Der Zeitungsmann hatte seit Jahren einen unvollendeten Roman, Vorarbeiten zu einer umfänglichen Geschichte der Oper und den ersten Akt einer Komödie in der Schublade. Seine Anläufe, in die Redaktion eines überregionalen Blattes zu wechseln, waren sämtlich gescheitert. Swobodas Albtraumbilder wiederum wollte außer der Galerie seiner Freundin Martina Matt niemand ausstellen. Wenn sie genug getrunken hatten, um redselig zu werden, ließen sie kein gutes Haar an den gehandelten Namen in den großstädtischen Feuilletons. Dann konnte es vorkommen, dass der Kulturredakteur ein jüngst verfasstes Gedicht aus der Tasche zog, das der Maler sich geduldig anhörte. Herkings Poesie war konventionell und so düster wie die Bilder des ehemaligen Hauptkommissars.

Als Swoboda die dünnen Kalbsleberscheiben gegessen und mehr als die Hälfte des Weins getrunken hatte, war er zur Kooperation bereit.

Also, was ist mit dem Computerspiel, und wer will dir was mitteilen?

Du müsstest es dir ansehen und anhören, ich kann es nicht beschreiben, wenn du solche Spiele nicht kennst, es macht

Anleihen bei Dragon Age 2 oder The Witcher. Allerdings scheint der Macher aus irgendeinem Grund Italienisch vorauszusetzen. Kannst du Italienisch?

Und wie, sagte Swoboda, winkte dem Wirt und bestellte. Due espressi e due grappe, per favore.

Wilfried Herking grinste und verlangte die Rechnung.

Die Räume in der Redaktion der *ZN* am Alten Winkel waren menschenleer bis auf eine junge Frau. Swoboda registrierte: fast so groß wie er selbst und auffallend mager, Jeansanzug, das blonde Haar in kleiner Dauerwelle, breiter Mund. Herking stellte sie vor. Saskia Runge, frisch promovierte Medienkundlerin aus Dresden, die als Praktikantin eigentlich noch bis zweiundzwanzig Uhr Redaktionsdienst hatte. Sie dankte, als Herking sie nach Hause schickte, mit unüberhörbar sächsischem Klang.

Aus den Bürofenstern im zweiten Stock konnte man auf den Schillerplatz und ein Stück der Hauptstraße blicken, die ihn kreuzte. Swoboda sah die Praktikantin in ihrem türkisfarbenen Sommermantel aus dem Zeitungsgebäude kommen. Sie zündete sich eine Zigarette an und telefonierte. Ein Jogger in schwarzem Anorak, die Kapuze überm Kopf und mit einem Köcher auf dem Rücken, rannte, vom Alten Winkel her kommend, an ihr vorbei über den Schillerplatz und die Hauptstraße hinunter zum Kornmarkt. Swoboda glaubte, in ihm denselben Jogger wiederzuerkennen, der ihn und Herking vor mehr als einer Stunde am rechten Mührufer auf dem Weg zum *Da Ponte* überholt hatte, und wunderte sich über dessen Ausdauer. Andererseits sahen sie alle irgendwie gleich aus und waren ihm mit ihrer auftrumpfenden Beweglichkeit sämtlich unsympathisch.

Die Straßenlaternen glommen auf und wurden hell. In ihrem Licht war der Platz draußen plötzlich voller Schatten.

Der Redakteur rief ihn an den Schreibtisch.

Auf dem Bildschirm seines Computers leuchtete vor einem blutroten Himmelspanorama der goldene Schriftzug *Mein ist der Tod*. Dazu ein paar aus Wagners *Götterdämmerung* gepanschte Töne, eingemischt in eine gleichfalls geklaute Filmmusik.

Der goldene Schriftzug wechselte in die blinkende Zeile:

Vide cor tuum.

Swoboda schüttelte den Kopf.

Sind die alle so kitschig?

Das ist noch schlicht, sagte Herking. Dieses Vide cor tuum kann man mit einem Passwort überschreiben, wenn man's hat.

Während der Hintergrund seine Farben verlor und zu einer braungrünen Tiefe wurde, erschien, aus der Bildmitte wachsend, der Oberkörper einer Gestalt in einem schwarzen Kapuzenanorak, das Gesicht verdunkelt. Jetzt wechselte das Panorama erneut: Die ockerfarbene Silhouette einer Stadtmauer mit eckigen Wehrtürmen erschien, dahinter hohe Flammen, ein Bild, das Swoboda an etwas erinnerte, was ihm nicht einfiel.

Der Verhüllte verwandelte sich in einen gesichtslosen Mönch in schwarzer Kutte, griff hinter sich, holte einen pythonartigen Schwanz hinter dem Rücken hervor und wickelte ihn sich um seinen Leib. Zugleich wuchsen aus seiner Umgebung Schlangen, als würden sie aus der Luft gezaubert, die gelb-rot gezackten, schwarz-braun gestreiften und grünmetallisch schillernden Schuppenkörper wanden sich um seine Arme und zwischen seinen Beinen durch. Swoboda fühlte sich an die Schlangenleiber auf Gemälden von Böcklin erinnert.

Dann eine unnatürlich tiefe, durch künstliche Bässe verzerrte Stimme:

Ich führe euch in die Hölle. Ich lehre euch sehen. Nenne das Wort und folge mir. Vide cor tuum.

Eine Flammenschrift erschien:

la quale ella mangiava dubitosamente
Dann aß sie, wohl bedacht, das Herz,
das in der Hand ihr brennend dargeboten ward.

Das Menetekel verschwand und machte einer Fratze unter der Kapuze Platz, einer aus Drachenkopf und Wolfsgebiss gemischten Visage. Das schlitzäugige Biest riss seinen Rachen auf und entblößte Reißzähne, von denen Schleim tropfte. Immer mehr Schlangen legten sich um seine Schultern, ringelten sich um seinen Hals.

Vide cor tuum, wiederholte die dröhnende Stimme, auch auf deins wartet die Hölle.

Dann wandte das Wesen sich um, lief in eine Gasse zwischen hohen Mauern, an der Seite der Kutte schwang fast waagrecht ein leicht gebogenes Schwert, schließlich verschwand die Gestalt unter Donnerschlägen, während Blitze den Himmel aufrissen.

Der Bildschirm wurde schlagartig schwarz. Ein grünes Copyrightzeichen erschien, © Maro2011, was nach dem digitalen Mummenschanz absurd wirkte.

Swoboda musste lachen.

In meiner Kindheit gab es Geisterbahnen.

Die gibt es immer noch, sagte Herking, das hier ist etwas anderes. Vielleicht das Bekenntnis eines Mörders. Wenn wir das Passwort herausfinden, zeigt er uns wahrscheinlich das Herz, das diese Verena Züllich aber schon entdeckt hat. Ich bin sicher, dass er uns in die Aegidiuskirche führt und dass in diesem Spiel auch ein Hinweis auf den Verbleib von Iris Paintners Leiche versteckt ist. Aber dazu müsste man das Vide cor tuum durch das Passwort ersetzen, das wir nicht haben.

Er warf die DVD aus, fasste sie vorsichtig am Rand und steckte sie in eine Plastiktüte. In ihr bewahrte er auch die gepolsterte Versandtasche auf, die an die Redaktion adressiert war.

Du siehst, ich habe, so gut ich konnte, auf Spuren geachtet, seit ich weiß, worum es hier geht.

Vielleicht bloß ein Trittbrettfahrer und Wichtigtuer, sagte Swoboda.

Herking stand auf und übergab ihm die Plastiktüte.

Ich glaube nicht. Das ist relativ aufwendig gemacht, der hat sich Mühe gegeben. Dafür brauchte er ein paar Programmierkenntnisse, die man erlernen muss, die hat nicht jeder, der sich nur ein bisschen mit der entsprechenden Software auskennt. Ich fürchte, der Bursche ist raffiniert. Und er wird weitermachen.

Swoboda hielt die Tüte hoch.

Was soll ich damit?

Was du immer mit Beweismitteln getan hast: Sichern.

Swoboda nickte dem Nachtpförtner zu, der ihm die gläserne Drehtür des *ZN*-Gebäudes freigab, und trat auf den Schillerplatz ins gelbe Laternenlicht. Er hatte das Gefühl, dass der Nachthimmel grauschwarz und lastend wie eine Schieferplatte über ihm lag.

Bis zur Prannburg war es nur eine Viertelstunde, wenn er die Gassen nahm, die vom Alten Winkel zum Burgweg hinauf führten. Unterwegs konnte er die Plastiktüte mit der DVD im Polizeipräsidium abgeben. Er fühlte sich kraftlos und schwer. Am Montevetrano bei *Da Ponte* konnte es nicht liegen, der hatte nur 13 Prozent. Am Grappa auch nicht. Wahrscheinlich war es seine Unzufriedenheit mit sich selbst. Gegen seinen Willen sah er sich in einen Fall verwickelt, der ihn mehr beschäftigte, als er sich Herking gegenüber hatte anmerken lassen.

Die Bilder des Videos lebten in seiner Phantasie weiter. Sie als bombastischen Kitsch abzutun, half nicht.

Herking hatte vermutlich recht. Obwohl er als Redakteur für Literatur, Theater, Film und Musik zuständig war, schien er einen Riecher für Verbrechen zu haben. Kein Wunder, die meisten Opern, Theaterstücke, Romane handelten mehr oder weniger deutlich von Schandtaten, die verborgen wurden und ans Licht kamen.

Doch der Typ, der das Video entworfen hatte, war so fasziniert von der eigenen mörderischen Gewalt, dass er sich damit brüsten musste. Er hatte die DVD nicht an die Polizei geschickt, sondern an die Zeitung, das hieß: an die Öffentlichkeit. Nur: Warum sprach er von der Hölle? Was bedeutete der Tierschwanz, den er sich um den Körper gewunden hatte? Was die Schlangen?

Am Ende der Schwedengasse blieb Swoboda stehen.

Er war keine vier Minuten unterwegs und funktionierte wieder als Kriminaler. Er ärgerte sich darüber, doch neben dem Ärger war etwas anderes in ihm wach und verband sich mit der polizeilichen Fahndung nach der Wahrheit. Seine Intuition funktionierte noch wie früher: Auf irgendeine Weise hatte dieses Verbrechen mit Kunst zu tun. Er spürte es, konnte aber nicht sagen, was ihn zu der Vermutung veranlasste. Es war, wie man ihm früher nachgesagt hatte, wohl seine Nase. Und die riet ihm, jetzt nicht ins Atelier zu gehen, sondern zurück zur Hauptstraße in Richtung Neldaplatz, zur Galerie Matt. Er rief Martina an.

Ich habe keine Lust auf mein Sofa.

Du hast hier dein Bett: meins. Soll ich einen Wein aufmachen?

Nein, sagte er, ich brauche deine Hilfe.

Gleich darauf stand er vor der gläsernen Tür zur Galerie, wollte sie öffnen, sah Martina in einem frühlingshaften Blütenkleid am Tisch mit den Grafikschubladen stehen, als ihn ein Geräusch störte, das er noch nie in seinem Leben gehört hatte.

Ein dunkler, weicher Schlag, der sofort auch ein Knacken und Schmatzen war – dies alles in einem einzigen Augenblick, dem ein zischendes Gurgeln folgte. Es hörte sich nicht hell wie Wasser an, sondern verströmte sich sanft und glatt in leiser werdenden Stößen und war schon verstummt, bevor er orten konnte, woher das Geräusch kam. Er sah zur

Landspitze hinunter. Etwas fiel mit einem dumpfen Laut nieder. Ein zweiter Schlag, heller.

All das geschah leise und nicht in der Nähe. Alarmiert ließ er die Plastiktüte vor der Galerietür fallen und lief, als wüsste er, wohin, die kurze Wilhelmstraße zum Kornmarkt hinunter. Der Platz war menschenleer, der Bronzeleib der Zunger Zick stand im Nachtlicht schimmernd und still auf seinem Sockel im trockenen Brunnen. Eine faserige Wolke zog vor den Mond.

Weiter unten, neben dem Mäuseturm, blitzte etwas auf.

Dort entfernten sich Schritte.

In der Nähe des Ufers sah er sie auf dem Kornmarktpflaster liegen. Er erkannte ihren Mantel, rannte den Schritten hinterher, folgte der Spur aus schwarz glänzenden Pfützen, bald kleinen Lachen, dann Tropfen, hörte, wie Holz an die Steinmole schlug, Plätschern, Ruderschläge. Die Wolke gab den Mond frei, und Swoboda sah das Boot sich vom Ufer entfernen, darin die aufrechte Gestalt mit Kapuze über dem Kopf, an der Hüfte pendelte in der Horizontalen ein dünnes, schwach gebogenes, silberhelles Schwert. Stehend wriggte der Mann den Kahn mit dem langen Heckruder auf die Nelda hinaus und ließ sich mit der Strömung forttreiben.

Swoboda lief zu der Toten zurück und beugte sich zu ihr hinunter. Sie lag auf dem Bauch, die Schultern und den kurzen Nacken in einem See von Blut. Der türkisfarbene Mantel hatte sich bis zu den Ärmeln vollgesogen. Am linken Handgelenk spuckte der Stumpf noch Blut.

Er kannte in der Geschichte der Kunst viele Bilder mit abgeschlagenen Gliedmaßen und Köpfen, Halsstümpfen und aufgeschnittenen Kehlen; Kriegsbilder, mythologische und biblische Ereignisse; keines hatte ihn jemals so sehr ergriffen wie der Anblick dieser jungen Frau. Er wusste nicht, ob Mitleid oder Zorn ihm Tränen in die Augen trieb, jedenfalls hatte er in seiner Zeit als Kommissar nie beim Anblick eines Opfers geweint. Manchmal hatte er einem Toten wie zum Abschied die Hand aufs Haar gelegt. Jetzt kämpfte er gegen ein überwältigendes Gefühl der Trauer an, das in ihm aufstieg.

Alexander? Was ist? Kommst du?

Martina rief nach ihm, während sie sich näherte.

Sie war schon am Zickbrunnen.

Bleib weg!

Er schrie sie an wie in größter Not: Weg! Sieh nicht her! Geh weg! Geh!

Später, als auf dem Kornmarkt die Scheinwerfer den Platz ausleuchteten und das Tatortteam seine Arbeit machte, saß Rüdiger Törring bleich am Besuchertisch der Galerie. Seine braune Haartolle war ihm in die Stirn gefallen, und er fühlte sich ausgelaugt und war erschöpft. In seinem Beruf hatte er bisher einige entsetzliche Erfahrungen gesammelt, doch keine war so verstörend gewesen. So weit er wusste, hatte es in der Geschichte des Verbrechens noch nie einen Täter gegeben, der seinen Opfern den Kopf und die linke Hand abschlug. So etwas kam in Kriegen vor und bei Terroristen.

Swoboda hockte ihm in sich gekehrt gegenüber. Martina hatte eine Flasche Wodka aus dem Gefrierschrank gebracht. Sie setzte sich an den Tisch, rauchte. Sehnsüchtig starrte Swoboda auf ihre Zigarette.

Ihr müsst das LKA anfordern, sagte er leise.

Törring nickte.

Seit gestern ist sogar das BKA hier. Wegen dem Toten in den Fischerhäusern. Keine Ahnung, warum die sich für ihn interessieren. Die Chefermittlerin hat ihn sich sofort unter den Nagel gerissen. Michaela Bossi ist aus Wiesbaden gekommen.

Als sie den Namen hörte, drückte Martina ihre Zigarette im Aschenbecher aus.

Swoboda schien den Hinweis auf die einstige Kollegin, die vor vier Jahren vom Landeskriminalamt zum Bundeskriminalamt gewechselt war, zu ignorieren und leerte sein Glas.

Er hat ein Schwert. Der Kerl hat ein japanisches Schwert.

Hast du es gesehen? fragte Törring.

Nein. Ja. In dem Computerspiel –

Er sprang auf.

Wo ist die Plastiktüte? Ich habe eine Tüte vor der Tür fallen lassen, wo ist die?

Drüben, neben der Kaffeemaschine, sagte Martina. Ich hab sie liegen sehen und reingeholt. Falsch?

Goldrichtig. Danke. Ich habe reagiert wie ein Anfänger.

Törring verstand nichts und ließ sich die letzten Stunden von Swoboda erzählen, der, während er sprach, unentwegt kleine Bilder in sein Skizzenbuch kritzelte. Manisch versuchte er festzuhalten, was er in Herkings Computer und auf dem Kornmarkt gesehen hatte. Die auf dem Pflaster liegende Praktikantin gelang ihm nicht, seine Hand schien sich zu weigern, einen enthaupteten Menschen zu zeichnen.

Sein ehemaliger Assistent sah ihm zu und ahnte, dass Swoboda zeichnete, um nicht kriminalistisch denken zu müssen. Er verschwieg ihm, dass man neben dem Skelett im Fischerhaus fünf den Kopf einer unbekannten Frau gefunden hatte, in einem kleinen hölzernen Boot.

Die Herkunft des geschnitzten Nachens war inzwischen geklärt: Einer der Studenten von der Bildhauerschule, die das Fischerhaus Nummer 4 besetzt hielten, vermisste ihn seit ungefähr drei Wochen und hatte seine Kommilitonen im Verdacht, es aus Jux auf die Nelda gesetzt zu haben.

Der Mörder der Unbekannten musste es aus dem Haus gestohlen haben, dessen Türschloss man mit dem einfachsten Dietrich öffnen konnte. Die Studenten selbst schienen unverdächtig, auch wenn ihre Alibis in beliebiger Weise zu deuten waren. Sicher war, dass sie untertags in der Bildhauerschule waren und von dem Toten An der Floßlände 5 keine Ahnung gehabt hatten.

Irgendwann würde Swoboda erfahren müssen, dass es noch eine dritte Tote gab, deren Leichnam noch nicht gefunden war.

Was sie hatten, war das Herz von Iris Paintner, den enthaupteten Leib von Saskia Runge und den Kopf einer Unbekannten. Und ein Videospiel, in dem sich der Mörder verrätselte.

Auch wenn der Hauptkommissar sich verbot, voreilig Schlüsse zu ziehen – für ihn war klar, dass er es mit einem Psychopathen zu tun hatte. Und nichts sprach dafür, dass er aufhören würde zu töten. Im Gegenteil, Serientäter waren nach jedem Mord immer nur für kurze Zeit von ihrem Zwang erlöst.

Als Rüdiger Törring längst gegangen war und der Tatort innerhalb der gelb-schwarzen Absperrbänder wieder dunkel und leer dalag, begann es zu regnen. Swoboda trank seinen dritten Wodka, blickte auf die Regenschnüre, die vor der Glastür im Licht der Straßenlaternen glitzerten, und dachte an das Blut, das jetzt vom Kornplatz gewaschen und über die Steintreppen in die Nelda geschwemmt würde. Er konnte nicht aufhören, den Verlauf des Abends in Gedanken zu wiederholen. Warum hatte er die Praktikantin nicht aufgefordert, in Herkings Büro zu bleiben? Sie hätte nicht gestört.

Was verband diese Saskia Runge, fünfundzwanzig Jahre, aus Dresden, mit Iris Paintner? Mit wem hatte sie telefoniert? War es eine Verabredung mit dem Mörder? Gab es einen Ring an ihrer linken Hand, der den Täter identifiziert hätte? Eine Tätowierung? Die wäre ihm in der Redaktion aufgefallen. Hatte sie überhaupt einen Ring getragen? Swoboda wusste es nicht mehr.

Waren Iris und sie nur zufällig Opfer geworden? Gab es in Zungen an der Nelda einen Wahnsinnigen, der wahllos junge Frauen abschlachtete? Oder war einer der beiden Morde gezielt, der andere nur Ablenkung?

Was er unbedingt vermeiden wollte, war eingetreten: Sein Polizistengehirn hatte zu arbeiten begonnen wie früher, und seine Fragen hielten ihn vom Nachdenken über das Kirchenfenster ab.

Er rief sich einen Text aus seinen Vorbereitungen auf das Thema des Fensters in Erinnerung; eine Stelle aus den Paulus-Briefen:

Die Toten in Christus werden zuerst auferstehen; danach wer-

den wir, die Lebenden, die übrig bleiben, zugleich mit ihnen entrückt werden in Wolken dem Herrn entgegen in die Luft; und so werden wir allezeit beim Herrn sein.

Dem Generalvikar gegenüber, der ihn eindringlich auf die Unterschiede zwischen der Heimkehr Christi zu seinem Vater, der Himmelfahrt Mariae und dem Jüngsten Gericht hinwies, hatte er von Anfang an keinen Zweifel daran gelassen, dass er kein Bild der leiblichen Auferstehung, nichts Figürliches machen werde. Vielmehr wolle er in dem Fenster das Licht der Himmelfahrt sichtbar machen:

Ich suche nach der leichtesten Farbe!

Nicht weil er gläubig sei, sondern weil er sich von dem vorgegebenen Thema herausgefordert sehe, die Aufhebung des Todes bildlich neu zu erfinden. Immerhin sei das, soweit er es verstehe, die einzige wirklich befreiende Botschaft des Christentums. Das Fenster werde also abstrakt. Der Generalvikar hatte unmerklich zugleich mit den Augenbrauen und den Mundwinkeln gezuckt, aber nichts gesagt.

Jetzt beschloss Swoboda, und zwar beschlossen der Maler und der Kommissar es einvernehmlich, dass sich sein Auftrag geändert hatte: Er würde das Auferstehungsfenster für die beiden Opfer gestalten, für Iris Paintner und Saskia Runge. In seinem Fenster würde es um ihr Leben über den Tod hinaus gehen. Er würde zwei Farbstränge in ein gemeinsames Leuchten übergehen lassen, und das Fenster würde am unteren Rand dunkel, am oberen fast durchsichtig sein. So wäre der Künstler Swoboda mit ihnen verbunden, während der alte Kriminaler Swoboda ihren Mörder suchte.

Er schlief spät neben Martina ein, seine rechte Hand auf

ihrer Brust. Wie ein Kind hatte sie ihn in den Arm genommen, lag lange wach, starrte ins Dunkel und versuchte, sich nicht vorzustellen, was er ihr zu sehen verboten hatte.

Als sein Atem leise und regelmäßig wurde, schloss sie die Augen und hörte dem Regen zu. Plötzlich sah sie Törring vor sich. Seit Jahren war er ihr als Swobodas Kollege und Freund vertraut, doch so verletzlich und hilflos wie an diesem Abend hatte sie den ewigen Junggesellen noch nie erlebt. Sie lächelte.

Swoboda träumte von einem Kahn auf der Nelda, aber es standen *zwei* Männer darin. Hinter ihnen brannte eine mittelalterliche Stadt. Noch im Traum fiel ihm ein, dass er das Bild kannte, doch er wusste nicht, woher.

Beim Frühstück sagte er unvermittelt zu Martina:

Delacroix!

TAGEBUCH

Meine Instinkte funktionieren perfekt.

Ich ahnte, dass ihrem Tod nicht zu trauen war. Habe mich kundig gemacht: Niemand außer mir weiß etwas über sie. Nur ich habe sie erkannt: die Hydra, die Herakles angeblich besiegt hat.

Aber Herakles ist bloß ein Sagenheld.

Die Hydra gibt es wirklich. Sie ist hier.

Gut, dass ich meine nächtlichen Patrouillen nicht aufgegeben habe. Die Auferstehung hatte ihre Gestalt nur unwesentlich verändert, darum hatte sie sich mit einem blaugrünen Mantel getarnt. Natürlich konnte sie mich nicht täuschen. Wie siegesgewiss sie war! Die Schlange lächelte mich an. Ich wusste, was sie von mir wollte. Immer lächelt sie, sagte: Komm her, du bist schwach!

Dass ich stärker als sie bin, erkannte sie nicht einmal, als sie mein Gesicht sah. Ich bat sie um Feuer. Auf diesen uralten Trick fiel sie rein, den ich bei ihrer ersten Enthauptung schon benutzt hatte!

Als ich den einen Schritt zurücktrat, der nötig ist, um mit dem Katana Schwung holen zu können, grinste sie immer noch, als ob sie wüste, dass sie auch diese Hinrichtung überstehen würde. Seltsam fand ich, dass im Augenblick der Enthauptung ihr lüsterner Gesichtsausdruck nicht wechselte. Genießt sie es? Ist sie so barbarisch, dass ihr das Sterben Lust bereitet?

Ich bin gestört worden und musste fliehen. Schade. Ich hätte sie gern länger in ihrem Blut liegen sehen.

IV

Der blaue Karton

JA, IST DENN DORT NICHT DIE POLIZEI?
Doch, Sie sprechen mit Kriminalhauptmeisterin Lingenfels.
Ich möchte aber mit Herrn Swoboda sprechen, also verbinden Sie mich bitte.
Ich kann Sie mit Herrn Swoboda nicht verbinden, aber Sie
können mir genauso gut sagen, was Sie auf dem Herzen haben.
Reden Sie nicht mit mir wie mit einem Kind! Ich habe
nichts auf dem Herzen. Ich weiß, wer der Tote in den Fi-
scherhäusern ist, also geben Sie mir jetzt Herrn Swoboda!
Einen Moment bitte, bleiben Sie dran.
Sibylle Lingenfels, die im Kommissariat Billy genannt wur-
de, schaltete den Apparat auf stumm, stöhnte und bat ih-
ren Kollegen am Schreibtisch gegenüber:
Kannst du mal bitte? Eins von den üblichen alten Weibern,
angeblich weiß sie was über den Leichenfund an der Floß-
lände.
Bernd Viereck nickte und übernahm das Gespräch.
Ja bitte?
Herr Swoboda?
Nein, hier ist Kommissar Viereck.
Ihre Kollegin wollte mich mit Herrn Swoboda verbinden!

Das geht nicht, Hauptkommissar Swoboda ist in Pension.

So ein Unsinn, dazu ist er ja viel zu jung!

Ich sage Ihnen doch, er ist pensioniert, aber ich nehme Ihre Aussage gern auf.

Ich kenne Sie ja überhaupt nicht.

Aber Swoboda kennen Sie.

Selbstverständlich, ich habe ein Bild von ihm gekauft, es hängt hier in meinem Salon, das große mit dem Chamäleon, das über die Dächer wächst. Kennen Sie es?

Nein.

Da sehen Sie.

Wären Sie bereit, ins Präsidium zu kommen und uns zu erzählen, was Sie wissen?

Ich bin an den Rollstuhl gefesselt, junger Mann. Sagen Sie Herrn Swoboda Bescheid. Er weiß schon, wer sein Bild hat.

Freya Paintner stellte das Telefon in die Ladeschale und steuerte ihren Rollstuhl durch den Salon an die Tür zum Garten. Die beiden Flügel standen offen, die halbkreisförmige Sandsteinterrasse mit ihrer niedrigen Brüstung fiel über sieben Stufen zu einem Vorplatz und einer angrenzenden großen Rasenfläche ab, hinter der alte Eichen eine zwischen den Stämmen wachsende Hainbuchenhecke überragten. Sie war nicht mehr geschnitten worden und zu Büschen ausgewachsen. Der Rasen, seit Jahren nicht gemäht, hatte sich in eine von alten Graslagen, Laub und Unkräutern verfilzte Wiese verwandelt, aus der die jungen Halme ihren Weg ans Licht suchten. Ein Swimmingpool, den Freyas Vater, Ludwig Paintner, in den Fünfzigerjahren hatte anlegen lassen und den sie sehen konnte, wenn sie ihren Rollstuhl in den linken Erker mit seinen bodenlangen Fenstern lenkte, war von einer Schicht Algen und Entengrütze bedeckt. Von seinem Grund, wo seit Jahren abgesunkene Blätter und Wasserlinsen faulten, stiegen ab und zu Blasen auf.

Sie liebte den Anblick des langsam verwildernden Gartens. Seit sie den Rollstuhl brauchte, hatte sie alle bis dahin üblichen Arbeiten in dem parkartigen Gelände, das die Villa umgab, untersagt. Sie wollte zusehen, wie die Natur sich dem Haus näherte, und empfand eine tiefe Befriedigung darüber, wie stark und ungestüm das Leben um sie herum wuchs, während sie selbst auf den Tod zuging.

Sie war vierundachtzig Jahre alt, gebildet, unnachgiebig im Urteil und von einer schönen, ruhigen Würde. Je mehr der Garten und die Auffahrt zur Eingangsterrasse verwahrlosten, um so sorgfältiger achtete sie auf sich selbst. Friseurin, Kosmetikerin, Fußpflegerin, Maniküre kamen ins Haus, sie ließ sich von ihrer ungarischen Pflegerin Dorina Radványi baden und massieren, täglich frisch ankleiden, liebte rosafarbene und hellblaue Blusen, steckte sich mit Schildpattkämmen die weißen Haare hoch, hatte zweimal in der Woche Besuch von einem Physiotherapeuten und betrieb um den eigenen Körper einen Aufwand, der einem einzigen Zweck diente: die Trauer im Zaum zu halten, mit der sie seit mehr als sechzig Jahren lebte und in der sie zu versinken fürchtete. Von außen hielt sie sich innen aufrecht.

Auf ihrem Schoß lag die Zeitung mit dem ganzseitigen Bericht über den *Ötzi von der Nelda*, wie der Reporter das aufgefundene Geripge getauft hatte. Freya Paintner hatte gelesen, dass der Schädel eingeschlagen, die Oberarme und die Schienbeine gewaltsam gebrochen worden waren. Dass man nichts über den Toten wusste. Dass das Landeskriminalamt den Fall übernommen hatte. Dass im Haus Nummer 5 seit 1938 ein Fischer gewohnt habe, allein, ein Mann namens Alois Dietz. Man fand ihn am 13. April 1945, einem außergewöhnlich warmen Freitag – sowjetische Truppen hatten wenige Tage zuvor Budapest erobert, die Franzosen Karlsruhe besetzt –, in der Nelda. Neunhundert Meter flussabwärts von Zungen war er im Schilf angeschwemmt worden. Sein Boot kam erst fünfzehn Kilometer weiter an der Heergarter Schleuse zum Halt.

Man hatte den Fall nicht lange untersucht. Der Mann war vermutlich beim Fischen ins eiskalte Wasser gefallen und schnell gestorben. Es gab so viele Tote in jenen Tagen, und manche bekamen nicht einmal einen Totenschein. Alois Dietz hatte keine Verwandten. Seit seinem ungeklärten Tod hatte das Haus leer gestanden. Jetzt geriet er posthum in Verdacht, ein Mörder gewesen zu sein und sich nach der Tat umgebracht zu haben.

Auf der gegenüberliegenden Seite stand ein ausführlicher Bericht über die Familiengeschichte und den Holzvertrieb der Paintners. Anlass war die polizeiliche Mitteilung, dass das Herz, das vor Tagen von Verena Züllich in der Aegidiuskirche gefunden worden war, eindeutig der verschwundenen Iris Paintner zuzuordnen sei. Noch sei ihre Leiche nicht gefunden worden.

Der Elektromotor summte lauter, als der Rollstuhl mit den kleinen Vorderrädern gegen die Schwelle der Gartentür fuhr. Wenn Freya Paintner jetzt drehen, rückwärts wieder an die Schwelle fahren und den Hebel weiter zu sich ziehen würde, könnten die größeren Hinterräder den Widerstand leicht überwinden und sie hinaustragen, über die bemoosten Sandsteinplatten der Terrasse, und weiter bis zu den Stufen. Schon oft hatte sie daran gedacht, sich mit dem Rollstuhl rückwärts über die Treppen zum Vorplatz hinabzustürzen. Heute wusste sie, warum sie es nie getan hatte: Ihr Geliebter war wieder bei ihr, und sie konnte für seine letzte Ruhe sorgen. Er war damals nicht geflohen, wie ihr gesagt worden war. Er war ihr treu geblieben. Man hatte ihn totgeschlagen. Und niemand konnte ihr einreden, dass ausgerechnet der Mann, der Yoro Mboge versteckt hatte, Alois Dietz, ihn umgebracht haben sollte.

Ihre Gefühle, die sie seit jenem Jahr 1945 stets in ihrer Gewalt gehabt hatte, überliefen sie jetzt in Wellen: Sie war überwältigt davon, dass ihre Liebe sich in all dem Schrecken auf tröstliche Weise vollendete. Zugleich war Iris' junges Leben ausgelöscht worden. Der absurde Gedanke kam in ihr auf, das Schicksal habe ihr den Geliebten um den Preis von Iris zurückgegeben.

Seit sie verschwunden war, hatte die Angst um sie die Familie gelähmt – auch Freya, obwohl sie ihre Großnichte, die ihr angeblich ähnlich sah, nicht sonderlich schätzte. Iris war ihr zu sehr eine typische Paintner, ein gelungenes Erziehungsprodukt ihres Vaters Martin, berechnend und egozentrisch. Er herrschte in der Firma, hatte seine Tochter auf die spätere Übernahme konditioniert und seine Frau Susanna, die er, für Freya unerträglich, Susi nannte, in eine andauernde Depression getrieben.

Selbst wenn Martin Paintner anders gewesen wäre, als er

war: Bei Freya konnte er nicht gewinnen, schon weil er der Sohn ihres älteren Bruders Gernot war: Auch der war ein perfekter Vatersohn, anders als ihr jüngerer Bruder Helmut, der in Martins Stadthaus unter dem Dach wohnte, seit vier Jahrzehnten in tiefer Melancholie dämmernd, mit seiner Münzsammlung beschäftigt und von der Familie seines Neffen notdürftig versorgt.

Es passte zu Martin, dass er sie die Nachricht von Iris' Tod aus der Zeitung erfahren ließ. Irgendwann würde sie ihn aus der Zeitung erfahren lassen, wer der Tote im Fischerhaus an der Nelda war.

Sie ließ die schwarze Griffkugel des Steuersticks los, blickte in den verwilderten Garten hinaus und weinte lautlos. Sie saß aufrecht, ruhig, die Tränen rannen gleichmäßig aus den offenen Augen, liefen über die Mundwinkel zum Kinn und tropften auf die Zeitung in ihrem Schoß.

Als würden sie emporgeschwemmt, stiegen alte Bilder in ihr auf, vermischten sich und trieben wie von selbst zusammen, vereinigten sich zu ihrer Geschichte, der Geschichte von Freya und dem toten Soldaten, der jetzt unter dem Fußboden des Fischerhauses Nummer 5 von einem sechsjährigen Jungen gefunden worden war.

Wie lange würden sie brauchen, um herauszufinden, dass er ein französischer Kriegsgefangener gewesen war? Noch dazu einer, der ein Gesicht schwarz wie die Nacht gehabt hatte. Ein *Tirailleur Sénégalais*. Was wussten sie über die Kolonialsoldaten im französischen Heer, die Westafrikaner und Nordafrikaner? Vermutlich nichts. Würden sie immer noch, wie damals, sagen, dass er ein Vieh war, von der Rasse, die Frankreich »vernegert« und geschwächt hatte, bis es unterliegen musste? Dass es eine Schande war, ihn zu lieben? Sechzig Jahre hatte sie seinen Namen in Gebete eingeschlossen und manchmal, wenn sie allein war, geflüstert, als könne sie ihn zu sich locken. Sie glaubte nicht an Engel und Geister, aber seine Nähe konnte sie spüren.

Laut rief sie seinen Namen in den Garten: Yoro!

Wie heißt das Schwein? Yoro Mboge? Weißt du, was du uns angetan hast? Einen flüchtigen Kriegsgefangenen verstecken! Sexuelle Verwahrlosung! Hast du überhaupt eine Ahnung, was das heißt, du Niggerhure? Da steht doppelt KZ drauf!

Das Gesicht ihres Vaters war nicht von Angst um sie oder die Familie verzerrt gewesen, es war die Wut, die sie alle von ihm kannten, ihre Mutter, ihre beiden Brüder, diese Wut, die zunahm, seit mit dem Nazireich auch seine Hoffnungszeit zu Ende ging.

Nach dem Aufschrei hatte er sie mit dem Handrücken ins Gesicht geschlagen, mit dem Familienring der Paintners getroffen. Sie hatte sich an die Wange gefasst, das Blut an ihren Fingern betrachtet, ihren Vater stumm angesehen und sich geschworen, mit diesem Mann, der sich als Leiter eines kriegswichtigen Betriebes UK hatte stellen lassen und noch im März 1945 seine Kunden mit Heil Hitler grüßte, nicht mehr zu sprechen. Sie hatte den Schwur gehalten, vierunddreißig Jahre lang, bis man Ludwig Paintner 1979 auf dem alten Zungener Friedhof in dem Familiengrab beisetzte, über dem ein wuchtiger Engel aus poliertem Basalt saß. Als ihr Vater im Sterben lag, war sie auf Drängen der

Mutter zu ihm gegangen, hatte neben dem Bett gestanden und geschwiegen. Er hatte sie ermahnt, ihm zu danken. Du weißt, wo du ohne mich gelandet wärst. Jetzt, wo es bald aus ist mit mir, musst du deine Bockigkeit endlich aufgeben. Das gehört sich. Ich habe das Beste für dich getan. Sie hatte sich umgedreht und war aus dem Zimmer gegangen.

Als sie nach der Geburt ihres Sohnes Joseph aus dem Kloster der Armen Schwestern vom Herzen Mariae im oberösterreichischen Hohenkirchen zurückgekehrt war, hatten ihr Vater und ihre Brüder erzählt, der Nigger sei bei Nacht und Nebel abgehauen. Wie man das eben von Niggern nicht anders erwarten konnte. Weg, hatte ihr Vater gesagt, kaum, dass du im Kloster warst; und ihr Bruder Gernot hatte wiederholt: Das Vieh ist weg. Helmut hatte genickt. Sie sieht noch, wie die drei am Tisch in der Küche saßen, mit dem falschen Bedauern im Gesicht.
Damals, es war der sonnige Oktober 1945, hatte sie begonnen, an Yoro zu zweifeln. Das war der größere Schmerz. Sie wollte ihre Liebe gegen ihren Zweifel verteidigen, ließ in den Fünfzigerjahren Nachforschungen anstellen, ohne jemals Gewissheit zu bekommen. Was ihr blieb, war ein Gefühl, das sie mehr und mehr ausfüllte: Sie nannte es Trauer, hätte aber nicht sagen können, ob sie um Yoro Mboge trauerte oder um sich selbst. Was sie sicher wusste: Sie hatte aufgehört, irgendeinen Menschen zu lieben.
Verzeih mir, Iris, sagte sie stumm, ich trauere um dich, aber ich denke an ihn, ich kann nicht anders. Ich wünschte, du wärst am Leben. Aber sein Tod hat ihn für mich gerettet.

Meine Liebe hat recht behalten. Meine Ungewissheit ist vorüber. Lass mir Zeit, um dich zu trauern, Iris.

Über den Garten hatte sich ein Wolkenschatten geschoben. Freya wandte sich ab und lenkte ihren Rollstuhl zu einem Sekretär im rechten Erker des Salons. Das behäbige Biedermeiermöbel verfügte über eine Schreibplatte, die man herausziehen und mittels zweier rechts und links auszuklappender Winkelstützen absichern konnte. Der Aufsatz enthielt in der Mitte drei offene Fächer, an die sich beidseits Schubladenelemente mit je vier Zügen anschlossen. Am gebauchten, mit Intarsien geschmückten Giebel ließ sich durch einen verborgenen Mechanismus die Front nach oben kippen. Dem dahinterliegenden Fach entnahm Freya einen flachen, blauen Karton und legte ihn vor sich auf den Schreibtisch.

Sie war allein in dem Haus, das ihr Vater am Beginn der Fünfzigerjahre der Witwe eines Porträtmalers abgekauft hatte. Günther Korell, der im ersten Stock wohnte und anfangs ihr hilfreicher Mieter, seit zwei Jahren ihr Adoptivsohn war, hatte ihr nach dem Frühstück wie an jedem Freitag die Einkaufsliste vorgelegt, sie hatte ein paar Kleinigkeiten ergänzt, er hatte sich mit einem angedeuteten Wangenkuss verabschiedet und war in die Stadt gefahren. Er war noch keine dreißig, als sie ihn kennenlernte: Poet und freier Werbetexter, kein schlechter Koch, wie er sich selbst vorstellte. Sein Lächeln hatte ihr auf Anhieb gefallen, seine schlaksige Figur, über einsneunzig, wirre schwarze Haare, die ihm in die Stirn fielen, ein schmales, fast zartes Gesicht mit rundem Kinn. Nur die graugrünen Schildkrötenaugen passten nicht zu seinem jungenhaften Aussehen. Freya hatte ihm das obere Stockwerk der Villa vor allem seiner Hände wegen vermietet, die, mit ihren eigenen Worten, gotisch schön waren. Wer so zierliche, schmal zulaufende Hände hat, wusste sie, ist vertrauenswürdig. Er hatte ihr knapp berichtete, dass sein Vater 1978 nach Indien abgehauen und dort verschollen war, und dass er seine Mutter zwei Jahre später verlor. Damals war er vier. Von seinen Pflegeeltern wollte er nur erzählen, dass er ihren Namen, Korell, trug und sie nicht geliebt habe. Beide seien inzwischen verstorben.

Freya hatte schnell eine, wie sie meinte, mütterliche Zuneigung zu ihm gefasst. Als sie sich eingestand, dass er sie mehr verwirrte als rührte, schlug sie ihm die Adoption vor, um ihn wenigstens zu ihrem Erben zu machen.

Besser hätte er es nicht treffen können. Er bewunderte die Art, in der Freya ihr abhängiges Leben meisterte, und fing bald an, das leichte Dasein in ihrem Haus zu genießen. Mit ihrer Partner-Kreditkarte war er frei von Geldsorgen. Allerdings ging nach jeder Abbuchung eine Nachricht des Kartenunternehmens auf ihrem Mobiltelefon ein. So war die Art der Paintners. Vielleicht wusste er das, jedenfalls hatte er ihr noch nie private Ausgaben verschwiegen. Seine gelegentlichen Werbeeinkünfte konnte er sparen. Der mühelose Alltag in Freyas Villa war für ihn selbstverständlich geworden, während seine dritte gesetzliche Mutter den Gedanken verdrängte, dass er ihr vermutlich eine junge Freundin verschwieg.

Dann und wann schenkte er ihr ein Gedicht, und sie versuchte, daraus Zeichen seiner Zuneigung zu lesen.

Er würde in etwa drei Stunden zurück sein, die Einkäufe verstauen, ihr eine Stunde vorlesen, dann das Abendessen zubereiten und sich am späteren Abend – nie vergaß er den Nachtkuss – nach oben in seine Räume zurückziehen. Danach würde sie ihrer Pflegerin Bescheid sagen.

In dem blauen Karton bewahrte Freya Paintner Erinnerungsstücke auf, die sie sicher verwahrt wissen wollte: Ein kleines Schwarzweißfoto, das sie als Mädchen im knöchellangen Mantel mit der Sammelbüchse des Winterhilfswerks zeigte. Die runde Büchse hatte sie gut in Erinnerung: aus rot lackiertem Blech, mit Henkel, im Münzschlitz eine nach innen federnde Sperrzunge, damit man eingeworfene Münzen nicht wieder herausschütteln konnte; ein rundes Loch für gerollte Scheine; ein Fallriegel mit Ösen für die Verplombung durch den Obmann. Das Mädchen auf dem Foto sah froh aus und war stolz auf seine Sammlung; es glaubte, was es gelesen hatte: *Jedem ist klar, dass der Kampf um höchstes Glück auch höchste Opferbereitschaft verlangt. Sie muss immer aufs Neue bewiesen werden.*

Auch wenn die Pfundspende des Winterhilfswerks, die aus Lebensmitteln in Sammeltüten bestand, schon ein Jahr zuvor abgeschafft worden war, hatte die einzige Tochter von Ludwig Paintner darauf bestanden, im Winter 1944 den Fischer Alois Dietz mit Essen zu versorgen. Er wohnte allein an der Floßlände Nummer 5 zwischen den verlassenen Häusern und wurde von ihr seit drei Jahren mit den reichlichen Vorräten ihrer Familie durchgefüttert.

Auf dem Foto war sie siebzehn, ein Neujahrskind.

Als sie am 1. Januar 1945 achtzehn Jahre alt geworden war, blies sie ihre Geburtstagskerze auf dem Frühstückstisch aus, dankte ihrer Mutter für den Napfkuchen und die Wollhandschuhe und bat darum, ein Achtel des Kuchens Alois Dietz bringen zu dürfen.

Dietz war dreiundsiebzig Jahre alt, ein gedrungener Mann mit viereckigem Kopf. Seine Schläfen waren hoch geschoren, sein hellgraues Haar stand als Bürste über der Stirn, und als Freya ihn zum ersten Mal begrüßt hatte, meinte sie, er habe Hände aus Holz. In seinem Gesicht waren die Geduld des Fischers und die Armut zu lesen. Seit dem Tod seiner Frau hinkte er und zog das linke Bein nach. Er konnte nicht sagen, warum. Wenn ihn Freya mit Heil Hitler begrüßte, antwortete er Heil Sauhund und sah sie abschätzig an, als wollte er ihr sagen: Verrat mich, wenn du dich traust. Unter ihrem Jugendfoto lagen im blauen Karton Abzeichen des Winterhilfswerks: ein Anstecker aus weißem Kunstharz, das nach Elfenbein aussehen sollte und in einem Ring die kleinen Figuren von Hänsel und Gretel mit der Hexe zeigte; damals hatte sie aus der Märchenserie auch den Gestiefelten Kater besessen. Zwei Blütenbroschen lagen neben einer Nadel mit einem Bildknopf, auf dem ein rotbackiger Junge in seinem Gitterbettchen kniete. Darüber stand die Bogenschrift: *Jedem Kind ein Bett.*

Sie nahm das Abzeichen heraus und legte es sich in die Hand. Ihr Sohn Joseph musste jetzt fünfundsechzig Jahre alt sein. Wo war er? Hatte er Kinder? Sie wären seit Iris' Tod die einzigen leiblichen Erben in der Familie. Aber sie wusste ja nicht einmal, ob er lebte.

Am Vormittag des 1. Januar 1945 war sie zu Alois Dietz gelaufen, um ihm das Stück von ihrem Geburtstagskuchen, ein halbes Pfund Zucker und eine Halbpfunddose konservierte Butter zu bringen. Dietz erwartete sie nicht und erschrak, als sie aus dem kurzen Eingangsflur in seine Wohnküche trat.

Ich hab heut Geburtstag, und du kriegst ein Stück von meinem Geburtstagskuchen!

Er blieb am Küchentisch hocken, die Hände auf der geblümten Wachstuchdecke.

Glückwunsch.

Ich bin jetzt achtzehn.

Das wird man von selbst.

In ihre Freude mischte sich Ärger. Erst jetzt fiel ihr auf, dass Dietz den Ofen ungewöhnlich stark eingeheizt hatte, die Eisenringe der Herdplatte strahlten eine Gluthitze ab, die der Fischer sonst zumindest für den großen Wassertopf genutzt hätte.

Also, du bist jetzt achtzehn, sagte er langsam und stand auf. Du musst mir jetzt bei was helfen.

Er ging voraus in den hinteren Flur, an dem ein kleines Schlafzimmer einem Waschraum mit einer aufgebockten Zinkwanne gegenüberlag und an dessen Ende die Hintertür zum Hof mit dem Klohäuschen führte. In der Flurdecke war eine Klappe mit Ziehleiter eingelassen, die der Fischer mit einem Hakenstock herunterzog.

Komm, keine Angst.

Der Bückspeicher hatte ein schmales, von Spinnweben verhangenes Giebelfenster zum Fluss, durch das zu wenig Licht eindrang, um die Ecken aufzuhellen. Es war kalt hier oben, wenn man aus der überheizten Küche kam, aber wenigstens stieg durch den Fußboden ein bisschen Wärme herauf.

Komm, wiederholte der Fischer.

Freyas Augen gewöhnten sich an die Dämmerung. Sie hörte, dass sich im Winkel der Dachschräge etwas bewegte, dann sah sie ein Deckenbündel auf einer Matratze.

Ich verstehe ihn nicht, sagte Dietz. Ich glaube, er heißt Jolo oder so ähnlich. Ich wollte dich da nicht reinziehen, aber der arme Kerl ist krank, er hat Fieber, die Füße sind blutig, was soll ich machen? Ich brauche Jod. Und Aspirin. Oder kennst du einen Arzt, der anständig geblieben ist?

Das Bündel bewegte sich, und Freya sah Augen.

In der Aegidiuskirche nachgesehen: Sie haben die Madonna geputzt.

Wäre interessant zu wissen, wer das heilige Blut abgewaschen hat. Das Waschwasser heimlich aufgefangen und gesammelt? In Fläschchen abgefüllt? Kann man unbedenklich verdünnen, hundert Flaschen aus einer machen und die heiligen Tropfen an Idioten verkaufen. Sie müssen nur genug Angst vor dem Tod haben, dann nehmen sie alles.

Muss darauf achten, wer so was anbietet.

Während ich vor ihr stand und sie um Verzeihung dafür bat, dass ich ihr das Schlangenherz anvertraut hatte, hörte ich Maria. Sie sprach nicht zu mir, sie sang!

Du musst darüber nachdenken, ob es neben der göttlichen Auferstehung auch eine teuflische Auferstehung gibt. Denn wenn die Lernäische Schlange wiederauferstehen kann, muss es eine teuflische Auferstehung geben.

Das hat sie gesungen.

Eine gute Frage. Teuflische Auferstehung?

Aber hat das Böse denn wirklich eine so große Macht, sagte ich leise vor mich hin und sah zu ihr auf.

Sie schwieg. Sie wollte, dass ich es selbst herausfinde.

Nur so lässt sich erklären, dass die Hydra mit ihren nachwachsenden Köpfen immer wieder zu mir zurückkommt.

Ich werde von der Gottesmutter geprüft.

Ich werde die Prüfung bestehen. Und wenn ich das Biest noch tausend Mal töten müsste.

Manchmal glaube ich, dass die Straßen in allen Städten der ganzen Welt voll von ihr sind.

Im Traum sehe ich mich selbst laufen, und außer mir gibt es keine Menschen. Nur die Hydra.

Sie schnappt nach mir und streckt ihre Schlangenarme aus.

Ich schlage ihren Kopf ab, ein zweiter Schlag, und sie hat keine Arme mehr. Doch sie wachsen sofort nach. Und ich erwache mit einem schneidenden Schmerz in der Brust.

—

V

Der Dornbusch

SWOBODA MUSSTE STEHEN BLEIBEN und tief durchatmen.
Er stützte sich an einen Buchenstamm. Die kühle, haut-
glatte Rinde fühlte sich gut an, und für einen Augenblick
meinte er, die Stärke des Baums zu spüren, die durch die
Handfläche auf ihn überging.
Er schüttelte den Kopf und ließ seine Arme sinken. Noch
war er zu vernünftig, um Esoteriker zu werden. Als er den
Kopf hob und nach oben sah, traf ihn das Nachmittagslicht, das zwischen den Ästen mit ihren winzigen hellgrü-
nen Blättern herabfiel und die Farben des Waldbodens
leuchten ließ. Dort lag noch die tiefe, lockere Schicht des
vorjährigen Laubs, in dem seine Wanderschuhe versanken.
Seit Tagen getrocknet, verrieten die Blätter durch ihr lautes
Rascheln jeden seiner Schritte. In ihrer Farbskala von tie-
fem Braun, gebrannter Umbra und Vandyckbraun über
Caput mortuum, Englischrot, rostiges Kadmiumorange,
sattes Krapplackrot und leuchtendes Zinnober bis zum
lichten Ocker konnte der Maler alle Variationen dieser
Töne wiederentdecken, die in die Geschichte der Kunst
aufgenommen worden waren: von den Felsmalereien der
Chauvet-Höhle im Ardèche-Tal bis zu Francis Bacons *Drei
Studien für eine Kreuzigung*, die Swoboda neidlos bewunderte.

Der Boden im Laubwald begeisterte ihn jedes Frühjahr, wenn sich im Kontrast zu den toten Blättern das neue Grün an den Zweigen entwickelte, das für ihn das Grün der Kindheit war, eine Farbe, deren Zartheit man spürte, ohne die Triebe berühren zu müssen.

Seit Wochen war er auf Lichtsuche, lief abseits der markierten Wege durch den Mahrwald, studierte die Veränderung vom Winter zum Frühling, als könne er aus dem Übergang von harter Klarheit zu weichem Leuchten den Wechsel von Erstarrung zu Aufbruch, von Schwere zu Leichtigkeit, von Tod zu Auferstehung ablesen. Er musste sich die Nuancen der Lichtverfärbung nicht auf seinem Skizzenblock notieren, den er auf seinen Wanderungen zusammen mit einem kleinen Kasten Pastellkreiden bei sich trug. Er überließ es seinen Augen, sich zu merken, was sie sahen, und es wiederzufinden, wenn er es im Atelier von ihnen verlangte.

Ein falsches Braun auf dem Laubboden irritierte ihn, ein Fleck, der nicht zur Kunst der Natur passte. Er bückte sich und erkannte, dass es ein handtellergroßes Lederfutteral war, halbrund und von jenem Schuhbraun, das im Herbstlaub nicht vorkommt. Er hob es auf und öffnete es. Ein großer Kompass ließ sich herausziehen, solide gearbeitet, Marke *Bezard Modell II,* mit Spiegel im Deckel, Kimme- und-Korn-Visier im Sehschlitz, ein Profigerät, dessen Wert Swoboda zwar nicht einschätzen konnte, das ihm aber einiges über den, der es hier verloren hatte, verriet. Das war jemand, der auf die bewährte Magnetnadeltechnik setzte statt auf GPS; jemand, der Sinn für schöne alte Dinge hatte und den Verlust längst bemerkt haben musste. So ein Gerät trug man nicht aus Lust und Laune mit sich herum, und es zu verlieren, tat weh. Auf der Rückseite las er, dass es sich um ein Modell 1916/17 handelte. Erster Weltkrieg. Doch nicht seit damals im Gebrauch, offensichtlich ein Nachbau aus jüngster Zeit.

Er sah sich um. Unwillkürlich bestimmte er die Himmelsrichtung: Sein Blick ging nach Osten, wo die Stämme nicht ganz so dicht standen wie nördlich von ihm; dort gab es eng stehende junge Buchen und Eichen, darunter dichtes Buschwerk, das etwas weiter oben am Hang in ein undurchdringlich scheinendes Gehölz aus hohen Schlehen und Feuerdorn überging. Diese Region im Mahrwald hatte ihren eigenen Namen; sie hieß seit alters her Vogelhaag und war ein ideales Nistgebiet, weil die langen Dornen Neste räuber abhielten. Hätte Swoboda mehr über die Natur gewusst als über die Kunst, er hätte jetzt die Rufe von Sperlingskauz, Zaunkönig, Neuntöter und Heckenbraunelle unterscheiden können. Denn seit er stillstand und kein Blätterrascheln mehr die Waldruhe störte, hatten sich in den Dornbüschen die Stimmen erhoben.

Auch dort fiel zwischen der jungen Belaubung Sonnenlicht ein, und er sah hinter dem aufsteigenden Saum des Vogelhaags eine große dunkle Stelle, die nicht zu dem lichtfleckigen Dickicht gehören konnte. Was man im Präsidium seine Nase nannte, war im Grunde nur das Gespür für Passendes und Unpassendes in einem jeweiligen Zusammenhang. Hier sah er einen Schatten, der nicht von den Bäumen oder gar von Vögeln stammen konnte.

Er steckte den Kompass ein und näherte sich dem Dornwald. Die ersten Meter konnte er mühelos ins Gebiet der

Vögel eintreten, dann musste er sich duckend und ausweichend, mit den Unterarmen vor dem Gesicht, vorwärts kämpfen, bis er zu einer Stelle kam, an der zwei junge Buchenstämme aus der gemeinsamen Wurzel von unten her auseinanderstrebten und wie ein großes V gewachsen waren. Im Winkel saß ein Mensch, von dem der Rücken zu sehen war. Swoboda trat näher, einige Vögel flogen käschernd davon.

Die Gestalt schien vornübergeneigt und mit gesenktem Kopf zu schlafen. Er starrte auf den schwarzen Wanderanorak, widerstandsfähig wie sein eigener. Wahrscheinlich handelte es sich nicht nur um einen Spaziergänger, sondern um einen waschechten Tourengeher, dem der Kompass gehörte und der den Verlust noch nicht bemerkt hatte. Swoboda räusperte sich. Der Wanderer rührte sich nicht.

Hallo?

Keine Bewegung. Er klatschte in die Hände, aus den Wipfeln der Schlehen stoben Vögel auf, die seine Annäherung bisher noch geduldet hatten.

Erst jetzt sah er, dass es auf dem schwarzen Stoff der Jacke noch dunklere Stellen mit einem matten Glanz gab, und dass Fliegen sich um den Kragen sammelten. Er lief im Halbkreis um den rechten Buchenstamm herum und schützte sein Gesicht mit den Händen, die zerkratzt wurden. Als er vor dem Wanderer stand, sah er das getrocknete Blut auf den hellgrauen Bundhosen und den gelben Trekkingstiefeln. Der Waldboden vor dem Toten war offenbar gefegt worden und fast frei von Laub. Vor der Brust war das rechte Handgelenk durch braunes Klebeband mit dem Ende eines Stocks verbunden, der schräg in der Erde steckte und den sitzenden Toten aufrecht hielt. Swoboda betrachtete die Hand: Es war die einer Frau.

Der linke Arm lag in ihrem Schoß und endete in einem blutverkrusteten Stumpf. Am Getümmel der Insekten und Maden auf dem Rest ihres Halses war abzulesen, dass sie schon längere Zeit hier saß. Zwischen ihren Füßen verlief eine Ameisenstraße. Swoboda wandte sich ab, ließ seinen Blick über den Waldboden wandern und hoffte, dort ihr Gesicht zu finden, obwohl ihm bewusst war, dass der Täter auch diesmal den Kopf seines Opfers mit sich genommen hatte. Und stärker als bei beim Anblick von Saskia Runge, die auf dem Kornmarkt in ihrem Blut gelegen hatte, fehlte ihm jetzt ein Gesicht, das er ansehen, Haar, das er berühren konnte, um wenigstens so zu tun, als könnte er trösten. Sein Herz schlug hart, er spürte den Puls in seinem Hals und wartete auf den Hörsturz. Nichts geschah.

In diesem Augenblick wurde ihm klar, dass er all die Jahre als Kriminalhauptkommissar, in denen er einige Leichen gesehen und Todesnachrichten an die Lebenden überbracht hatte, immer mit Gesichtern gelebt hatte. Oft waren sie verletzt, misshandelt, zerstört, aber auch in ihrem Schmerz noch kenntlich gewesen.

Hier hatte er es mit einem Täter zu tun, der ihm die Gesichter vorenthielt. Und damit die Möglichkeit, den Toten zu begegnen und ihnen zu versprechen, dass er ihre Mörder finden werde.

Er konnte fühlen, wie ihn eine ohnmächtige Wut ergriff, und er wusste, dass seine Zweifel an sich selbst Teil dieser Wut waren.

Wer war er denn? Ein mäßig erfolgreicher Künstler, der zugesagt hatte, das Himmelfahrtsfenster in der Aegidiuskirche zu gestalten; ein Ex-Kommissar, der sich in widerwärtige Fälle verwickeln ließ; ein hilfloser Mann am Ende seines sechsten Jahrzehnts, der Angst vor dem Alter hatte und meinte, er müsse noch einmal der ganzen Welt beweisen, wie großartig seine Nase war.

Aber der Künstler Swoboda wollte genau das nicht. Der wusste nur, dass er die Auferstehung jetzt nicht aus zwei, sondern aus drei Farbgründen entwickeln musste, wollte er den Opfern gerecht werden.

Er stöhnte leise.

Als er sein Telefon aus der Ärmeltasche zog und seine alte Dienststelle anrief, ging er ein paar Schritte zur Seite und drehte der sitzenden Leiche den Rücken zu, als gehöre es sich nicht, in ihrer Nähe über ihren Tod zu sprechen.

Seit Freya ihn am Abend jenes Tages, als der Bericht über den Skelettfund im Fischerhaus erschienen war, zurückgewiesen hatte, versuchte Korell, seiner autobiografischen Dichtung *Road of My Life* diese Erfahrung hinzuzufügen. Mit dem Titel wollte er sich dem amerikanischen Beat-Dichter Jack Kerouac an die Seite stellen, dessen autobiografischen Roman *On the Road* aus den frühen Fünfzigerjahren er bewunderte.

Das inzwischen knapp hundert Seiten lange Gedicht wuchs fast jeden Tag, manchmal um eine Seite, manchmal um Zeilen. Doch seit jenem Abend, an dem Freya sich vor ihm abgekapselt hatte, stockte der Schreibfluss.

Damals sollte er ihr nicht vorlesen, nichts für sie kochen, nicht mit ihr zusammen fernsehen. Sie hatte ihn fortgeschickt, als er mit den Einkäufen ins Haus zurück gekommen war und ihr vorschlug, zum Abendessen Spaghetti marinara zuzubereiten. Sie tarnte ihre Trauer mit einer so abweisenden Miene, dass er glaubte, irgendetwas falsch gemacht zu haben.

Ich möchte allein sein, Günther.

Er war so erstaunt gewesen, dass er keine Erklärung verlangt, nur stumm genickt hatte und die Treppe zu seiner Wohnung hinaufgegangen war. Er hatte sich an seinen Schreibtisch gesetzt und das siebte Schreibheft seines Epos *Road of My Life* geöffnet. Aber die Verse wollten nicht kommen, das Papier blieb leer.

Noch nie hatte ihm Freya eine solche Zurückweisung zugemutet. Seither versuchte er, sich darüber klar zu werden, wie er sie im Text seines Lebens deuten sollte. Er wollte sich damit der Welt als wiedergeborener Poet der *Beat Generation* vorstellen. Um sich der Tradition anzugleichen, schrieb er mit der Hand. Es gab deutsche Passagen, in denen er sich an Hölderlins Oden orientierte, dann wieder englische, geschrieben wie die Monologe von Kerouac oder Allen Ginsberg, und ab und zu wechselten die beiden Sprachen mitten im Satz. So nahm er von allem ein bisschen und hoffte, darin einen neuen Ton zu finden.

Dass er als Schriftsteller noch unbekannt war, war für ihn der Beweis: Eines Tages würde man ihn entdecken und feiern, beschimpfen und preisen wie seine Vorbilder. Aus dem Nichts zum Gipfel! Immerhin erzählte er nicht weniger als das Märchen seines Lebens. Seine Gefühle. Seine Verlassenheit. Die Angst seiner Kindheit. Seine Flucht in die Phantasie. Und seine märchenhafte Rettung durch Freya.

Wenn er in dem Manuskript las, fühlte er sich wohl: Die Schrecken, die darin niedergelegt waren, hatte er überwunden.

Sein leiblicher Vater hieß Heinz Dahlke. Er hatte sich aus dem Staub gemacht, als sein Sohn zwei Jahre alt war. Nach einer Postkarte aus Goa gab es kein weiteres Lebenszeichen von ihm.

1980, am 23. Dezember, hatte seine Mutter, nur mit einem langen rosafarbenen T-Shirt bekleidet, nach Einnahme eines in Wermut aufgelösten Tablettengemischs den Balkon der Zweizimmerwohnung im sechsten Stock betreten, während ihr vierjähriges Kind schlief. Vielleicht war ihr zu kalt, um sich im Leben halten zu können. Sie war eine schmale, kleine Frau mit dunklen, in Schattenrändern liegenden Augen, sehr kurzen, schwarzen Haaren und einem knabenhaften Körper. Vielleicht liebte ihr Sohn sie so sehr, weil sie etwas Kindliches hatte. Sue, wie ihr Mann sie nannte, hatte nur mühsam aus den Drogenabenteuern ihrer Jugend herausgefunden. Als sie sich in die Tiefe fallen ließ, war sie fünfundzwanzig Jahre alt.

Der Junge wurde zu den Großeltern gegeben, die sich der Aufgabe, das unaufhörlich weinende und nachts nach seiner Mutter schreiende Kind zu behüten, nicht gewachsen zeigten.

Einer der Sanitäter am Ort des Suizids war jener Thomas Korell gewesen, der den Jungen in der Wohnung aus dem Bett genommen, in Decken gewickelt und in seinen Armen hinuntergetragen hatte. Von seiner Schulter hinab sah der Junge die Mutter auf dem Pflaster liegen und rief nach ihr. Korell und seine Frau nahmen das magere Kind einige

Monate später in Pflege. Er war ein ruhiger, sanfter und schüchterner Mann Ende vierzig. Zu Hause hatte er nicht viel zu sagen.

Agnes war großknochig, weißblond, hatte keine eigenen Kinder und war dennoch vom Alltag überfordert. Wenn sie sich ärgerte, neigte sie zu Tätlichkeiten. Als Günther, der im ersten Jahr ein gefügiges Kind war, ein paar Mal, bald immer häufiger, bei Tisch von unerklärlichem Zappeln überfallen wurde, hielt sie das für Ungezogenheit und versuchte, ihn mit Schlägen ruhig zu stellen. Die Versuche ihres Mannes, sie zu beruhigen, steigerten ihren Zorn.

Der Junge wurde nicht gefragt, ob er adoptiert werden wollte, und geriet vom Pflegling zum Sohn. Seine Pflegemutter, die ihn von nun an für ihr eigenes Kind halten durfte, weitete ihre Maßnahmen zu seinem Besten aus. Er besaß zwei Fotos seiner Mutter Sue Dahlke. Agnes nahm sie ihm weg und zerriss sie. Sie redete ihm ein, seine Mutter habe ihn nicht geliebt, denn sonst hätte sie ihn nicht allein gelassen. Du musst wissen, wer sie war, sie war ein durch und durch verdorbener Mensch! Und wir müssen uns sehr bemühen, dass du ein ganz anderer Mensch wirst, als deine Mutter und dein Vater waren. Du hast nämlich ihren Charakter geerbt. Aber ich kann dir helfen, ihn zu überwinden. Ich bin ja jetzt deine Mutter.

Wann immer er sich nicht so verhielt, wie sie es von ihm erwartete, beschuldigte sie ihn, dass er seinem inneren Schweinehund nachgegeben habe, den er noch von seinen Eltern in sich trage. Er stellte sich das Ungetüm vor, das in seinem Inneren wohnte, und bekam Angst vor dem Biest in sich selbst.

Wenn er weinte, nahm seine neue Mutter ihn auf die Knie und sprach davon, dass er diesen inneren Schweinehund in sich niederkämpfen müsse, mit aller Kraft, wie ein Ritter einen Drachen besiegt.

Kann ich das?, fragte er.

Natürlich kannst du das, sagte sie, jeder, der es wirklich will, kann das.

War er beruhigt und lehnte sich an ihre Brust, schob sie ihn von ihrem Schoß und sagte: Ich habe ein viel zu weiches Herz.

Immerhin trieb ihn Agnes Korell mit ihrer rigiden Erziehung zu einem Abitur mit hervorragendem Notendurchschnitt. Der zurückhaltende junge Mann empfing das Zeugnis der Reife, das ihm ein Stipendium einbrachte und ermöglichte, Medizin zu studieren. Er wäre gern Kinderarzt geworden. Doch nach wenigen Semestern brach er ab, begann, kleine Geschichten und Gedichte zu schreiben, frettete sich, immer knapp bei Kasse, in Wohngemeinschaften durch, half in einem Zirkus, fand als Kabelträger beim Fernsehen sein Auskommen und verdiente endlich mit dem Programmieren von Websites für Freunde und Bekannte genug, um nicht üppig, aber gut zu leben. Eine Werbeagentur beschäftigte ihn regelmäßig als Testperson für ihre Kampagnen, gelegentlich auch als freien Texter. Die Verbindung zu den Korells hatte er abgebrochen.

Die Nachricht vom Tod seiner Pflegemutter erreichte ihn erst nach ihrem Begräbnis. Was geschehen war, wurde nie ganz geklärt. Er ahnte, dass sein sanfter Pflegevater eines Tages, vermutlich aus nichtigem Anlass, seiner über Jahre angestauten Verbitterung über die Demütigungen freien

Lauf gelassen hatte. Vor Gericht, wo auf Unfall mit Todesfolge erkannt wurde, hatte er eingeräumt, dass Agnes und er einander geschlagen hatten. Doch habe er seine Frau nicht zu Boden gestoßen, sie sei gestolpert und durch die Glasfüllung der Wohnzimmertür gefallen. Er habe sofort als Sanitäter gehandelt und versucht, die Blutung zu stillen und den Notarzt gerufen. Man glaubte ihm seine vergebliche Bemühung.

Thomas Korell starb zwei Jahre später an Krebs, ohne seinen Pflegesohn Günther noch einmal gesehen zu haben, und hinterließ ihm neben dem zur Hälfte verschuldeten Reihenhaus ein gefülltes Sparbuch, das ihm ein Jahr schlendrigen Lebens ermöglichte. Endlich hatte er das Gefühl, ein Schriftsteller zu sein. Tatsächlich publizierte bald darauf ein kleiner Verlag, die bibliophile *edition niehaus* in Zungen an der Nelda, ein Bändchen mit seinen Naturgedichten. Ohne Honorar.

Seit Freya ihn adoptiert hatte, legte er in freien Versen die Strecke seiner Biografie nieder. Jeden Abend las er sich einige Passagen selbst aus *Road of My Life* vor und eignete sich den Text auf diese Weise an. Mittlerweile konnte er etwa fünfzig Seiten davon auswendig, so, als sei er einer der russischen Poeten, die jederzeit und in beliebiger Länge ihre Werke rezitieren können. Es gab Nächte, da stand er vor dem bodenlangen Spiegel in der Tür seines Kleiderschranks, sprach sich seine Strophen vor, bildete sich ein, seine bleiche, kindliche Mutter höre ihm zu, und geriet dabei in eine rauschhafte Verzückung, aus der er nur mühsam wieder zurückfand in die Wirklichkeit.

Vor der neuen leeren Seite im Buch seines Lebens fiel ihm

schließlich ein, wie er Freyas Zurückweisung an jenem Abend erzählen konnte: Er würde zu seiner Mutter sprechen, und sie würde ihm Freyas Gründe erklären.

Ich habe dir etwas an dem Fall verschwiegen, sagte Törring. [Mir wäre lieber, du hättest mir den ganzen Fall verschwiegen.]
Swoboda saß bei offener Tür im Wagen des Kommissars quer auf dem Fahrersitz, die Füße draußen auf dem Boden. Ihm war kalt.
Die Spurensicherer in den weißen Schutzanzügen sahen vor der Waldkulisse wie zu groß geratene Zwerge aus. Törring lehnte an der Hecktür.
Wieso bist du hier? Du weißt, ich muss dich das fragen. Hast du was gewusst? Hast du sie gesucht? Hier geht doch kein Mensch spazieren!
Swoboda sah zu ihm auf.
Ich gehe nie spazieren. Ich bin auf Lichtsuche. Und hier war ein Schatten. Der passte nicht ins Bild.
Aha.
Der Blechsarg mit der Toten wurde an ihnen vorbeigetragen. Sie blickten ihm nach, als könnten sie ins Innere sehen. Jenseits der Stadt ging die Sonne unter. Das Restlicht ließ die weißen Kapuzen der Spurensicherer rosa leuchten. In geringer Entfernung rief einer der Polizisten, die das Gelände absicherten, etwas Unverständliches. Dann schrie er, und alle sahen, wie er versuchte, den Hang hinaufzurennen, aber auf dem schiebenden Laub ausrutschte. Am Kamm stand zwischen den Buchen eine Gestalt in der Dämmerung, vermutlich ein Jogger in engen schwarzen

Hosen, der die Kapuze seines schwarzen Anoraks über den Kopf gezogen hatte, einen langen Köcher auf dem Rücken trug und zum Tatort herabsah. Er setzte sich langsam in Bewegung, der Polizist schrie wieder, was den Läufer offensichtlich nicht beeindruckte. Er verschwand zwischen den dicht stehenden Bäumen, und niemand konnte erkennen, ob er auf dem Kamm weiter nach Norden oder östlich auf der anderen Seite des Mahrwaldhügels ins Tal gelaufen war.

Swoboda hatte sich zu Törring gestellt und die Szene beobachtet. Er setzte sich wieder in den Wagen und fragte: Was hast du mir verschwiegen?

Wir haben den Kopf der Toten. Er lag bei dem Skelett im Fischerhaus. Übrigens steht inzwischen fest, dass es sich um die Gebeine eines Schwarzafrikaners handelt. Bin gespannt, wann es die Presse bringt. Neben den Knochen seiner Hand haben wir den Kopf der Frau gefunden. Jemand hatte ihn in ein geschnitztes kleines Boot gelegt und unter den Bohlen versteckt.

Die Dantebarke, sagte Swoboda leise.

Ich bin sicher, dass der Kopf zu diesem Körper gehört.

Wer ist sie?

Törring blätterte in seinem Notizblock. Er hatte Schwierigkeiten, den Namen auszusprechen.

Nína Jökulsdóttir aus Akureyri, Island. Neununddreißig Jahre. Mehr wissen wir noch nicht. Der Kompass, den du gefunden hast, dürfte ihr gehören. Drüben im Gebüsch lag ihr Rucksack. Alles drin. Geld, Kreditkarten, Schlafsack, Garderobe. Ein Ticket von Reykjavik nach Hamburg. Vor sechs Wochen. Und ein Rückflug aus Wien. In einem Monat. Man stelle sich vor: Sie wollte zu Fuß bis zum Balkan. Ist jetzt wohl Mode. Europa per pedes.

Swoboda nickte.

Und läuft hier ihrem Mörder in die Arme. Wo ist Gott? Hat einer von euch eine Zigarette?

Du bist Nichtraucher.

Nein, protestierte Swoboda. Ich bin kein Nichtraucher, ich rauche nur nicht. Aber jetzt würde ich gern rauchen.

Nicht im Wald, sagte Törring. Lass uns fahren, bevor es dunkel wird. Dann komm ich mit dem Wagen hier nicht mehr durch.

Ich möchte zu Martina. Bringst du mich?

Die *edition niehaus* wurde von Martina Matt unter dem Namen des Vorbesitzers ihrer Galerie betrieben. Seit sie ihr Erbe, das *Hotel Korn* am Mührufer, verkauft hatte, konnte sie sich leisten, auszustellen und zu drucken, was ihr gefiel. Günther Korells Herbstgedichte – er hatte sie zuvor ohne Erfolg an fast alle großen, mittleren und privaten Verlage versandt – waren ihr als ungewöhnlich dunkel aufgefallen, doch die tragende Melancholie in den Versen hatte sie für den Autor eingenommen.

Bei einem Besuch des jungen Korell im Verlag lud sie ihn zum Essen ein. Er gefiel ihr, äußerlich und weil er so ganz anders war als seine Gedichte, nämlich begeisterungsfähig, einnehmend und voller Pläne.

Nicht ganz uneigennützig erwähnte sie, dass in einer Villa des Ortes eine Wohnung zu haben sei, gegen etwas Hilfe im Alltag für eine begüterte, querschnittsgelähmte alte Dame. Keine Pflegetätigkeit.

Korell hatte sich gedacht: Warum nicht Zungen an der Nelda? Die Provinz war noch dankbar, wenn ein Künstler sich für sie entschied. Er hatte seinen Entschluss nie bereut. Im Gegenteil: In Freyas Haus zu leben, wo er den ganzen ersten Stock und, wenn er wollte, auch das Dachgeschoss nutzen konnte, empfand er als Privileg, das er sich durch seine Sprachkunst verdiente.

Während er sein Gedicht *Road of my Life* vor sich hin sprach, spürte er ein Brennen in seinen Augen. Waren das Tränen? Warum? Alles war, wie es sein sollte. Er hatte sein Leben fest in der Hand

Dass Freya ihn heute zurückgewiesen hatte, erklärte er sich mit dem Eindringen der Vergangenheit in die Gegenwart. Der Fund des schwarzen Soldaten Mboge hatte in Freyas Seele den Schmerz aus der Tiefe an die Oberfläche getrieben. Aber warum sprach sie in diesem Augenblick nicht mit ihm? Ihrem Sohn!

Er legte sich auf die Couch neben seinem Schreibtisch und sah zu, wie es hinter den Fenstern langsam dunkel wurde. Hatte Freya kein Vertrauen mehr zu ihm? Seine Beine zuckten, als wollte vor der Frage fliehen.

Im Haus unter ihm war alles still. Freya hatte offenbar nicht einmal den Fernseher eingeschaltet.

Oben wartete das alte Atelier auf ihn, durch dessen Glasdach er den Himmel sehen konnte. Er stand auf und stieg die Eisentreppe hinauf.

Unter der Fülle der Sterne in klaren Nächten wie dieser hatte er schon als Kind die Gewissheit empfunden, seiner Mutter nah zu sein. Diese Nähe war ihm geblieben, ja, sie hatte sich verstärkt, und er meinte, wenn er hier oben in seinem Bett lag und zu ihr hinaufsah, mit ihr sprechen zu können. Längst war er davon überzeugt, dass sie ihn nach Zungen an der Nelda gelenkt hatte, in dieses Haus, in die mütterliche Zuneigung von Freya Paintner.

Seine Mutter hatte ihn gerettet, seine zarte Mutter, deren verrenkte Gestalt er zuletzt in einer Lache ihres Blutes hatte liegen sehen.

Martina hatte das volle Deckenlicht in der Galerie eingeschaltet, um die Zeichnungen betrachten zu können, die auf dem langen Grafiktisch ausgelegt waren. Sie trug ein enges, hochgeschlossenes schwarzes Kleid. Swoboda hatte eine Zigarette von ihr geschnorrt und von der ermordeten Isländerin berichtet. Er stand gebeugt an der Glastür des Eingangs, wandte ihr den Rücken zu und sprach auf den Neldaplatz hinaus, auf dem gerade die Laternen angegangen waren.

Am schlimmsten ist, dass ich überhaupt keinen Abstand zu den Taten finde und das Bedürfnis habe, den Kerl langsam auf eine möglichst schmerzhafte Art zu Tode zu quälen.

Sie versuchte, sich während seiner Schilderung weiter auf ihre Arbeit zu konzentrieren. Seit längerer Zeit schon konnte sie seine Geschichten vom Tod nicht mehr hören. Er schwieg, öffnete die Tür, warf seine Kippe hinaus, schloss die Tür und schwieg weiter. Martina sah auf die Uhr.

Halb acht, wir dürfen Wein trinken!

Sie lief hinter den Grafiktisch zur Küchenzeile und holte eine Flasche Weißwein aus dem Kühlschrank.

Ich muss dir etwas sagen.

Martina stellte die Flasche ab und wandte sich zu ihm um.

So fangen Männer an, wenn sie sich in eine andere Frau verirrt haben.

Ich werde die Stadt verlassen. Wenn das Fenster fertig ist. Ich muss woanders leben. Allein. Ich kann hier nicht mehr bleiben.

Und wer ist sie?

Ich habe gerade gesagt, dass ich allein –

Sieh mich wenigstens an.

Er drehte sich um.

Also?, fragte sie

Wird das ein Verhör?

Keine Gegenfragen bitte, das ist jämmerlich.

Niemand, sagte er. Warum glaubst du das?

Sie schüttelte den Kopf.

Nur so ein Gefühl. Wenn du gehen musst, musst du gehen. Mach es nicht komplizierter, als es ist. Aber lass uns etwas Zeit, ja? – Bitte. Ich brauche Zeit. Ihr Männer seid immer zu schnell mit Gefühlen.

Was sie noch sagen wollte, verschwieg sie. Sie schob ein paar Grafiken beiseite, stützte sich mit gestreckten Armen auf die Ahornplatte und senkte den Kopf. Das Schweigen zwischen ihnen würde irgendwann vorübergehen, das wusste sie. Sie hatte nicht die Kraft, es zu brechen.

Er sah das Schweigen als Nebel vor sich: Es hatte einen bräunlich-violetten Ton: Caput mortuum. Der Farbe wegen hielt er die Stille nicht aus und sagte: Ich bin ja auch viel zu alt für dich.

Das steht dir nicht zu, antwortete sie sofort. Das dürfte nur ich sagen. Aber ich sage es nicht.

Ihr erster Körper ist im Wald entdeckt worden. Ausgerechnet ein Künstler, der angeblich ein Auferstehungsfenster für die Aegidiuskirche machen soll, hat sie gefunden. Was weiß so einer schon von Auferstehung! Jetzt sind ihre drei Leiber endlich bereit, verscharrt und mit dem Kreuz gebannt zu werden.

Als sie mir damals auf dem Kamm des Mahrwalds erschien, hatte sie ihre Gestalt geschickt gewählt: eine harmlose Wanderin. Aber mich konnte sie nicht täuschen. Ich sah hinter der Menschenmaske den Kopf der Schlange.

Als ich meine Kapuze zurückstreifte und sie in meine Augen sah, verriet sie sich durch die Höllensprache. Ihre falsche Freundlichkeit: Sie tat, als wollte sie von mir den Weg wissen und als könnte sie nicht richtig Deutsch.

Ich bin erstaunt, wie sehr sie mich jedes Mal unterschätzt hat. Vielleicht hat sie jetzt begriffen, dass ich ihr überlegen bin und dass es keinen Zweck hat, noch einmal zurückzukehren.

Sollte sie es wieder versuchen, wird mein Schwert sie von selbst finden. Es kennt den Geschmack ihres Blutes und wird von Mal zu Mal klüger. Ich kann spüren, wie es zuckt, weil es die Welt reinigen will.

Es ist unbestechlich und von göttlicher Klarheit.

VI

Die Dantebarke

DAS BLUTIGE HERZ IN DER AEGIDIUSKIRCHE war nur ein
Vorbote der Angst. Nach dem Leichenfund im Mahrwald
verbreitete sie sich in den Häusern der Kleinstadt, als ob
sie im Hochwasser von Mühr und Mahr mitgeschwemmt
und als Nebel aus den überfluteten Nelda-Auen aufsteigen
würde. Wie in fast jedem Frühjahr traten die Flüsse, die
Zungen umarmten, auch in diesen Tagen über die Ufer, ihr
Wasser lief auf die ufernahen Straßen, von dort in die Altstadt – nur wenige Zentimeter hoch, doch das genügte, um
alle Gassen mit einer feuchten Kälte zu erfüllen. Die Son-
nentage waren vorüber, und eine dichte Wolkendecke legte sich steingrau über die Dächer. Gegen Abend riss der
Himmel auf und spiegelte sein düsteres Rot in den Straßen,
die Nächte waren tief und klar, der Morgen brachte schönes Licht, doch vormittags schloss sich der Himmel erneut.
In diesem Klima gedieh die Angst vor dem unbekannten,
zweifellos geisteskranken Frauenmörder und verwandelte
sich in Zorn auf die Polizei, der in Leserbriefen und Befra-
gungen des regionalen Fernsehsenders zum Ausdruck kam.
Kriminalrat Klantzammer sah sich genötigt, öffentlich
dem Eindruck der Untätigkeit oder, was schlimmer war,
der Unfähigkeit seiner Behörde entgegenzutreten. Vorzuweisen hatte er nichts, denn selbst die wenigen gesicherten

Spuren musste er mit Rücksicht auf die Ermittlungen verschweigen. So blieb ihm nur zu erklären, die Polizei arbeite mit allen verfügbaren Kräften an der Ergreifung des Täters, werde inzwischen durch die kriminaltechnischen Möglichkeiten des Landeskriminalamtes und sogar vom Bundeskriminalamt unterstützt. Von dort sei eine Chefermittlerin nach Zungen an der Nelda gekommen. Dies zeige deutlich: Wir tun alles, was in unserer Macht steht. Und wir bitten auch die Bevölkerung, zu melden, wenn Ihnen etwas Ungewöhnliches auffällt.

Was Klantzammer vermeiden wollte, verstärkte er: Seine Erklärung hinterließ den Eindruck der Ratlosigkeit, und dass sogar die Kriminalpolizeien von Land und Bund eingeschaltet worden waren, alarmierte die Bürger, statt sie zu beruhigen.

Michaela Bossi, Chefermittlerin im BKA, war im Kommissariat von Zungen an der Nelda nicht unbekannt. Zwei Mal hatte sie in den letzten Jahren mit Swoboda bei der Aufklärung von Verbrechen zusammengearbeitet, die wegen ihrer besonderen Brutalität und Schwere in die Zuständigkeit der Landes- und Bundesbehörden fielen. In beiden Fällen war es um organisierte Kriminalität gegangen.

Neu war für sie, dass ihr Kollege, bei dem sie eine gewisse Anziehungskraft gespürt hatte, sich diesmal einer Begegnung entzog und ihr ausrichten ließ, er sei nicht mehr im Dienst. Sie empfand das als Kränkung.

Die Kriminalhauptkommissarin beim Bundeskriminalamt war seit zwei Jahren geschieden, hatte ihr Haar kürzer schneiden lassen, das Blond beibehalten, im Gesicht und um die Hüften herum leicht zugenommen, was ihr gut stand, und war nicht mit einem Dienstwagen, sondern ihrem zwanzig Jahre alten Volvo Kombi unterwegs, für den sie eine dauerhafte Zuneigung empfand. Mit ihrem vierzigsten Geburtstag hatte sie ihre Nadelstreifenkostüme in Anthrazitgrau und Dunkelblau gegen schwarze Hosen und legere, farbige Jacken getauscht. Die Ponyfransen, mit denen sie ihre hohe Stirn kaschierte, waren auf Anraten der Friseurin aus dem alten ins neue Leben hinübergenommen worden. Daran erkannte Swoboda sie sofort, als sie unangemeldet in seinem Atelier auftauchte.

Die Lederjacke, bei deren Anblick er reflexartig Krapplackrot hell dachte, irritierte ihn. Es war halb zehn, er stand im grauen Morgenmantel in der Tür, und Frau Bossi lächelte so unbefangen, als würde sie ihn jeden Tag aus dem Bett klingeln.

Zu früh?

Nein, wieso, brummte er und zog seinen Gürtelknoten fest. Immer nur herein, ich wollte nur grade duschen, wenn Sie so lange warten wollen?

Im Atelierraum mit den beiden langen Farbentischen und dem Ledersofa, auf dem Swobodas Bettzeug lag, befand sich in der hinteren Ecke eine gläserne Duschkabine. Michaela Bossi zog sich in den zweiten Raum zurück, der durch einen offenen Mauerbogen mit dem Atelier verbunden war, dem Knick der Burganlage folgend aber nach Osten lag. Durch die Fenster floss Morgenlicht auf den frei stehenden Küchenblock mit angesetztem Tisch und Barhockern.

Die freundliche Stimmung in dem hohen Raum verleitete

die Kommissarin, etwas zu tun, was sie selbst als gewagt empfand. Sie suchte nach Kaffee, fand eine Packung mit Espresso, bald auch die italienische, in der Taille aufzuschraubende Aluminiumkanne dazu. Im Kühlschrank entdeckte sie einen Teller mit angegilbter Butter, zwei Becher Joghurt und eine geöffnete Plastikpackung rohen Schinken. Sie setzte den Espresso auf, suchte vergeblich nach Brot, stieß in einem Wandschrank auf eine angebrochene Packung Knäckebrot, im Fach darüber auf Geschirr. Die Besteckschublade zu finden, war am einfachsten. Noch immer kam aus dem Atelier das Geräusch der Dusche.

Als Swoboda barfuß, in Jeans und einem weiten schwarzen Hemd die Küche betrat, sah er ein bereitetes Frühstück. Michaela Bossi lächelte ihn an und schob sich auf einen der Barhocker.

Ich habe mich selbst eingeladen, tut mir leid, aber ich habe einen Riesenhunger. Kaffee?

Im hellen Licht sah er, dass ihr Make-up nicht so dezent war wie seinerzeit, als sie gemeinsam einer mörderischen Sekte christlicher Fundamentalisten auf der Spur gewesen waren, die wie eine neue Inquisition gewütet hatte.

Ja, danke, aber ich habe leider kein Brot im Haus.

Sie deutete auf das Knäckebrot. Er lachte.

Wusste gar nicht, dass davon noch was da war. Aber Sie hätten sich wirklich nicht solche Mühe machen müssen.

War keine Mühe. Ich kenne Single-Haushalte, habe selbst einen. Übrigens: Hatten wir uns nicht zuletzt geduzt?

Nein, sagte Swoboda. Wir kamen nicht dazu, Sie haben damals gesagt, wir könnten das Du beim nächsten Mal beschließen, spätestens nach dem nächsten Mord.

Das wissen Sie noch?

Wörtlich.

Dann sind wir ja jetzt so weit. Morde genug.

Wenn Sie sich mit einem erfolglosen Maler unbedingt duzen wollen …

Er nahm zwei Weingläser vom Wandregal, eine halb volle Flasche chilenischen Sauvignon aus dem Kühlschrank, schenkte sehr wenig ein und reichte Michaela Bossi ihr Glas.

Es ist zehn Uhr früh, sagte sie, doch es klang nicht nach ernsthaftem Widerstand.

Vom angebotenen Kuss war er überrascht, wich aber nicht aus. Und Frau Bossi fragte sich, warum sie das nicht schon vor vier Jahren getan hatte.

Die verfluchten Flaschen waren nicht zu finden. Frank Züllich wusste, dass seine Mutter Alkohol vor ihm versteckte und viel Phantasie darauf verwandte, neue Geheimdepots anzulegen, wenn er die bisherigen entdeckt hatte. Er war von seinem morgendlichen Jogging zurück, als Verena Züllich das Haus verließ, und hatte eine Dreiviertelstunde Zeit, die sie brauchte, um wie jeden Samstag zum Markt auf dem Neldaplatz zu gehen und einzukaufen.

Verschwitzt, wie er war, durchsuchte er den Kleiderschrank, die Wäscheschubladen, den Schuhschrank. Jedes Paar Schuhe konnte als Versteck für kleine Schnapsflaschen dienen. Nichts im Backofen. Nichts darunter im Fach für die Bleche. Nichts hinter dem Abfalleimer. Nichts zwischen den Plexiglasdosen mit Nudeln, Mehl, Reis. Er hob das Netz mit Kartoffeln aus dem blauen Tontopf an und fand darunter eine Halbliterflasche Gin, öffnete sie und ließ den Inhalt in den Ausguss laufen. Zuletzt fiel ihm der Kühlschrank ein, in dem seine Muter unverborgen drei Flaschen Wein in das unterste Türfach gestellt hatte. Er musste grinsen, weil sie ihm nicht zutraute, am normalsten Ort für Flaschen zu suchen und gehofft hatte, ihren Vorrat durch Sichtbarkeit unsichtbar zu machen.

Eine kleine Flasche Weinbrand fand er unter ihrem grünen Hut auf dem oberen Brett der Garderobe, ein halber Liter Doppelkorn steckte kopfüber im Tonkübel der großen Zimmerpalme, der Glasboden war zu dünn mit Erde bedeckt.

Frank trug die entleerten Flaschen zur Sammeltonne im Hinterhof, ging in seinen Schuppen, schloss die Tür hinter sich ab, startete den Desktop-Rechner und stieg in ein First-Person-Shooter-Spiel ein, in dem er in der Rolle eines hochgerüsteten Kämpfers namens Hero Kles auftrat. Er hatte seinen Rechner mit einer übertakteten GTX 560 Ti Karte mit Dual Fan Kühler ausgerüstet, die Grafik auf dem 28-Zoll-Bildschirm war beeindruckend glatt und extrem realistisch, die Bewegungen der Kämpfer fließend, der Sound voll und räumlich.

Es ging darum, seinen Kombattanten, der von einer teuflischen Herrin namens Heka gefangen gehalten wurde, zu befreien. Dafür bediente er sich einer Wunderwaffe, die sich je nach Notwendigkeit in alle Instrumente der Gewalt, vom Dolch über Kettensäge und Maschinenpistole bis zum Raketenwerfer, verwandeln konnte, wenn er die entsprechenden Befehle eingab. Die gegnerischen Kreaturen waren ebenfalls hochgerüstet, ihre Körper zerspritzten unter seinen Schüssen, Blutfontänen stiegen auf, ein Höllengeschrei aus Wut und Schmerz mischte sich mit den Schussgeräuschen, dem Wummern der Explosionen und dem Heulen abgefeuerter Luftminen, und endlich schaffte er es nach einer Strecke von fünfzig getöteten Gegnern zum nächsten Level, in dem er zur Erholung ein Bordell betreten und sich mit den nackten Huren zu entsprechend lautem Lustgestöhn vergnügen konnte.

So lange die Damen zufrieden waren, durfte er bleiben, doch je länger er sich dort aufhielt, desto mehr Krieger konnte die Schreckensherrscherin *Heka* entsenden. Also schlug er sich weiter zur Burg durch, in der sie wohnte: eine halb nackte blonde Riesin, die ihren Körper mit ledernen Patronengurten und einem mit Waffen bestückten Keuschheitsgürtel bedeckte, die Brüste freiließ und hinter ihrem Puppengesicht eine Bestie verbarg. Ihre Arme waren mit ungeheuren Muskeln bepackt, die nackten Beine endeten in nagelbesetzten Fallschirmspringerstiefeln.

Er, Hero Kles, wusste, wie Heka zu besiegen war: mit dem Gralsschwert, das er aus den Kerkern ihrer Burg holen musste, wo es von Schlangen bewacht wurde. Nur mit diesem Schwert konnte die Entsetzliche besiegt werden.

Er zerschoss und erschlug, zersägte und spaltete die Krieger, die scharenweise aus der Burg auf ihn einstürmten. Die Finger seiner linken Hand flogen über die Tatstatur, wo er sich die Befehle im Mittelfeld programmiert hatte, die rechte Hand bewegte hastig die Maus, die das Fadenkreuz oder seine Position steuerte.

Die Faustschläge seiner Mutter Verena an der Tür, ihre verzweifelten Schreie, ihr Weinen übertönte er, indem er die Lautsprecher bis an die Schmerzgrenze hochfuhr und weiter seine Gegner abschlachtete.

Wilfried Herking kam an Samstagen erst nach zehn Uhr in die Redaktion. Um halb elf fand er eine nächtliche E-Mail von Swoboda vor:

Betrifft: Computerspiel. Der Hintergrund mit dem Feuer über den Mauern stammt aus einem Bild von Delacroix. Es heißt »Dante und Vergil, von Phlegyas geleitet, fahren über den See, der die Mauern der Höllenstadt Dis umgibt« und stammt aus dem Jahr 1822. Hängt im Louvre. Allgemein bekannt unter dem Titel »Die Dantebarke.« Also ein Bild zu Dantes »Göttlicher Komödie«! Vielleicht steckt dort die Lösung, ich hab das nie gelesen, aber du bestimmt. Ich weiß nur, dass Delacroix selber Teile daraus übersetzt hat und dass er sich von jemandem aus dem italienischen Original vorlesen ließ, während er an dem Bild gearbeitet hat. Der italienische Text auf der DVD stammt vielleicht aus dem Dante? – Also: Streng dich an. Gruß, Alexander

Der Redakteur fühlte sich ertappt: Mehr als Zusammenfassungen und Inhaltsangaben kannte auch er nicht von Dantes Werk der Weltliteratur. Es dauerte, bis er sich Originaltext und Übersetzungen aus dem Internet so heruntergeladen hatte, dass er sie vergleichend lesen konnte.

Die Suche nach dem Text, der als Flammenschrift in dem Computerspiel erschienen war – *la quale ella mangiava dubitosamente. Dann aß sie, wohl bedacht, das Herz, das in der Hand ihr brennend dargeboten ward –,* ergab zwar Treffer bei Dante, doch nicht aus der *Commedia*, sondern aus seinem Jugendwerk *Vita Nova*. Die Stelle folgte auf das *Vide cor tuum*, Siehe dein Herz.

Es ging darin um einen Traum Dantes, in dem die von ihm geliebte Beatrice, die Beherrscherin seiner Gedanken, *la donna della mia mente*, aufgefordert wird, ihr eigenes, brennendes Herz zu essen. Ein Bild ihres Todes.

Herking begriff, dass er auf der Spur des Rätsels war und den Schlüssel zu weiteren Räumen des Computerspiels nah vor sich hatte. Auch wenn die DVD längst bei der Zungener Polizei lag und er seine Recherchen nicht überprüfen konnte – der Täter hatte sein System der Camouflage verraten: Dantes großes Werk aus dem vierzehnten Jahrhundert.

Er wurde von einer Art Jagdfieber gepackt und las sich im ersten Teil der *Göttlichen Komödie – Hölle –* fest. Langsam und ohne dass er sich dessen bewusst war, nahm die Dichtung von ihm Besitz, und er vergaß mehr und mehr den Anlass, aus dem er zu lesen begonnen hatte.

Du kannst dich der Untersuchung nicht einfach verweigern, sagte Michaela Bossi, dazu steckst du schon viel zu tief drin!

Swoboda stand auf der anderen Seite des Küchenblocks am Herd. Er hatte im Kühlschrank noch vier Eier gefunden und in die Pfanne geschlagen.

Siehst du dieses Gelb?, fragte er. Das ist zum Beispiel eindeutig kein Auferstehungsgelb, es ist ein Gelb ohne Licht, ein schönes Gelb, aber eben ein sehr irdisches, sattes, cholesterinhaltiges, wenn du verstehst, was ich meine.

Ich verstehe nur, dass du dich stur stellst und weigerst, die

Tatsachen zu sehen. Es geht um den Tod von zwei jungen Frauen und um einen Mord, der vielleicht sechzig Jahre zurückliegt.

Nein, widersprach er, teilte die Spiegeleier auf und ließ sie auf zwei Teller gleiten. Es geht nicht um den Tod, es geht um die Auferstehung, und die Aufgabe, dieses höchst unwahrscheinliche Licht, respektive seine Farben, wenn es denn welche hat, herauszufinden, nimmt mich nun einmal vollständig in Anspruch. Guten Appetit.

Michaela Bossi stöhnte und gab sich scheinbar geschlagen. Wenigstens schmeckten die Eier. Als sie den Frühstückstisch abzuräumen begann, erinnerte sich Swoboda daran, dass ihm schon bei der ersten Begegnung ihre Ähnlichkeit mit seiner Frau Maria aufgefallen war. Acht Jahre nach der Scheidung war Maria an Krebs erkrankt und schon zehn Monate darauf gestorben. Lena machte ihn für den Tod ihrer Mutter verantwortlich und hatte ihm lange nicht verziehen. Sie war jetzt neununddreißig, leitete eine Werbeagentur in Köln, lebte allein. Auch sie hatte eine gewisse Ähnlichkeit mit Michaela Bossi.

Er half beim Abräumen. Zufällig griffen sie nach dem selben Teller, ihre Hände berührten sich, er zuckte zurück und entschuldigte sich. Sie behielt ihre Hand einen Augenblick zu lang auf dem Teller, so als wartete sie darauf, dass seine wiederkam.

Swoboda spürte, dass er rot wurde, wandte sich ab und ging ins Atelier. Was war los mit ihm? Er lebte in einer lockeren, unkomplizierten Beziehung mit Martina Matt; sie verstand und schätzte seine Kunst. Dass sie nicht mehr so häufig miteinander schliefen wie in den ersten Monaten, hielt er für normal, nach fünf Jahren war man nun mal nicht mehr so gierig wie nach fünf Tagen. Außerdem war er siebenundsechzig, also fast schon siebzig, und wartete darauf, dass er allmählich die Lust verlor. War er im Begriff, die gleiche Dummheit zu begehen wie damals in seiner Ehe? Schon bei den früheren Begegnungen mit Michaela Bossi war ihm die erotische Spannung zwischen ihnen aufgefallen. Nicht nur ihm: Martina hatte damals ihre Eifersucht hinter ironischen Bemerkungen nur schlecht verbergen können. Sollte er nicht, wenn schon die Lust wach blieb, wenigstens in die Beständigkeit und Vernunft seiner Jahre kommen? Beide Frauen gehörten zur Generation seiner Tochter, deutlich zu jung für ihn.

Michaela Bossi folgte ihm ins Atelier. Jetzt erst fiel ihr auf, dass keines seiner düsteren Bilder zu sehen war. Seine gemalten Albträume hatten sie bei den ersten Besuchen hier abgestoßen; Martina hatte ihr zugestimmt, die Sachen, wie er seine Werke nannte, seien unverkäuflich. Niemand wolle sich etwas derart Beunruhigendes ins Wohnzimmer hängen, doch das gelte auch für gut die Hälfte aller Exponate in den großen Museen.

Jetzt sah sie sich umgeben von Flächen aus hellen Gelbtönen, unterschiedlichem Weiß, Rosa, Hellblau: Papierbahnen an den Wänden, Leinwände, die an der Mauer lehnten, Malkartons auf zwei Staffeleien zeugten in ihrer Einfarbigkeit von der Aufgabe, die Swoboda sich gestellt hatte.

Meine monochrome Phase, kommentierte er ihre Blicke. Welcher Ton, glaubst du, hat das geringste Gewicht?

Zielsicher ging sie auf einen lichtblauen Bogen Aquarellpapier zu, der über seinem Sofa mit dem Bettzeug hing, blieb stehen, zögerte, wandte sich einer Leinwand zu, die auf dem Boden stand: ein reines, kalkiges Weiß. Löste sich, suchte weiter.

Siehst du, sagte er, so geht es mir auch. Ich gehe vom einen zum andern, wechsle die Prozentanteile der Farben, die Verdünnung, den Auftrag. Und ich finde zu keiner Entscheidung. Anfangs habe ich mit einem sehr zarten Grünschimmer experimentiert, jetzt habe ich alles Grün rausgeschmissen, vielleicht ist das falsch, vielleicht ist die Auferstehung gar nicht gelb oder himmelblau oder rosa, sondern grün!

Sie musste lachen.

Vielleicht hat sie gar keine Farbe, sagte sie.

Dann kann man auch das Fensterglas drin lassen, was ich durch Farben ersetzen soll. Bei einfachem Klarglas denkt jeder bloß ans Putzen, keine Sau an die Himmelfahrt. Weiß stimmt auch nicht, weiß ist im Glasfenster Milch, nicht Licht. Die Frage ist, was ist oben? Was ist so leicht, dass es nach oben gerissen wird? Wie soll man sich die Auferstehung vorstellen? Der Herrgott wirft seinen Riesenstaubsauger an und zieht uns alle in seinen himmlischen Sack? Oder hört hier unten einfach jedes Gewicht auf, erst langsam, dann, wenn man aus der Grube schwebt, wird man schwindlig, schließlich wiegst du nur noch so viel wie deine Seele, die vermutlich das spezifische Gewicht von Licht hat. So, und nun mal das mal.

Sie setzte sich in den zerschlissenen Clubsessel vor der ersten Staffelei.

Ich sowieso nicht. Ich weiß nur, dass Blut rot ist und der Tod schwarz.

Schwarz? rief er. Das hat mit dem Tod überhaupt nichts zu tun. Der Tod ist eine Mischung aus Kobalt dunkel mit Van-Dyck-Braun, tiefer Umbra, ein bisschen Ultramarin und Chromoxydgrün dunkel, das ist das Schwarz des Todes, nicht dieses Elfenbeinschwarz aus der Tube, das ist bloß Fläche, das taugt höchstens als Rand, als Schatten völlig unbrauchbar. Und Blut ist auch nicht einfach rot, Blut ist –

Er unterbrach sich und fixierte sie.

Nicht nett, mich so hinterlistig auf die Spur der Morde zu lenken.

Entschuldige, aber ich brauche dich wirklich, deine nun schon berühmte Nase. Ich ahne dein Problem als Künstler, aber ich bitte dich, mein Problem als spießige Beamtin zu verstehen. Das BKA hat sich in den Leichenfund im Fischerhaus nur deswegen eingeschaltet, weil das Verteidigungsministerium darum gebeten hat. Wir wissen nicht, warum, vermuten aber, dass es denen darum geht, irgendwelche Wehrmachtsgeschichten zu vertuschen. Also liegt die Annahme nahe, dass es sich bei dem Ötzi von der Nelda um einen Kriegsgefangenen handelt. Und was die Frauenmorde betrifft: Waren wir uns nicht mal einig, dass unser Job wichtig ist, um wenigstens im Nachhinein den Opfern Gerechtigkeit widerfahren zu lassen?

Ein großes Wort. Hast du's auch kleiner? Unsere Arbeit hat mit Gerechtigkeit nicht das Geringste zu tun.

Er sah stumm auf sie hinunter, holte dann vom Ende der Farbentische einen bunt verklecksten Stuhl heran, prüfte mit der Hand, ob er trocken war, drehte ihn mit der Lehne nach vorn und setzte sich breitbeinig Michaela Bossi gegenüber.

Wie weit seid ihr mit dem Computerspiel?

Mein ist der Tod? Kein Stück weit, unsere Experten haben das Passwort noch nicht geknackt. Ich versteh nichts davon, aber es scheint mit einer militärischen Software verschlüsselt zu sein.

Probiert es mal mit Dante.

Dante?, fragte sie verblüfft. Wie kommst du auf Dante?

Er lächelte. Meine Nase! Nein, im Ernst: Dieser Typ hat an einer Stelle im Panorama hinter sich selber einen Ausschnitt aus einem Gemälde von Eugène Delacroix einkopiert. Das Bild heißt *Die Dantebarke* und zeigt die beiden Dichter Dante mit roter Mütze und Vergil mit Lorbeerkranz in einem Nachen oder einem Kahn, sie fahren auf einem See vor der Höllenstadt. Ich hab's hier in einem Katalog, wenn es dich interessiert.

Die Kommissarin zog ihr Telefon aus der Tasche und wählte.

Bossi. Bitte um Rückruf. Dringend.

Sie schaltete ab.

Samstag, und kein Mensch erreichbar. Wir haben also einen literarisch gebildeten, möglicherweise kunstsinnigen Serienkiller? Wer weiß noch von dem Delacroix?

Martina. Und der Leiter der Kultur in den *Zungerer Nachrichten*, Wilfried Herking, ich hoffe, er arbeitet sich gerade durch Dantes *Göttliche Komödie*.

Herking war im Fünften Gesang angekommen und las vom Eingang der Hölle:

Dort wartet Minos mit dem Schlangenschweif,
und prüft, in welchen Höllenkreis er sendet.
Untrüglich ist sein Urteil, streng und reif.

So oft um seinen Leib der Schweif sich wendet:
so wird der Kreis der Hölle angezeigt.
Gerecht ist Minos. Keiner, der ihn blendet.

Seine Augen verengten sich, als könne er dadurch schärfer denken. Er fand sich ganz gut in der griechischen Mythologie zurecht und rief sich in Erinnerung, dass Minos der Sohn von Zeus und Europa war, mithilfe des Meeresgottes Poseidon König wurde, den weißen Stier aber, den Poseidon ihm gesandt hatte, nicht, wie vereinbart, zu opfern bereit war. Der rachsüchtige Poseidon strafte daraufhin Minos' Gattin Pasiphae mit Wahnsinn, sie verknallte sich in den Stier, ließ sich von dem Erfinder Dädalos eine Holzkuh bauen, in der sie sich verbarg und von dem Stier bespringen ließ. Aus dem schwer vorstellbaren Liebesakt entstand der stierköpfige Sohn Minotauros, der Tage nach seiner Geburt einer Amme die Finger abbiss und verspeiste, und hier schloss sich die lange Geschichte mit den Menschenopfern im Labyrinth an, mit Ariadne und ihrem Faden und Theseus und Ikaros ...
Aber was zum Teufel hatte König Minos in Dantes christlicher Hölle zu suchen?
Und von einem Schlangenschweif, einem Schwanz, den der König offenbar mehrfach um seinen Leib schlingen konnte, wusste der Mythos ebenfalls nichts.
Das Bild blieb rätselhaft.

Er lehnte sich zurück und starrte auf den Monitor. Dann gab er *Minos* in die Internetsuche ein und wurde mit einem ziemlich abstoßenden Gemälde belohnt. Es stammte von Michelangelo, eine Ecke aus seinem großen Fresko des *Jüngsten Gerichts* in der Sixtinischen Kapelle des Vatikan. Unten rechts, im Bereich der Hölle, steht ein fetter alter Kerl, nackt, mit Hängebrüsten und riesigen, nach vorn gerichteten Teufelsohren, einer unangenehmen Visage, grinsend, obwohl sich eine grüne Schlange zwischen seinen Beinen in seinen Penis verbissen hat.

Doch was Herking an ihm faszinierte, war der Schweif des Mannes, den er zwei Mal um seinen Leib geringelt trägt. Offenbar signalisiert er einem Sünder neben sich, der ihn mit panisch aufgerissenen Augen anstarrt, dass auf ihn der zweite Kreis der Hölle wartet.

Hatte der Vermummte in dem Computerspiel *Mein ist der Tod* nicht ebenfalls eine Art Schwanz um den Körper gewunden? Hatte er nicht angekündigt, er werde seine Betrachter *in die Hölle* führen?

Herking atmete laut aus. Er war sicher, den Zugang gefunden zu haben. Das Passwort musste *Minos* lauten. Damit würde man vermutlich zu dem Ort gelangen, an dem der Täter das Herz von Iris Paintner deponiert hatte: die Maria vom brennenden Herzen in der Aegidiuskirche.

Drei Tage bevor Verena Züllich den blutigen Muskel entdeckt hatte, war die DVD in der Redaktion eingetroffen. Hatte der Mörder damit gerechnet, dass man auf die Lösung kommen würde, bevor er das Herz in die Kirche gebracht hatte? Brauchte er den Nervenkitzel, dass der Fundort vorsorglich überwacht wurde? Oder war er sicher, dass es mehrere Tage dauerte, bis man auf sein Ratespiel mit Dante kommen würde?

Der Redakteur streckte die Hand zum Telefon, um Swoboda zu informieren. Ehe er den Hörer nehmen konnte, klingelte der Apparat. Auf dem Display erschien die Schrift *Anonym.* Er hob ab.

Zungerer Nachrichten Herking?

Die Stimme klang männlich, jung, mit einem künstlichen Echo, und sprach melodisch die Verse:

Er trug getrennt sein Haupt an seinen Haaren – wie eine Weglaterne in der Hand – es stöhnte auf, als wir ihm nahe waren …

Ein blechernes Lachen.

Die Hölle beginnt vor deiner Tür!

Dann das Freizeichen. Herking legte auf. Er spürte seinen Herzschlag. Dass er allein in der Redaktion war, hatte er der Ruhe wegen eben noch genießen können, plötzlich aber machte ihm die Leere Angst: Woher wusste der Anrufer, dass er am Samstag hier war? Hatte er ihn beobachtet? Und wieso begann die Hölle vor seiner, Herkings, Tür? Zu Hause? Hier im Zeitungsgebäude am Schillerplatz?

Er stand auf und ging zum Fenster. Der Blick auf den nassen Platz und den üblichen samstäglichen Einkaufsbetrieb beruhigte ihn. In einer Stunde würden die Kollegen kommen und mit der Arbeit an der Montagsausgabe beginnen. Alles wie immer.

Seine Vorsicht, die ihn nie verließ, riet ihm, aus dem Büro zu gehen und das Gebäude zu überprüfen. Im Korridor ließ die Automatik die Lampen aufflackern. Der Lift stand noch im Stockwerk, öffnete sich, ließ Herking ein und fuhr

gehorsam die zwei Etagen nach unten. Die Empfangsthe-
ke lag spiegelblank und leer vor ihm, die Glastüren rechts
und links der gesperrten Drehtür waren verschlossen. Er
war am Morgen durch die Tiefgarage heraufgekommen.

Von wegen Hölle, dachte er und lächelte über sich selbst.
Den kleinen Schatten am Fuß der rechten Glastür hielt er
für eine Spiegelung des Wassers, das fingerbreit auf dem
Schillerplatz stand. Dass sie nicht verging, als er nach links
zur Treppe ging, irritierte ihn. Er blieb stehen. Wieder sein
Herzschlag. Der Standardsatz seiner Therapeutin fiel ihm
ein: Wenn Sie immer nur Ihrer Ängstlichkeit gehorchen,
Wilfried, werden Sie nie herausfinden, welche Abenteuer
das Leben für Sie bereithält.

Er ging zur Tür und sah, dass außen auf der Stufe ein brau-
ner DIN-A4-Umschlag am Glas lehnte. Es schien ihm die
gleiche gefütterte Versandtasche wie bei der DVD *Mein ist
der Tod* zu sein. Er schloss die Tür auf, holte die Tüte herein, sperrte zu und nahm die Treppe in den zweiten Stock.
Der Anfang der neuen DVD war derselbe wie in der ersten:
Nach der Schrift *Mein ist der Tod,* Gold vor blutrotem Horizont, trat der Kapuzenmann als Minos mit zwei Ringen
seines Schweifs um den Leib auf, zauberte Schlangen aus
der dunklen Luft, bis er von ihnen umgeben war wie das
Haupt der Medusa. Doch seine unnatürlich tiefe Stimme
sprach diesmal voller Hass einen anderen Text:

E 'l capo tronco tenea per le chiome!

Herkings Assoziation funktionierte: Es musste sich um den
italienischen Text für die deutsche Übersetzung handeln,

die ihm die Stimme am Telefon aufgesagt und mit dem scheppernden Lachen beschlossen hatte.

Er trug getrennt sein Haupt an seinen Haaren …

Er klickte auf Weiter, gab als Passwort *Minos* ein. Das Spiel reagierte mit *identity unknown.*

Kurz darauf fand er in den Dante-Foren des Internets heraus, welche Figur in der *Göttlichen Komödie/Hölle* ihr eigenes Haupt, getrennt vom Rumpf, wie eine Laterne, herumtrug. Im achtundzwanzigsten Gesang stieß er auf den intriganten Troubadour Bertram dal Bornio, der dazu verurteilt ist, in der Hölle geköpft herumzulaufen:

Er trug getrennt sein Haupt an seinen Haaren
Wie eine Weglaterne in der Hand:
Es stöhnte auf, als wir ihm nahe waren.

Herking war sich sicher, dass der Täter in der ersten DVD vom Spieler forderte, den Namen *Minos* herauszufinden, der das Passwort war.

Für die zweite DVD hatte er ein neues Passwort, vielleicht *Bertram dal Bornio*, eingesetzt. Doch auf die Eingabe dieses Namens reagierte das Programm wieder mit *identity unknown.* Er variierte die Schreibweisen. Negativ.

Seine Gedanken überstürzten sich. Wer spielte mit ihm auf eine so vertrackte Weise, wer stellte seine literarische Bildung auf die Probe? Er dachte darüber nach, ob es irgendeinen Zusammenhang zwischen ihm und Iris Paintner gab, und fand keine logische Verbindung. Bestimmt war das Opfer im ersten Video unter dem Passwort *Minos* verborgen worden, und hinter dem Namen des Troubadours Bertram dal Bornio verbarg sich der zweite Mord, dem seine Praktikantin Saskia Runge zum Opfer gefallen war. Warum aber gab der Name des Sängers das Spiel nicht frei?

Herking hatte kaum mehr geschlafen, seit Saskia ermordet worden war. Die ungeheure Brutalität der Tat hatte er anfangs verdrängt, langsam war sie ihm bewusst geworden. Obwohl ihn eine ausschließlich kollegiale Beziehung mit der jungen Frau verbunden hatte, fühlte er sich sterbenselend. Er wollte sich von dem Mord nicht einschüchtern lassen und zwang sich, weiter zu funktionieren, aber man sah ihm die Erschöpfung der letzten Tage an. Seine Auskünfte an die Polizei hatten sich auf die biografischen Daten der Toten beschränkt, und er war den Beamten dankbar dafür gewesen, dass ihre Kollegen in Dresden die Mitteilung an Frau Runges Eltern übernehmen wollten.

Jetzt schien ein Troubadour des zwölften Jahrhunderts an Saskias Seite zu treten. Herking schloss die Augen. Er wusste, dass die beiden Figuren zusammengehörten, die enthauptete Journalistin und der Sänger, der in Dantes Hölle seinen eigenen Kopf an den Haaren vor sich her trug wie eine Laterne. Dennoch kam er mit Bertram dal Bornio nicht weiter.

Wieder nahm er den Computer zu Hilfe. Die Metasuchmaschine seines Pressenetzes warf einen alternativen Namen des Troubadours aus; sie bot an, statt nach Dantes Vorbild für die Figur, Bertram dal Bornio, zu fragen, den dichtenden Ritter unter seinem französischen Namen *Bertran de Born* zu recherchieren.

Als er diese Version in das Spiel *Mein ist der Tod* eingab, startete zur Musik von Donizettis Oper *Anna Boleno* ein Video.

Herking hörte die Arie der Anne Boleyn – *Va, infelice* – auf dem Weg zu ihrer Enthauptung und erkannte nach wenigen Takten die Aufnahme mit Maria Callas und dem Orchester der Mailänder Scala: Trauermarschmusik.

Der Film zeigte die gemalte Uferlandschaft eines Flusses im Licht eines sonnigen Vormittags. Der Schatten der Weiden fiel über einen Kahn, der ruhig im Schilf lag. Die Kamera, die man zugleich in einem winzigen Ausschnitt links unten ansehen konnte, bewegte sich mit der federnden Bewegung von Schritten auf den Kahn zu. Sie richtete sich aus nicht allzu großer Höhe auf den Bug aus und neigte sich langsam. Das dunkle Innere des Bootes wurde sichtbar und hellte sich auf.

Wieder spürte Herking an seinem Herzschlag die Furcht, die ihn erfasste. Er ahnte, dass er sich etwas näherte, das er nicht sehen wollte.

Mit den Steuertasten der Tastatur konnte er das Bild nach oben und unten, nach links und rechts schwenken. Er lenkte die Kamera nach unten. Sie nahm sich seine Augen und zoomte selbstständig heran: kurze blonde Haare, nass und von Blut verklebt. Das Weiß der Stirn. Die Arie änderte jetzt Rhythmus und Tempo, bekam etwas Hastiges.

Er schlug auf die Taste mit dem Aufwärts-Pfeil. Die Kamera wich zurück, riss sich los, kippte hoch und blickte auf das flirrende Licht in den Bäumen. Er steuerte sie wie unter einem inneren Zwang abwärts. Sie beugte sich wieder über das Gesicht. Am unteren Bildrand trat ein Schuh gegen die Kahnwand. Das Boot schaukelte, im Bilgewasser auf seinem Boden rollte Saskias Kopf hin und her, als wollte sie etwas verneinen. Zugleich schwang sich die Callas zum

Ende ihrer Arie auf, das Orchesterfinale der Oper erklang, und über den Kopf der Toten rauschte der Beifall.

Wilfried Herking stand auf und wich langsam vom Schreibtisch zurück. Ihm schien der Film eine Ewigkeit zu dauern, doch es waren kaum drei Minuten vergangen. Der Applaus ebbte ab, das Bild wurde schwarz. Sofort startete die Videoschleife neu.

Swoboda schaltete sein Telefon aus.

Das war Herking. Ich glaube, ich habe ihn überfordert.

Michaela Bossi hatte im Sessel abgewartet, bis sein Gespräch beendet war.

Er ist ein kluger Typ und nicht unbedingt mutig, sagte Swoboda, aber manchmal hat er Courage, und dann hält er sie selbst nicht aus.

Klingt kompliziert.

Ist es auch. Er hat das Computerspiel geknackt und etwas gesehen, was er besser nicht gesehen hätte. Er braucht uns. Kommst du?

Sie stand auf. Irgendwie lief dieser Samstagmorgen anders, als sie ihn sich ausgemalt hatte.

Als sie vor die Tür der Prannburg traten, ließ der Wind ihre Mäntel flattern. Swoboda blickte nach oben und sagte:

Endlich. Jetzt treibt es die Wolken weg, und übermorgen hat sich das Wasser verlaufen.

Ich lebe jetzt 18350206 Minuten. Die Zahl kann um ein paar Hundert Minuten hin oder her falsch sein. Mit bald fünfunddreißig Jahren sollte man sich allmählich fragen, was man aus seinem Leben machen will.

Wer will ich sein?

Ich wollte nie einer dieser erbärmlichen Selbstdarsteller in hellblauem Hemd und dunkelblauer Krawatte werden, einer von diesen Lackaffen in ihren spiegelblank geputzten Häuschen, wo jeder mit einem Sack voll Lügen nach Hause kommt, ihn in der Garage abstellt und am nächsten Morgen wieder mit ins Büro mitnimmt.

Ich habe die aufgeblähten Kerle früh durchschaut, ihre schmarotzenden Weiber und quengelnden Rotznasen. Abschaum einer Spezies, die einmal Gottes Ebenbild war!

Was wollte ich? Ich wollte ein guter Mensch werden! Ein Mensch mit einer reinen, starken Seele. Man wird mir das nicht abnehmen, aber es ist wahr, ich könnte mich auf den Heiseplatz stellen direkt neben den Fischerbrunnen, und ich könnte dort zur Menschenmenge sagen: Ich will ein guter Mensch sein, sonst gar nichts.

VII

Die Vergangenheit

Gernot Paintner war ein starrer Mann.

So, wie er an diesem Sonntagnachmittag unter wechselndem Wind den Erpenberg hinauf zur Villa seiner Schwester Freya ging, hätte man ihm die Erstarrung nicht angesehen. Im Gegenteil: Er konnte als rüstiger Mittsiebziger gelten, was an seinem entschiedenen Gang und kerzengeraden Rücken lag, eine Körperhaltung, auf die er seit seinem sechsten Lebensjahr von Eltern und Lehrern verpflichtet worden war und die er seither beibehalten hatte. Im Grunde war sie ihm das Wichtigste im Leben gewesen, und so hatte der erzieherische Befehl, von außen nach innen wachsend, jene Verkümmerung seiner Gefühle bewirkt, die er für Charakterstärke hielt.

Er ahnte, was Freya von ihm wissen wollte, und nahm sich vor, sich an nichts zu erinnern. Auf diese Weise würde er den unangenehmen Besuch rasch hinter sich bringen.

Aus dem Himmel und seiner Wolkenjagd überfielen ihn kühle Böen, Paintner hielt mit der rechten Hand seine Hutkrempe fest, mit der Linken zog er den Kragen seines Kamelhaarmantels dicht. Das Wetter gefiel ihm, es passte zu seiner Laune. Physisch war er mit seinen sechsundachtzig Jahren in erstaunlich gutem Zustand. Es ging ihm sehr viel besser als seinem zwei Jahre jüngeren Bruder Helmut.

Der Tod seiner Frau Elisabeth, die 1956 den Sohn Martin zur Welt gebracht hatte, lag nun dreizehn Jahre zurück. Seit dieser Zeit hatte Paintner, der es ablehnte, bei Martins Familie zu wohnen und sich in einer luxuriösen, ihm gehörenden Dachwohnung am Kornmarkt selbst versorgte, zwei Beschäftigungen zu Leidenschaften entwickelt: Er ging ausdauernd spazieren und er schrieb Leserbriefe.

Seine Spaziergänge dienten ihm vorwiegend dazu, mit strengen Blicken zu missbilligen, was ihm unterwegs als ungehörig auffiel. Vor allem Jugendliche strafte er mit seiner abfälligen Miene, wenn sie auf der Straße Bier tranken, ihre Haare zu bunt waren oder die Jeans zu tief hingen. Die jungen Leute scherten sich nicht um ihn, doch bettelnde Obdachlose konnte er ausdauernd derart verächtlich ansehen, dass sie Angst vor dem alten Herrn bekamen und sich entfernten. Freundliche Blicke schenkte er Frauen mit Kinderwagen, so als wollte er sie ermuntern, für weiteren Nachwuchs zu sorgen. Auch in seinen an viele Redakteure der Republik gerichteten Leserbriefen gab er mit ermüdender Regelmäßigkeit seiner Gewissheit Ausdruck, das deutsche Volk werde aussterben. Seine Zuständigkeit in allen Fragen der Gesellschaft begründete er damit, dass es ihm im Verlauf seines Lebens gelungen sei, den Umsatz des vom Vater übernommenen Holzbetriebs Paintner zu verdreißigfachen. Nur Erfolg, das stand für ihn fest, ermächtigte zur Kritik; wer nichts vorzuweisen hatte, sollte den Mund halten. Sein Lebenswerk berechtigte ihn auch zur regelmäßigen Einmischung in die Geschäftsführung des Betriebs, und Martin nahm die Übergriffe seines Vaters widerspruchslos hin.

Freyas Villa lag in einem nordwestlichen Randbereich von Zungen, der sich am Ufer der Mühr zwischen der Prannburg und der neuen Bundesstraße erstreckte und bereits Ende des neunzehnten Jahrhunderts in mehrere Großgrundbesitze aufgeteilt worden war. Dort befanden sich die Anwesen der Fleischfabrikantenfamilie Ungureith und der Bierbrauerdynastie Sinzinger. Auch die ehemalige Villa Staff mit ihrem Park gehörte dazu. Sie stand leer, seit sich vor den Gerichten der Streit zwischen der Stadt und den in den USA lebenden Verwandten der 1940 ermordeten jüdischen Besitzer hinzog.

Die Straßen am Erpenberg, ihrer Lage wegen vor Hochwasser sicher, waren nicht breit, doch glatt und ruhig, von soliden Mauern mit aufgesetzten Staketenzäunen gesäumt, hinter denen die Höhe der Bäume vom Ausmaß der Parks und dem Selbstbewusstsein der Besitzer zeugte.

Paintner erreichte das schmiedeeiserne Tor am Mispelweg 5, das auf Freyas Geheiß seit Jahren nicht mehr geschlossen worden war und, von Knöterich umwuchert, Rost angesetzt hatte. Direkt dahinter lag linkerhand das ehemalige Kutscherhaus, seit dem Ende der Feudalzeit Wohnung der wechselnden Hausmeister. Das niedrige, weiß gekalkte Haus mit grünen Fensterrahmen und roten Läden war über die letzten Jahre von Freyas Pflegerin Dorina Radványi in den Nationalfarben ihrer Heimat liebevoll hergerichtet worden.

Dorina lebte hier allein. Sie hatte nach ihrer Scheidung Ungarn verlassen, sich bei Freya beworben und Pflegekenntnisse vorgetäuscht. Als der Schwindel aufflog, behielt Freya die kräftig gebaute, junge Frau bei sich. Dorina war dankbar, zuverlässig und lernte schnell die nötigen Handgriffe. Dass sie Abhängigkeit und Intimität, die sich bei der tägli- chen Pflege zwangsläufig ergaben, nicht ausnutzte, sondern in den sechs Jahren seit ihrer Anstellung zuvorkommend, ja respektvoll blieb, schätzte Freya besonders an ihr.

War sie in ihrem Häuschen, sah sie sich als Wächterin über das Grundstück und behielt aus dem Fenster ihres Wohn- zimmers die Einfahrt im Blick.

Als sie Gernot Paintner sah, lief sie aus der Haustür und hinter ihm her, holte ihn auf halbem Weg zum Haus hin- auf ein, begrüßte ihn und machte ihn auf die Brombeer- ranken aufmerksam, die ein dichtes Schlinggeflecht über dem Kies bildeten und wieder junge Triebe ansetzten.

Er nickte, Dorina lief in ihr Haus zurück, rief Freya in der Villa an und teilte ihr die Ankunft des Bruders mit.

Günther Korell ging betont langsam die Treppe herunter. Er hatte sich nicht gern bereit erklärt, an dem Gespräch zwischen Freya und ihrem Bruder teilzunehmen. Aber er verdankte ihr so viel, im Grunde ein zweites Leben.

Gegen den Widerstand der gesamten Familie hatte sie ihn adoptiert und darauf bestanden, dass er sie Mama nannte, seinen Familiennamen aber beibehielt:

Du sollst nicht Paintner heißen. Ich hasse den Namen. Sie werden einen Fremden, einen Eindringling an ihren Ge- schäften beteiligen müssen, einen, der nicht einmal heißt wie sie! Du ahnst gar nicht, wie viel Genugtuung mir das bereitet!

Er schlenderte ins Terrassenzimmer. Freya hatte sich mit dem Rollstuhl so neben dem Kamin in Stellung gebracht, dass ihr Bruder im Sessel gegenüber Platz nehmen und gegen das blendende Fensterlicht hinter ihr blicken musste. Der quadratische Couchtisch zwischen ihnen war leer. Freya hatte Gernot Paintner nicht zum Tee gebeten, sondern zum Verhör bestellt.

Er ist gleich da, rief sie Korell entgegen. Setz dich vor den Kamin! Du brauchst nichts zu sagen, du musst mir nur zeigen, wenn er lügt, dann zwinkerst du mit dem rechten Auge.

Korell lachte, beugte sich zu ihr hinab und nahm ihre Hände.

Ich kann doch gar nicht erkennen, ob jemand lügt, Mama.

Doch, das kannst du. Du musst nur darauf achten, ob er häufiger blinzelt als sonst. Und was seine Hände tun!

Und was tun sie, wenn er lügt?

Er fasst mit der einen die andere. So wie du grade meine packst er die eigenen. Das hat er schon als Kind getan, wenn er log. Hält sich an sich selber fest. Glaub mir!

Ich glaub dir ja.

Du lachst mich aus.

Nein, ich muss nur manchmal darüber lachen, was dir so alles einfällt.

Dein Lachen höre ich ja doch am liebsten, sagte Freya.

Die Glocke schlug an. Korell lief zur Eingangshalle.

Noch in der offenen Tür streckte Paintner dem jungen Mann seinen Hut entgegen, zog seinen Mantel aus und hielt ihn ihm hin, so dass Korell nichts anderes übrig blieb, als die Kleidungsstücke wie ein Diener anzunehmen und in die Garderobe zu bringen.

Der Alte lief wortlos an ihm vorüber ins Kaminzimmer,

nickte Freya zu und setzte sich in den Sessel ihr gegenüber.
Er kniff die Augenlider zusammen.

Du wolltest mich sprechen, ich habe nicht viel Zeit.

Freya betrachtete ihn stumm, bevor sie erwiderte: Wir können uns schnell einig werden.

Das bezweifle ich. Aber wie du willst. Also?

Ich habe nur eine Frage: Wer hat Yoro Mboge umgebracht, und wann?

Paintner legte den Kopf schief, als habe er nicht gut gehört.

Jorro was, wer, wann? Umgebracht?

Korell betrat das Zimmer und lief ruhig zu seinem Platz vor dem Kamin. Er sah Freya an, die ihm zunickte, setzte sich und richtete seinen Blick auf Paintner wie auf ein interessantes Insekt.

In der Stille zwischen den drei Menschen blieben mehrere Gewissheiten unausgesprochen. Freya war sich sicher, dass ihr Bruder ein Mörder war. Der hatte keinen Zweifel, dass Günther Korell sich den umfänglichen Besitz der Paintners aneignen wollte. Und Korell wusste mehr über die beiden Alten als sie voneinander. Seine Lebensgeschichte hatte ihn zu einem Mann werden lassen, der geradezu gierig nach Informationen über Menschen war, von denen er sich abhängig fühlte. Das Internet war perfekt für ihn.

So hatte er in Erfahrung gebracht, dass Gernot Paintner, bei Kriegsende einundzwanzig, noch Ende März 1945 Mitglied der 38. SS-Grenadier-Division *Nibelungen* geworden war, das letzte Aufgebot der SS-Junkerschule Bad Tölz. Offenbar hatte ihm das nach dem Krieg in Zungen eher genutzt als geschadet.

Freya hatte er selbst aushorchen müssen. An einem ihrer

ersten gemeinsamen Abende, an dem es ihm gelungen war, sie zum Genuss einer halben Flasche Sauvignon zu verleiten, hatte sie ihm von dem senegalesischen Soldaten erzählt, dem sie im Januar 1945 im Fischerhaus von Alois Dietz begegnet war. An ihre schwärmerisch ausgemalte Liebesgeschichte mit Yoro Mboge, die nur drei Monate dauern durfte, hatte sie ihre Zweifel an seiner heimlichen Flucht, ihre dunkle Ahnung seines Todes, dann mit ebenso leuchtenden Augen und roten Flecken auf den Wangen die Geschichte des Hasses auf ihre Familie angeschlossen. Korell hatte gesehen, dass der Hass ihre Augen stärker leuchten ließ als die Liebe, und sich vorgenommen, eine seiner täglichen Lauftouren an den Flussufern mit einem Umweg über die Fischerhäuser zu erweitern.

Freya brach das Schweigen und wiederholte: Umgebracht. Ermordet. Arme und Beine gebrochen. Den Schädel eingeschlagen. Die Leiche unter den Brettern des Fußbodens im Fischerhaus von Alois Dietz versteckt. Alois Dietz in die Nelda gestoßen. Der zweite Mord. Hast du jetzt verstanden, worüber ich mit dir spreche?

Paintner beugte sich im Sessel nach vorn, als ob er nachdenken müsste. Er schüttelte den Kopf und richtete sich auf.

Keine Ahnung.

Er atmete ruhig und tief ein und lehnte sich zurück.

Wirklich. Ich weiß nicht, was du meinst.

Korell beobachtete ihn. Der alte Mann griff weder mit seiner einen Hand nach seiner anderen, noch blinzelte er auffällig oft. Er hielt die Lider halb geschlossen und schien nicht einmal zu bemerken, dass der Jüngere ihn beobachtete.

Sagen Sie, Herr Paintner, haben Sie jemals *Raskolnikow* gelesen, ich meine den Roman, den von Dostojewski, *Schuld und Sühne?*

Der Alte sah Korell an, als hätte der in einer fremden Sprache geredet.

Was? Was für ein Roman? Ich lese keine Romane. Ich bin ja keine Frau.

Korell nickte.

Ich frage nur aus Interesse. Raskolnikow begeht einen Doppelmord aus Überzeugung und wird von seinem Gewissen eingeholt. Sein Gewissen ist stärker als die Überzeugung, zu den Morden berechtigt gewesen zu sein! Das ist natürlich Dostojewskis christliche Sentimentalität! Sie hingegen sind ein Mensch, dem ein Doppelmord überhaupt keine Schwierigkeit bereitet, Sie sind völlig einverstanden mit sich selbst, nichts bedrückt Sie, nichts verleitet Sie zu unbedachten Äußerungen, das finde ich, ja, tatsächlich faszinierend!

Auf Freyas Gesicht breitete sich ein Lächeln aus, das ihr Bruder nicht deuten konnte. Sie schien zufrieden zu sein.

Korell fuhr fort:

Es geht mir nicht um Literatur. Ich möchte von Ihnen wissen, wie man das macht.

Was?

Von Paintners Gesicht schien sich eine Maske zu lösen. Hinter der gespielten Selbstsicherheit wurde Wachsamkeit sichtbar. Er blinzelte ein paar Mal hintereinander und spannte seine Stirn und seine Lippen an.

Korell sah ihn mit unverhohlener Neugier an.

Sie wissen schon, kommen Sie, ich will doch nur lernen!

Der Alte schob den Kopf vor, und man konnte sehen, wie er seinen Nacken versteifte.

Was lernen?

Na das! Wie man ohne jedes bisschen Gewissen mit einem Doppelmord auf der Seele weiterlebt, als wäre nichts gewesen! Ich meine, Raskolnikow, dieser Idiot, kriegt Fieber und Bauchkrämpfe und glaubt, alle Welt weiß, was er getan hat, aber Sie! Sie wissen, dass Ihre Schuld gar keine ist!

Ich habe nichts getan.

Freya nutzte die Pause, die entstand, um mit ihrem Rollstuhl um den Tisch an die Seite ihres Bruders zu fahren.

Gernot, du weißt, sie werden bald herausfinden, dass dieser Leichnam im Fischerhaus ein schwarzer, französischer Soldat war. Und dann dauert es höchstens eine Woche, bis sie wissen, welcher schwarze Gefangene damals aus der Haft geflohen ist. Und dann? Dann werden sie herausfinden, wer dem alten Alois Dietz immer das Essen gebracht hat. Und wer ab Januar fünfundvierzig doppelte Rationen brachte. Und so fort. Vielleicht finden sie es auch nicht heraus. Das müssen sie auch nicht. *Ich* werde es ihnen sagen.

Sie wartete, bis er ihr den Kopf zuwandte. Dann fragte sie: Ich will nur wissen: Was hat er gesagt, bevor er starb? Und warst du allein?

Gernot Paintner stand auf, reckte sich und ging an ihr vorbei zur Terrassentür. Er schwieg lange. Dann entschied er sich und sprach stockend in den verwilderten Garten hinaus. Wenn du wissen willst, ob er nach dir gerufen hat: Nein. Er hat bloß geschrien. Der alte Dietz hat ihn nicht verteidigt. Und wenn du wissen willst, ob ich allein war: Nein. Wir alle drei haben deine Ehre verteidigt. Unser Vater und Helmut und ich. Und wenn du es genau wissen willst: Ich habe ihm die Beine zerschlagen, Helmut die Arme, und unser Vater hat dem Schwein den Schädel eingeschlagen. Ist es das, was du unbedingt wissen wolltest?

Freya atmete tief ein. Und Dietz?, fragte sie.

Selber schuld, auf das Verstecken von flüchtigen Gefangenen stand sowieso die Todesstrafe.

Gernot Paintners Sätze wurden zu Bildern. Sie konnte nichts dagegen tun, hob beide Hände vor den Mund und legte sie auf ihre Lippen, als wollte sie sich doppelt verschließen. Der Schmerz zog ihren Brustkorb zusammen. Sie rang nach Atem und ließ keine Luft ein. Sie blieb still. Ihr Bruder, der ihr noch immer den Rücken zuwandte, erfuhr nichts von ihrem Gefühl.

Als er sich umdrehte, sagte er: Dein Garten sieht ja saumäßig aus.

Erst dieser Satz ließ sie schreien.

Korell nahm die Schreiende in den Arm, strich ihr über das Haar und legte seine Hand auf ihre Stirn. Langsam beruhigte sie sich. Gernot Paintner begriff nicht, was er ausgelöst hatte.

Sie hat es doch sowieso gewusst, sonst wäre ich ja gar nicht hier. Oder?

Freya schob Korell zur Seite.

Vater ist tot. Aber du und Helmut, ihr werdet es büßen. Ich bringe euch ins Gefängnis.

Paintner kehrte von der Terrassentür zu seinem Sessel zurück und ließ sich hineinfallen.

Glaubst du allen Ernstes, dass sie uns nach sechzig Jahren

wegen einem Nigger verurteilen werden? Ja, wenn das ein
Jude gewesen wäre, da hätte ich Bedenken. Da machen sie
ja immer noch ein mordsmäßiges Buhei. Aber für so einen
Neger dreht kein Staatsanwalt die Hand um. Ich bin da
ganz ruhig.

Mord verjährt nicht.

Günther Korell hatte nach Freyas Zusammenbruch lange
geschwiegen. Dass er sich juristisch einmischte, überraschte Paintner.

Wüsste nicht, dass ich Sie gefragt habe.

Dennoch stimmt es. Mord verjährt nicht. Ob Sie das glauben oder nicht: Die Staatsanwaltschaft muss anklagen, sie
hat da keine freie Entscheidung.

Na und? Ich bin ein sehr alter Mann und ganz und gar
nicht verhandlungsfähig, um mich brauchen Sie sich keine
Sorgen zu machen, Jungchen.

Mein Sohn macht sich keine Sorgen um dich, sagte Freya
laut, ganz gewiss nicht. So wenig wie ich. Ich will dich vor
Gericht sehen, ich will, dass du gestehen musst, dass du öffentlich sagst: Mein Vater war ein Mörder. Mein Bruder ist
ein Mörder. Ich bin ein Mörder. Alle Welt soll wissen, dass
ihr Abschaum seid!

Paintner sah sie an und schwieg. Nach einer Weile sagte er
kaum hörbar:

Er war auch dein Vater.

Freya antwortete, ohne zu zögern.

Dieser Mann hat mich gezwungen, mein Kind wegzuge-
ben, und ich weiß bis heute nicht, wo es ist. Ich habe ihn
mein Leben lang gehasst, und ich werde ihn noch hassen,
wenn ich sterbe.

Er hat dich gerettet.

Er hat mich zerstört.

Wieder ließ ihr Bruder einige Sekunden verstreichen.

Wir sollten uns über Iris' Grab versöhnen, das hätte sie so gewollt.

Woher willst du das wissen?

Iris war ein starkes Mädchen, sagte er. Seit sie tot ist, steht fest: Wir gehen unter, die Paintners sterben aus, wahrscheinlich verhandelt Martin längst mit irgendeinem Konzern, Japaner oder Chinesen oder andere Schlitzaugen. Martin ist ein Schwächling. Deshalb hat er auch die falsche Frau geheiratet. Keine Söhne! Die Susi rennt von einem Seelendoktor zum nächsten, nichts kommt dabei heraus. Iris war meine einzige Hoffnung.

Ich habe einen Erben, sagte Freya.

Paintner sah Korell an und lachte abfällig.

Der? Sei sicher: Ich sorge dafür, dass der keinen Fuß bei uns in die Tür kriegt. Der versteht vom Holz so viel wie ich vom Rosenzüchten. Ich habe die Firma nicht hochgebracht, um sie einem Erbschleicher an den Hals zu schmeißen. Eher zünd ich den ganzen Laden an!

Bevor Freya etwas entgegnen konnte, stand Korell auf.

Das reicht, Herr Paintner. Wir haben beide Ihr Geständnis gehört. Sie können jetzt gehen.

Paintner blieb sitzen und behielt ihn im Blick.

Das lässt du zu, Freya, dass mich dieses Bürschchen aus deinem Haus wirft? Hast du vergessen, wer dich vor dem KZ bewahrt hat? Du hättest dein achtzehntes Jahr nicht überlebt, das weißt du doch. Ich hoffe, du weißt es. Und wer dir nach der Lähmung sehr großzügig unter die Arme gegriffen hat? Wer den Prozess bezahlt hat? Überleg dir gut, was du tust. Alles, was gegen die Paintners geht, geht auch gegen dich.

Seine Schwester antwortete leise: Schade, dass sie hierzulande keinen mehr hängen.

Er stand auf, verließ das Zimmer, holte in der Halle Hut und Mantel aus der Garderobe, schlug die Tür hinter sich zu.

Freya bat Korell, sie allein zu lassen. Er zog sich zurück. Sie lenkte den Rollstuhl in den rechten Erker zu ihrem Sekretär, griff zum Telefon und rief ihre Pflegerin an.

Ich brauche Sie, Dorina. Gleich!

Gernot Paintner atmete auf, als er das Grundstück verlassen und die Straße erreicht hatte. Die Windböen waren schwächer geworden, die Wolken zu treibenden, weißen Fetzen zerrissen. Wenn die Sonne herauskam, war ihre Kraft zu spüren. Der weißhaarige Mann, der aufrecht den Erpenberg hinunter zur Stadt lief, behielt seinen Hut in der Hand und war dankbar für die Wärme auf seinem Gesicht.

Einer Laune folgend wandte er sich am Ende der Straße nach links, folgte zwei Gassen zwischen Grundstücksmauern in westlicher Richtung und gelangte nach wenigen Minuten an die Mühr. Sie war wieder auf ihr Flussbett begrenzt. Licht blitzte auf den Wellen, zwei Paare flanierten auf dem asphaltierten, alten Treidelpfad, ein Jogger lief an ihnen vorüber, den Paintner zu kennen glaubte, die Uferbänke waren frei, die Fliederbäume standen weiß in Blüte. Paintner suchte sich eine Bank, die von Sonne und Wind getrocknet war, setzte sich in die Mitte und blickte auf den Fluss.

Er hielt Freyas Satz, dass sie ihn gern hängen sehen würde, für eine dumme Provokation der kleinen Schwester. Gegen seinen Willen hatte sie seine Erinnerungen belebt, und die Bilder jener Nacht im April 1945 waren ihm so gegenwärtig wie seit Jahrzehnten nicht.

Sein Vater hatte entschieden, den Fluss zu benutzen. Gernot hatte mit einigen Versprengten seines SS-Regiments *Nibelungen* zum Schutz der Stadt eine Verteidigungsstellung an der Mahrbrücke bezogen. Helmut war in Ungarn verwundet worden und hielt sich seit zwei Wochen wegen seines Kieferdurchschusses zu Hause auf.

Das Todesurteil für den *schwarzen Schänder* stand fest, seit Freya ihrer Mutter die Schwangerschaft gestanden hatte.

Am Mahrufer, das Kahnlände hieß und zum Teil dem Holzbetrieb, zum Teil dem Maurerunternehmen Ehrlicher als Anlegestelle diente, waren drei Kähne vertäut, mit denen die Arbeiter zwischen angeflößten Baumstämmen manövrieren oder abgetriebenes Holz an ihren Floßhaken im Schlepp anlanden konnten.

In der Nacht stieg Ludwig Paintner mit seinen beiden Söhnen ins Boot. Sie hatten einen Spaten dabei. Gernot trug seine Daimon-Taschenlampe mit ihrer Lederschlaufe am Hosenträgerknopf. Es war der zwölfte April, ein Donnerstag, dichte Wolkendecke und Neumond.

Neun Tage zuvor hatte Heinrich Himmler angeordnet, dass in Häusern, an denen vor den anrückenden Alliierten die weiße Fahne gehisst wurde, alle männlichen Bewohner zu erschießen seien.

Obwohl die mondlose Nacht nicht kalt war, trugen sie gewalkte, dunkelblaue Flößerjacken, wasserdichte Krempstiefel und schwarze Kappen aus Filz. Ludwig Paintner stand am Heck, steckte den Riemen in die Ruderdolle und steuerte den Kahn, auf dessen Querbrett seine Söhne hockten und nach vorn starrten, auf das Wasser, das sie nicht sahen. Es war matt wie Kohle, und in der Stille war das Gurgeln vom Heck, wenn der Vater beim Wriggen das Ruder zu sich zog und von sich stieß, so laut, dass sie fürchteten, entdeckt zu werden. Ludwig Paintner hatte Bewegung und Drehung des Riemens in Form einer liegenden Acht von klein auf gelernt, und er führte sie auch in dieser Nacht sicher und gleichmäßig aus. Er wusste, was er seinen Söhnen abverlangte. An ihm konnten sie sehen, dass es keinen Zweifel an der Tat gab, die sie ausführen würden. Sie war gerecht. Sie war richtig. Sie war notwendig. Es ging um die Familie. Es ging darum, die Schande zu vermeiden. Es ging um die Reinheit.

Der Kahn beschleunigte sich, als er am Mäuseturm vorbei in die rascher fließende Nelda einschoss, und Ludwig Paintner stemmte sich gegen das Ruder, um den Bug auf das westliche Ufer auszurichten, wo zweihundert Meter flussabwärts die Stege der Fischerhäuser in die Nelda ragten.

Allmählich erkannten sie Konturen in der Finsternis. Der schwarze Himmel hob sich ab vom schwarzen Land. Der Vater drehte das Heck quer zur Strömung, sie trieben in Ufernähe und wurden langsam. Helmut beugte sich über die Kahnwand und griff nach dem Steg, an den sie anlegten, hielt das Boot, damit es nicht gegen die Pfosten schlug.

Gernot stieg auf die Holzplanken und zog den Strick hinter sich her bis zu einem eisenbeschlagenen Poller, wo er ihn festschlang. Der Vater hatte den Riemen in die Kahnmitte gelegt. Helmut hob den Spaten heraus. Gernot schaltete die Taschenlampe ein und schob die rote Scheibe vor das Glas.

Am verlassenen Fischerhaus Nummer 3 waren sie angelandet. Kurz darauf standen sie vor der Tür des Hauses Nummer 5, wo Alois Dietz wohnte. Sie war verschlossen. Gernot lief hinters Haus und fand die hintere Flurtür so locker eingehängt, dass er sie aus den Angeln heben konnte. Der einfache Fallhaken, mit dem sie innen gesichert war, bot keinen Widerstand. Ludwig Paintner ging als Erster hinein, hörte aus dem Schlafzimmer rechts ein leises Schnarchen.

Als Alois Dietz erwachte, kam aus der Schwärze über ihm eine Hand und presste sich auf seinen Mund.

Eine Männerstimme sagte: Keinen Mucks, Dietz, dann passiert dir nichts. Wenn du auch nur einen Laut von dir gibst, wirst du erschossen. Jeder weiß, dass dir der Endsieg scheißegal ist. Und jetzt steh auf.

Die Hand gab ihn frei. Dunkelrotes Halblicht fiel auf den Zimmerboden. Der Fischer zitterte, wälzte sich an die Bettkante, richtete sich auf und stellte die Füße auf die kalten Holzbohlen. Langsam erhob er sich. Noch immer sah er nicht, wer ihn bedrohte. Er trug lange Unterhosen und ein langärmliges Unterhemd. Er fror und zitterte stärker.

Was willst du, flüsterte er.

Still, hab ich gesagt. Zieh dich an.

Jemand drückte ihm seine Hose in die Hand. Als er sie angezogen hatte, kam von der anderen Seite eine Hand mit seiner Jacke. Während er den Ärmel suchte, begann er zu überlegen. Er hatte kein weißes Tuch aus dem Fenster gehängt. Sie suchten den Fremden. Vielleicht hatte Freya ihn verraten.

Hier hört uns sowieso keiner, sagte er laut. Ihr könnt mich auch gleich umlegen.

Schnauze.

Er fühlte sich an beiden Oberarmen gepackt. Zwei Männer führten ihn aus dem Schlafzimmer und stießen ihn in den Flur. Der rote Schein lief mit. Es mussten Soldaten sein, die hatten alle diese flache viereckige Daimonlampe, deren Licht man mit einer grünen und einer roten Scheibe verringern konnte. In der Küche stolperte er. Am Luftzug und am Geräusch des Flusses erkannte er, dass jemand die Vordertür geöffnet hatte. Also waren es drei.

Sie stießen ihn auf dem Steg voran. Die Nacht war mild. Er wusste, was ihm bevorstand. Sie würden ihn nicht in sein Boot setzen, sie würden ihn zu den Fischen schicken. Den Stoß im Rücken spürte er kaum. Im Wasser hielt sich der Winter noch. Dietz wollte nicht schwimmen, aber er tat es und trieb auf dem dunklen Fluss davon.

Irgendwann überließ er sich dem, was kam.

Im Fischerhaus war das Licht angegangen. Helmut hatte am Ende des Stegs das Boot von Dietz losgemacht und stieß es in die Strömung. Gernot sah das Licht und rief seinen Vater. Der war schon in der Tür und stand dem Senegalesen gegenüber, der eine dunkelgraue Pferdedecke um die Schultern trug und vorn zusammenhielt.

Als er Paintner eintreten sah, versuchte er zu lächeln. Er hatte Polizei erwartet. Die beiden Söhne betraten die Küche. In ihren Gesichtern sah er, dass sie ihn töten wollten. Er schüttelte den Kopf. Gernot ging an ihm vorbei und holte aus dem Schlafzimmer den Spaten.

Plötzlich ließ der Schwarze seine Decke los und stürzte sich auf Ludwig Paintner, warf ihn gegen die Wand und drückte ihm die Kehle zu. Gernot holte weit aus und schlug die Spatenkante von hinten in den rechten Unterschenkel des Angreifers. Die Wade platzte auf, der Knochen splitterte, Yoro Mboge schrie, knickte ein und sank zu Boden.

Gernot stieß ihm den Spaten auf das linke Schienbein hinab und brach es. Ludwig Paintner stopfte dem Schreienden die Flößermütze in den Mund. Mboge bäumte sich auf, schlug mit den Armen um sich, verlor das Bewusstsein und sackte auf den Rücken.

Gernot drückte Helmut den Spaten in die Hand.

Die Arme. Einfach senkrecht drauf.

Nach mach schon, sagte der Vater, als er Helmut zögern sah. Der Sohn folgte, hob den Spaten mit beiden Händen, schloss die Augen und stach ihn nieder. Er brach Yoro den linken und den rechten Unterarm. Der Oberkörper bog sich jedes Mal hoch und fiel zurück.

Ludwig Paintner zog dem Bewusstlosen die Mütze aus dem Mund. Er streckte die Hand nach dem Spaten aus, und Helmut übergab ihn.

Dann wollen wir mal, sagte der Vater, holte aus und schlug Yoro Mboge mit der flachen Spatenschaufel den Schädel ein. Plötzlich war Stille. Helmuth schaltete das Küchenlicht aus. Gernot knipste die Taschenlampe an, zog mit dem Schieber die rote Scheibe zurück und leuchtete dem Toten in die Augen.

Wir lassen das Licht aus, die Daimon reicht, sagte Ludwig Paintner.

Der Vater wusste alles. Wie man Holzbohlen aushebelt, wie man darunter Raum schafft. Sie hatten nicht viel Mühe mit dem Leichnam, die Fischerhäuser waren ohne Keller auf niedrigen, gelüfteten Fundamenten mit einem halben Meter Abstand zum Boden gebaut. Der Vater wusste, wie man das Blut mit Flusswasser wegschwemmt, eimerweise schütteten sie es in der Küche aus, schoben es mit dem Schrubber zum Gully unter dem Zinkbecken. Wo sonst Alois Dietz das Blut und die ausgenommenen Innereien der Fische hatte ablaufen lassen, rann Yoros Blut in die Nelda.

Gernot Paintner hatte den Kopf zurückgelegt und ließ sich die Sonne ins Gesicht scheinen. Er schloss die Augen. All die Jahre seit der Neumondnacht im April 1945 war er sicher gewesen, das Richtige getan zu haben. Nicht allein Freya, sie alle waren durch die Schande in Gefahr geraten. In den letzten Kriegstagen waren übereifrige Nazis blindwütig gegen jeden vorgegangen, den sie für die absehbare Niederlage verantwortlich machen konnten. Er und Helmut und ihr Vater hatten das einzig Mögliche getan: Sie hatten die Familie geschützt.

Nur Helmut hatte die Tat nicht verkraftet und sich in einer Dämmerung verfangen, die ihn nicht mehr entließ.

Ihm selbst waren nie Zweifel gekommen. Sie hatten richtig gehandelt. Jetzt, am Ende seines Lebens, sollte ihn diese Selbstverständlichkeit vor den Kadi bringen? Was wussten die Menschen denn noch von jener Zeit? Sie kannten nur Frieden. Wie sollten sie urteilen können?

Er öffnete die Augen, hob den Kopf und blinzelte, als ihn die Lichtblitze der Flusswellen trafen.

Und dann hatte dieser Erbschleicher von irgendeinem Raskolnikow geschwafelt. Kuriose Idee, dass jemand durch sein Gewissen krank werden könnte. Nun ja, ein Roman eben.

Gernot Paintner erhob sich, streckte seinen Rücken, setzte seinen Hut auf und lief weiter am Ufer entlang zur Innenstadt. Als er an einer Bank vorüberkam, auf der ein Paar in schöner Liebeslust verknotet saß, blieb er stehen, wartete, bis die beiden sich gestört fühlten und zu ihm hersahen. Er schüttelte langsam den Kopf und bedachte sie mit einem missbilligenden Blick.

Der Mann sprang hoch, war mit zwei Schritten bei Paintner und stieß ihn mit den Händen vor die Brust. Die junge Frau auf der Bank zog ihren Rock über die Schenkel und lachte. Der Alte taumelte, bückte sich nach seinem Hut, hob ihn vom Boden und entfernte sich.

Das Einzige, was unsere Welt rettet, ist die Dichtung.
Hoffentlich wissen die Banausen, wo sie nachlesen müssen,
es geht um DANTE!
Natürlich kann jeder überleben, ohne eine Zeile von Dante gelesen zu haben. Aber es stirbt sich besser mit ihm.
Er hat für uns das Paradies gebaut.
Irgendwann werde ich ihm begegnen. Ihm und Vergil. Ich muss dafür sorgen, dass man mir einst die *Göttliche Komödie* mit in den Sarg legt, damit ich meinen Weg finde. So, wie er ihn fand, obwohl er sich am Anfang verirrt hatte:

Abseits des Wegs gerieten meine Schritte
in einen Wald voll Dunkel und Gefahren,
als ich dort lief in meines Lebens Mitte …

Genauso ging es mir!
Ich bestand ganz und gar aus Ängstlichkeit, die mir bis in die Knochen zog. Ich war aus Sünden gemacht, die in meinem Fleisch wohnten wie Würmer.
Dante hat mir die Stufen der Erlösung gezeigt:
Aus der Hölle durch das Fegefeuer ins Paradies!

VIII

Der Nachtregenbogen

JOSEPH MBOGE HATTE EINEN STUHL auf die schmale Veranda vor seinem Haus gestellt und sich mit einem Glas Whisky in der Hand der sinkenden Sonne gegenüber gesetzt. Er prostete der Feuerscheibe zu, die im Staubdunst des Abends über dem Horizont hing, und dachte, dass er so wie jetzt, wenn seine Zeit käme, einigermaßen entspannt sterben könnte: ein Glas Scotch zwischen den Fingern und die glühende Abendsonne vor Augen, die auf den Rand der Welt aufsetzte. Besser wäre, wenn seine Frau Mariama, die im Haus das Essen vorbereitete, dann neben ihm säße.
Warum dachte er an den Tod? Warum spürte er hinter der Ruhe, die ihn umgab, etwas anderes, etwas, das kommen würde und noch kein Gesicht hatte, eine Veränderung, die er nicht vorhersehen konnte? Lag es daran, dass er immer zu Beginn der Regenzeit in eine Nachdenklichkeit verfiel, die seine Frau als Depression bezeichnete? Oder neigte sich sein Leben bereits dem Ende zu, bevor er das siebzigste Jahr erreicht hatte? Das echte Datum seines Geburtstags kannte er nicht, wusste nur, dass er vermutlich in einem Oktober zur Welt gekommen war. Die weißen Nonnen hatten den 15., vielleicht weil er in der Mitte zwischen dem möglichen frühesten und dem spätesten Monatsdatum lag, in seine gambischen Papiere eingetragen und behauptet, Ge-

131

burts- und Taufurkunde seien verloren gegangen. Er nannte das für sich die einfachste Lüge und hatte sie übernommen. Wenn er gefragt wurde, gab er ohne zu zögern den
15.10.1945 an, denn ein Lehrer, der seinen eigenen Geburtstag nicht weiß, war nicht vorstellbar. Aber das Stück
Wahrheit, das jeder Mensch mit dem richtigen Datum seiner Geburt besitzt, war ihm nicht gegeben. Manchmal
fehlte es ihm so sehr, dass er zweifelte, ob er nicht nur in
seiner eigenen Einbildung existierte.

Er hörte die Fähre ablegen. Das Tuckern der Pontonplatt-
form würde bald anders klingen, wenn das Wasser weiter
stieg. Jetzt, Anfang April, waren die breiten Ufer der Fluss-
biegung, an der die Kleinstadt Bansang lag, erst eine Hand-
breit überschwemmt.

Der Gambia River, der aus Nord-Guinea kommt, wo er in
den Bergen von Fouta Djallon entspringt, durch den Senegal und das ganze schmale Land Gambia nach Westen
fließt, bis er als breiter Trichter bei Banjul in den Atlantik
mündet, ist ein göttliches Wesen aus Wasser, und Joseph
Mboge hatte ihn sicherheitshalber seinem christlichen
Glauben an die Dreifaltigkeit als vierte Kraft hinzugefügt.
Dem Lehrer war der Anblick des Flusses wichtiger als seine
wirtschaftliche Bedeutung. Der schönste Abschnitt waren
für ihn die Stromschnellen bei Barra Kunda, wo der Gambia noch im Senegal, neun Kilometer vor der Grenze, aus
dem kargen Hochland in die Ebene und zwischen die Wäl-
der einfällt. Der Ort heißt Barrakunda Falls, was zumindest
in der Trockenzeit eine Übertreibung ist.

In der Regenzeit füllt sich der Fluss und tritt schon in der
Upper River Region über die Ufer. Bei Barra Kunda über-

stürzen sich seine Wasser. Zwischen den Felsen schäumt ihre Gischt, in Schleiern steigt Wasserstaub auf und weht ans Ufer.

Vor sechzehn Jahren, am Ende der Regenzeit, hatten Joseph Mboge und seine Tochter Aminata dort unter dem Licht des Vollmonds einen Nachtregenbogen gesehen.

Damals hatte der Gambia ungewöhnlich viel Wasser geführt. Erst Anfang November sollte sich er aus den gefluteten Gebieten allmählich in sein Flussbett zurückziehen und den fruchtbaren Schlamm in der Landesmitte und im Westen auf den Maisfeldern und Reisplantagen stehen lassen. Die großen Himmelsspiegel der überschwemmten Ufer, auf denen sich abends glühende Wolkenbilder bis zu den Ölpalmenplantagen dehnten, trockneten später als sonst aus. Seit den letzten Oktobertagen aber trieb der Harmattan aus der Sahara der Luft die Feuchtigkeit aus, die Joseph mit der Hand prüfen konnte. Er brauchte dafür keine Wettervorhersage im Fernsehen, sondern streckte lediglich die Hand über den Kopf, schnappte sich etwas von dem Wüstenwind, führte die Faust an seine Nase, öffnete die Finger und roch den Staub der Sahelzone.

Es ist bald so weit, ich rieche den Sand.

Die Schulkinder lachten und bewunderten ihn.

Jetzt wurde es Zeit, mit seiner Tochter zu den Stromschnellen von Barra Kunda zu fahren und ihr zu erzählen, wer sie war.

Aber ich habe nur zwei Tage, dann muss ich nach Banjul zurück, ich habe Prüfungen, und wenn ich den A-Level nicht schaffe, bist du sauer, sagte Aminata.

Zwei Tage sind genug, es ist Vollmond, das weiße Krokodil steht am Himmel, du wirst nachts einen Regenbogen sehen, und es wird die wichtigste Prüfung in deinem Leben sein.

Aminata lächelte nachsichtig. Ihr Vater war mindestens ein Jahrhundert von ihr entfernt.

Ich glaube nun einmal nicht dran.

Aber das heilige Krokodil ist nicht weniger heilig, nur weil du nicht dran glaubst, Aminata. Es war immer heilig und hat viele überzeugt, die nicht daran glaubten. Mich zum Beispiel.

Du hast daran geglaubt, seit ich dich kenne!

Erst seit du auf der Welt bist. Als ich sah, dass du weiß bist, habe ich angefangen, über das weiße Krokodil nachzudenken. Vorher habe ich es ausgelacht. Ich meine, was ist schon so ein Krokodil im Mond, weiß oder nicht, gegen unseren Herrn Jesus Christus am Kreuz!

Er lachte, nahm seine Tochter in den Arm und hielt sie fest. Wie würde sie die Nachricht aufnehmen? Die Angst, sie zu verlieren, hätte ihn beinahe dazu gebracht, das ganze Unternehmen abzublasen und noch zu warten.

Jahr um Jahr hatte Joseph Mboge den Tag hinausgeschoben, an dem Aminata die Wahrheit erfahren sollte. Im nächsten Monat wurde sie siebzehn.

Was würde ihrer Seele geschehen, wenn sie anfing, in ihren Gedanken den Vorfahren zu begegnen? Die Ahnen lenkten Aminatas Leben, sie taten es bisher gut. Das Mädchen wusste nichts von ihnen. Doch wenn sie sich ihrer Ahnen schämen und ihren Zorn herausfordern würde?

Sechzehn Jahre war das her.

Die tief stehende Sonne schüttete ihr Feuer in die überschwemmten Uferflächen. Sie blendeten ihn. Er nahm einen Schluck Whisky, lehnte sich zurück, kniff die Augen zusammen und lächelte. Auf der kleinen Reise mit seiner Tochter in ihre und seine Vergangenheit war er trotz seiner Furcht vor der Wahrheit glücklich gewesen. Die Fahrt zu den Stromschnellen von Barra Kunda war für Aminata und ihn selbst eine wichtige Erfahrung gewesen. Vielleicht die wichtigste in ihrem gemeinsamen Leben. Seither verstand sie ihren Vater und liebte ihn mehr als zuvor. Er war damals neunundvierzig Jahre alt, und sein Leben war, verglichen mit dem nicht verheißungsvollen Beginn, glücklich verlaufen. Reich war er nicht geworden von den fünfhundert Dalasi Lehrergehalt im Monat. Doch seine Frau verdiente mit dem Gemüseverkauf aus dem Garten dazu, erledigte dann und wann Schreibarbeiten für Nachbarn, die nicht lesen konnten, und sie hatte den neuen Schulbau entworfen und dessen Statik berechnet. Das hatte ihr Anerkennung und eine Prämie vom Ministerium in Banjul eingetragen.

Mboge wunderte sich noch immer, dass sie ausgerechnet ihn genommen hatte. Elternlos zu sein wie er, war in seinem Volk damals eine Schande. Mariama störte sich nicht daran.

Was soll eine Mariama ohne einen Joseph?, hatte sie ihn lachend gefragt. Und ein Joseph ohne eine Mariama? Wir kriegen natürlich einen Sohn, hoffentlich läuft er nicht zu Fuß über den Gambia River!

Sie hätte als Bauingenieurin in der Hauptstadt bleiben und

bedeutende Projekte betreuen können. Dort gab es internationale Hilfsgelder, in Bansang kam davon nichts an.

Mariama Nije war mit ihm aus Kerr Seringe Ngaga nach Bansang gezogen, als er hier eine Lehrerstelle erhielt. Sie hatte ihm geholfen, die Eltern in der Kleinstadt davon zu überzeugen, dass es wichtig war, ihre Kinder zur Schule zu schicken, auch wenn es keine gesetzliche Pflicht dazu gab. Und sie hatte 1977 die Tochter Aminata geboren, die den Nachnamen des Vaters erhielt: Ein weißes Kind. Nicht hell wie alle anderen Kinder hier bei ihrer Geburt. Weiß.

Ein Schock.

Eine Schande.

Ein Wunder.

Mariama wollte es nicht sehen. Sie weinte vier Stunden. Sie wusste, dass Joseph eine weiße Mutter hatte. Aber sie hatte nicht damit gerechnet, ein so fremdes Kind zu bekommen. Als sie den kleinen, weißen Kopf an ihrer Brust spürte, hörte sie auf zu weinen.

Nachbarn mieden schon tags darauf das Haus. Verboten ihren Kindern, in die Schule zu gehen. Andere kamen durch den hinteren Garten, gratulierten und wollten die Hand des Babys berühren, um von angeblichem Segen zu profitieren. Drei Tage später hieß es nicht nur in Bansang, auch in Jabel Kunda, hinunter bis Sare Dadi und hinauf bis Tuba, meist geflüstert, oft hinter vorgehaltener Hand, dass der Lehrer Joseph Mboge und seine Frau Mariama Nije, beide vom Volk der Wolof und ehrenwerte Christen, eine Tochter des weißen Krokodils bekommen hätten.

Mariamas Vater Jambaar kam nach Bansang.

Jambaar Nije war bis zu seinem Ruhestand Pfarrer der anglikanischen Kathedrale von Banjul am McCarthy Square gewesen und wollte seine Tochter zurück ins Elternhaus holen.

Nun erst wurde er eingeweiht in Josephs Geheimnis.

Der Achtzigjährige saß am Tisch und starrte lange auf die drei Dinge, die Mariama und Joseph vor ihn auf das weiße Tuch gelegt hatten:

Eine dünne, eiserne Gliederkette mit einer Erkennungsmarke aus Blech. Eingestanzte Schrift: *Stalag VIII*, darunter die Nummer *24098* und der Name: *Yoro Mboge*. Das Blech war in der Mitte perforiert, auf beiden Hälften standen, spiegelbildlich gegenübergestellt, dieselben Einträge.

Daneben lag ein kleines Schwarz-Weiß-Foto mit Büttenrändern, chamois, wenig größer als ein Passbild. Eine junge Frau in karierter Bluse. Sie neigte den Kopf leicht vor und sah Jambaar Nije mit dunklen Augen an. Das Haar, auf dem Foto hellgrau, zog sich in gestaffelten Wellen über den Kopf. Ein rundes, ernstes Gesicht.

Sie hat Sehnsucht, sagte Pfarrer Nije und griff nach dem dritten Gegenstand; eine Anstecknadel mit einem hellen Ring, größer als ein Daumennagel, vielleicht Elfenbein, und im Ring stand eine ausgestanzte Figur, die den alten Nije sehr verwunderte: Eine Katze in Stiefeln, einen Stock in der einen Pfote und einen Hut mit Feder in der anderen. Er drehte das Ding zwischen den Fingern, hielt es ins Licht, legte es zurück und sagte:

Zauber. Das ist irgendein altes Dschudschu. Nichts für Christenmenschen.

Joseph zeigte seinem Schwiegervater die Schrift auf der Rückseite des Fotos: *Freya*. Dann legte er seine Schätze zurück in die rostige Blechschachtel mit der blauen Aufschrift *Hühneraugenpflaster Lebewohl.*

Das ist alles, was ich habe, sagte er, das haben sie mir mitgegeben, und ich hatte es immer dabei, egal, wo ich war. Es ist die Soldatenmarke meines Vaters, und es ist das Bild meiner Mutter. Das mit der Katze weiß ich auch nicht.

Jambaar Nije lehnte sich zurück in den Stuhl und atmete schwer. Die Fahrt von Kerr Seringe Ngaga hatte ihn angestrengt, doch mehr machte ihm die Aufregung zu schaffen. Mariama stellte ihm ein Glas Wasser hin. Er verlangte Bier. Dann ließ er sich das Kind in den Arm legen und betrachtete es. Es sah ruhig zu ihm herauf.

Er schloss die Augen und murmelte etwas, das wie ein Gebet klang. Mariama und Joseph standen unschlüssig daneben.

Der Alte hob den Kopf.

Morgen taufe ich eure Tochter hier in der Kirche. Sie wird Aminata heißen.

Mariama nickte. Aminata war ein schöner Name, er bedeutete *Die Ehrliche* oder *Frau, die Frieden und Ruhe bringt.*

So soll sie heißen, sagte Joseph.

Jambaar Nije hob das Baby an seinen Mund und küsste es auf den Scheitel. Es begann zu schreien. Er reichte es der Mutter.

Ladet die Nachbarn ein. Auch die Kinder. Wir erklären nichts. Es ist einfach geschehen. Versteht ihr? Es ist geschehen. Moses wurde im Schilf gefunden. Wer gläubig ist, nimmt es an, wie es geschehen ist. Gott der Herr weiß es. Aber irgendwann werdet ihr es diesem kleinen Mädchen sagen müssen. Nicht zu früh. Nicht zu spät. Und es schadet nicht, wenn ihr dann und wann mit ihr zu den heiligen Krokodilbecken von Kachikally fahrt.

Joseph war auf der Veranda im Stuhl eingeschlafen. Die Feuerspiegel der überschwemmten Felder hatten sich in ihm vermengt mit dem Licht der aufgehenden Sonne, in das er damals gefahren war, auf dem Weg zu den Barrakunda Falls. Die Spur seines Traums führte zur großen South Bank Road.

Sie waren noch in der Dämmerung aufgebrochen. Aminata schlief schon nach zehn Minuten auf dem Sitz neben ihm ein. Er steuerte seinen neunzehn Jahre alten, zweitürigen Toyota Land Cruiser, der einmal grün gewesen, aber jetzt vom rostroten Pistenstaub eingemehlt war, ein paar Kilometer nach Süden und dann nach Osten. Vor Busura stieg die Sonne über die Krone eines uralten Baobabbaumes.

Die Teerdecke war neu und fast ohne Löcher, der Toyota, dessen Stoßdämpfer durchgeschlagen waren, konnte auf der glatten Straße über siebzig fahren, und so trafen sie nach einer knappen Stunde in Basse Santa Su ein. Joseph weckte seine Tochter.

Jetzt gibt es Frühstück.

An einem Straßenstand kaufte er sechs Literflaschen Wasser, zwei gegrillte Hühnerfleischspießchen und einen großen Becher Brei, der mit einem handgeschriebenen Schild als *Homemade Best* ausgewiesen wurde, eine Paste aus gestockter Milch, Maniok, Kochbananen und geriebenen Erdnüssen.

Die Fähre hatte gerade auf der anderen Seite angelegt, und

sie mussten eine Stunde warten, bis sie endlich kam und sich geleert hatte. Bei der Auffahrt bog sich das Blech, das zwischen Ufer und Ponton gelegt war, unter dem Land Cruiser durch. Auf die Eisenplattform ohne Geländer passten noch ein alter Renault R4, fünf aneinandergebundenen Ziegen, drei Männer mit Fahrrädern und eine Frau mit einem Handkarren, in dem zwei Kinder saßen.

Am Nordufer musste Joseph die Differentialsperre einschalten, um die schlammige Böschung hinauf zu kommen.

Sie hatten noch eine Strecke von fast neunzig Kilometern bis nach Génoto im Senegal vor sich, teils asphaltiert, teils staubige Earthroad, teils roter Matsch. Mehrfach bat Aminata ihn, anzuhalten, weil sie Fotomotive entdeckte und in ihrem Mobiltelefon speichern wollte. Mal war es ein gelb blühender Trompetenbaum, mal eine Gruppe Stummelaffen, mal der Schattenriss von Schirmakazien gegen das Licht des Horizonts, unter denen Buschböcke ästen. Joseph hatte sich Geduld verordnet und bewunderte Aminatas Begeisterung für jede wilde Bougainvillea am Rand der Piste, für die seltenen Kalebassenbäume und die Guineapaviane, von denen einige am Rand der Piste saßen, als wollten sie mitgenommen werden. Joseph erklärte, dass sie sich angewöhnt hätten, auf Abfall zu warten, der aus den Autos geworfen wurde. Aminata wollte den Lehrerblick ihres Vaters verändern.

Sieh doch einfach nur, wie schön es ist!

Er lachte. Ich dachte, das hätte ich immer getan.

Nach drei Stunden trafen sie in Génoto ein. Joseph stellte den Wagen in den Schatten eines Baobabbaumes, und während Aminata wieder schlief, kaufte er für die Nacht ein.

Sie wachte erst vom Quietschen der Handpumpe auf, als er an der Tankstelle aus Masud-Fässern Diesel nachfüllen ließ. Hinter Génoto auf dem Weg zu den Barrakunda Falls wurde das Fahren mühsam. Die Pfade durch den Buschwald waren noch tief und schmierig von den wochenlangen Regenfällen, auf dem seifenglatten Lehm drehten die Räder durch, aber Joseph wusste, wie er mit wenig Gas und kurzem Wippen vor und zurück den Jeep aus Schlammlöchern schaukeln konnte. In der Nähe des Flusses kletterte der Wagen über baumdicke Wurzeln, bunte Felsbrocken und durch Hohlwege hinauf.

Schließlich hatten sie ein Steinplateau am Rand der Stromschnellen erreicht. Er drehte den Toyota so, dass er den Buschpfad, der hinter ihnen lag, blockierte, öffnete die Hecktür und zeigte seiner Tochter die Vorräte.

Ich habe eine Petroleumdrucklampe made in China mit zwei Asbestglühstrümpfen gekauft, damit wir starkes Licht haben. Batterien für meine Taschenlampe, zur Not. Ein Fläschchen Spiritus für den Kocher, Brot, Öl, ein gebratenes Huhn, zwei gekochte Eier, eine Literflasche Cola für dich und eine Flasche Palmwein für mich. Teebeutel. Wir haben außerdem Decken und Kissen. So gegen zwei, halb drei wird es nämlich kühl.

Ja, Herr Lehrer, sagte Aminata und grinste.

Er breitete eine brüchige Schaumstoffmatte, die er stets hinten im Wagen hatte, auf den glatten Felsen aus, dazu eine alte, gelbe Decke, legte sich nieder und sagte:

Ich schlafe, bis der Mond voll da ist. Du bleibst wach, du

hast ja genug geschlafen. Pass gut auf, hier gibt es Krokoparden. Sie sind sehr gefährlich.

Aminata riss die Augen auf. Was?

Krokoparden. Haben einen Körper und Beine wie Leoparden, aber einen Maul wie ein Krokodil, klettern auf Bäume, springen runter und fressen dich mit Haut und Haar.

Er musste lachen und zog sich die Decke über den Kopf.

Aminata schlug auf ihn ein.

Mach dich nicht über mich lustig! Und mach mir keine Angst!

Lass mich schlafen, wir müssen die ganze Nacht wach sein.

Er schlug die Decke zurück.

O Mann, ich hab vergessen, Pfeffer mitzunehmen.

Wozu brauchen wir Pfeffer?

Wenn man den Krokoparden Pfeffer auf den Schwanz streut, verwandeln sie sich in Mäuse!

Wieder verschwand sein Kopf unter der gelben Decke.

Aminata beschloss, die Albernheiten ihres Vaters zu ignorieren. An der Uferkante vor ihr stieg Wasserstaub auf. Sie sah auf die schäumenden Wellen hinunter, die mit wummernden Schlägen im Flussbett auftrafen, und erinnerte sich an die Bilder der Fahrt. Kurz vor Génoto waren sie an drei Frauen vorübergefahren, die ihre großen Kalebassen so stolz auf dem Kopf trugen, als wären es halbierte Weltkugeln, und Aminata hatte zwar nicht erkennen können, ob in den Schalen Hirse, Früchte oder gesammelte Heilkräuter waren; doch sie hatte die Haltung, in der die drei langsam im roten Sand am Rand der Straße voranschritten, bewundert. Das königliche Selbstbewusstsein, das ihrem Nacken anzusehen war. Zugleich wusste sie, dass sie selbst niemals so leben könnte; dass zwischen diesen Frauen und ihr eine unüberbrückbare Kluft lag, obwohl sie zur selben Zeit im selben engen Land lebte.

Sie holte die zweite Matte und eine Decke aus dem Wagen und legte sich abseits von ihrem Vater auf eine andere Ufer-platte. Das Rauschen und das dumpfe Schlagwerk der Stromschnellen schläferten sie ein.

Sie erwachte vom Fauchen der Petroleumgaslampe. Noch im Halbschlaf hatte sie gehört, wie Joseph mit dem Pump-stößel den Druck im Tank der Lampe aufbaute. Jetzt be-gann das Licht sich auszubreiten, der Glühstrumpf wurde weiß, die Helligkeit hart.

Der Himmel über ihr war schwarz.

Ihr Vater hatte auf einem Plastiktuch das Abendessen vor-bereitet. Es gab Brot, Öl, gekochte Eier und Huhn.

Aminata hatte keinen Hunger. Joseph glaubte zu wissen, warum. Sie ahnte, was ihr bevorstand. Er beobachtete ihr Gesicht.

Etwas Palmwein?

Sie sah ihn erstaunt an. Noch nie hatte der Vater ihr Palm-wein angeboten, im Gegenteil. Zu Hause galt für sie ein strenges Verbot, Alkohol, auch so milden, zu trinken. Sie hatte auf dem College in Banjul längst Bekanntschaft mit Whisky und Gin gemacht. Bier schmeckte ihr nicht.

Sie nahm den Becher entgegen.

Und dann wirst du bitte auch etwas essen, sagte Joseph. Es dauert nämlich noch, bis das weiße Krokodil erscheint. Erst wenn es den Nachtregenbogen sieht, kommt es heraus.

Sie saßen in der Nacht und warteten darauf, dass der Vollmond aufging.

Joseph erzählte von seiner Kindheit in einem Land des Nordens, von Kälte und Hass. Er wusste nichts von seinen Eltern, nur was ihm die Nonnen im Heim gesagt hatten: Seine Mutter sei eine Schlampe gewesen, sein Vater ein Affe.

Aminata hörte, wie ihr Vater plötzlich mit fremden Wörtern sprach: Ein dreckiger Affe, eine weiße Schlampe.

Was ist das?

Gemeine Namen, um Menschen zu verachten. Deutsch. Ich habe Deutsch gesprochen, lange bevor ich Englisch konnte, sagte ihr Vater. Sie nannten mich Sarotti. Keine Ahnung, weshalb. Sepp Sarotti. Das war mein Name in ihrem Waisenheim.

Seine Erinnerungen an die Kindheit bei den Armen Schwestern vom Herzen Mariae waren verblasst, aber er wusste noch, dass sie ihn in ihre Missionsstation nach Ghana gebracht hatten, und dass er von dort in die Schwesternmission nach Gambia, nach Georgetown, kam. Der englische Distriktgouverneur befahl, dass der *Deutsche* in ein Internat nach Banjul gehen musste, das damals noch Bathurst hieß. Und dort wurde ihm von den weißen Lehrern jegliches deutsche Wort verboten. Doch sie nannten ihn, wie er hieß: Joseph Mboge.

Andererseits, fuhr er fort, war es keine schlechte Schule, ich konnte von da zur Universität, hatte sogar ein Stipendium. Leider haben sie das Internat nach der Unabhängigkeit aufgelöst, weil es eine Schule der Kolonialherren war. Ich wäre gern dort Lehrer geworden.

Dann hättest du mir Deutsch beibringen können, sagte Aminata.

Das habe ich tief in mir vergraben. Stell dir vor, du hättest mich gefragt, woher ich die Sprache kann. Was hätte ich dir sagen sollen? Und Kinder hören ja nicht mit einer Frage auf, das geht immer weiter. Du hättest wissen wollen, warum ich zu diesen Nonnen gekommen bin.

Das will ich immer noch wissen.

Dazu sind wir hier. Ich habe dir gesagt, gab Joseph stockend zu, dass dir deine weiße Haut vom heiligen Krokodil gegeben worden ist. Das ist nicht wahr.

Das weiß ich schon lange.

Aber du kennst die Wahrheit nicht: Du hast die Haut meiner Mutter. Das ist die Wahrheit. Meine Mutter war eine Deutsche.

Der Vollmond ging auf. Als riesige, von innen leuchtende Orange hob er sich über den Horizont. Das Gesicht Aminatas nahm den Schein auf. Joseph betrachtete sie von der Seite und empfand einen Schmerz, für den er keinen Grund wusste.

Sie gossen sich wechselseitig ein wenig von dem Flaschenwasser über die Hände und trockneten sie an ihren Jeans. Aminata setzte sich neben ihn und schwieg. Hier, sagte Joseph plötzlich und nahm die Hand seiner Tochter, jetzt gebe ich dir, was mir meine Mutter in die Wiege gelegt hat. Er zog die rostige Blechdose mit der blauen Aufschrift *Hühneraugenpflaster Lebewohl* aus der Hosentasche, öffnete sie, entnahm die Erkennungsmarke und legte sie in die Hand des Mädchens: ein kleines rechteckiges, blank gegriffenes Metallschild mit einer Perforationslinie. Auf beiden Hälften Buchstaben und eine Zahlenfolge.

Dein Großvater war ein französischer Soldat, sagte Joseph. Ein Tirailleur Senegalais. Er hieß Yoro Mboge. Hier steht es. Mehr weiß ich nicht von ihm. Versprichst du mir unter dem Nachtregenbogen, dass du mit Dankbarkeit und Ehrfurcht an ihn denkst? Denn er ist dein Ahne. Er hört und sieht alles, was du tust, und er gibt dir ein gutes oder ein schlechtes Schicksal.

Aminata betrachtete die Erkennungsmarke in ihrer offenen Hand und nickte.

Ich verspreche es.

Beim heiligen Krokodil?

Ja, Vater. Beim heiligen Krokodil.

Sie lächelte und legte die Marke zurück in die Blechdose. Joseph, dessen Gesicht sie im Licht der zischenden Lampe die Anstrengung und den Ernst ansah, ließ sie nicht aus den Augen.

Und du schwörst es auch bei Jesus Christus – sicherheitshalber?

Ungeduldig sagte sie: Sicherheitshalber, ja, ich schwöre es. Plötzlich ließ er seinen Kopf nach vorn sinken und schluchzte. Er versuchte, sich zu beherrschen, doch sein Körper wurde von Zuckungen geschüttelt. Joseph Mboge kauerte sich auf den Steinen zusammen und weinte in sich hinein, die unterdrückten Schreie längst vergangener Jahre stiegen in ihm auf, die Sehnsucht nach einem Vater, den sie dreckiger Affe genannt hatten und von dem er sich kein Bild machen konnte; nach der Mutter, von der er das Foto besaß, das er als Kind an seine Lippen gepresst hatte, und die ihm manchmal so sehr fehlte, dass er geglaubt hatte, vor innerem Schmerz sterben zu müssen.

Aminata saß vor ihm und wusste nicht, was sie tun sollte. Endlich beugte sie sich über ihren Vater, schlang die Arme um seine Schultern und hielt ihn fest. Langsam beruhigte er sich. Das Zucken hörte auf. Sie dachte an die Jahre, in denen sie wegen ihrer Hautfarbe verspottet und gequält oder bewundert und beneidet worden war. Sie erinnerte sich daran, wie die Nachbarskinder sie vom Spielen ausgeschlossen hatten, und dass sie in der Primary und der Secondary School nie eine Antwort auf die Frage wusste, warum sie nicht aussah wie alle anderen. Das mit dem weißen Krokodil hatte sie schon seit ihrem fünften Lebensjahr nicht mehr gesagt. Einmal ausgelacht zu werden reichte. Doch an die Stelle des Märchens trat nur der unbegreifliche Zufall. Abweichung von der Norm. Abartigkeit.

Eine Schulfreundin in Banjul benutzte Bleichcreme, um sich heller zu machen, und bekam einen Ausschlag.

Und die Käsegesichter im Norden, sagte ihre Mutter, legen sich in die Sonne, um braun zu werden, und dann sind sie krank. Alle verrückt.

Irgendwann hatte sie ihre Haut akzeptiert, weil die anderen sich an sie gewöhnt hatten. Sie hatte die Erfahrung gemacht, besser sein zu müssen als die anderen, denen es leichter fiel, Anerkennung zu bekommen. Weil sie weiß war, war sie fremd, und weil sie fremd war, flackerte ganz im Hintergrund ihres Bewusstseins die Angst vor Gewalt. Eine Lehrerin riet ihr, Kampfsport zu machen. Tatsächlich verhalf ihr das Training zu mehr Selbstsicherheit.

Joseph bewegte sich, sie ließ ihn los, er richtete sich auf und griff wieder zu der kleinen Blechschachtel. Er nahm das Foto von Freya Paintner heraus und hielt es ins Gaslicht.

Das ist sie. Das ist meine Mutter. Deine Großmutter. Sie hat meinen Vater geliebt. Freya heißt sie.

Ein komischer Name.

Ja. Aber eine schöne Frau. Erkennst du sie?

Wieso.

Deine Mutter und ich, wir sehen deine Ähnlichkeit mit ihr.

Aminata betrachtete widerwillig das Gesicht, das Freya hieß. Diese Frau war schuld.

Und das hier, sagte ihr Vater, das ist eine Nadel zum Anstecken, aber wieso die Katze in Stiefeln läuft und einen Hut und einen Stock in den Pfoten hat, das wusste nicht mal dein Großvater Jambaar, und der war Pfarrer und wusste fast alles!

Sie nahm die Nadel und hielt sie neben die Lampe. Die Katze gefiel ihr, weil sie ein lachendes Gesicht hatte. Joseph übergab ihr die Blechdose, sie legte die drei Zeichen seiner Erinnerung zusammen und schloss den Deckel.

Gib gut darauf acht, sagte er. Kann sein, dass es dich beschützt, man weiß nie.

Sie warteten schweigend darauf, dass der Mond höher stieg, seine Farbe verlor, heller und kleiner wurde, bis er mit seinem weißen Licht Wasser und Land aufhellte. Joseph Mboge drehte die Gaslampe aus. Der Glühstrumpf wurde rot und verlosch. In Wolken stieg Wasserstaub aus den Katarakten, und jetzt sahen sie, worauf sie gewartet hatten: Über dem Fluss wuchs aus dem Sprühnebel des Gambia der Nachtregenbogen vor dem schwarzen Himmel und wölbte sich zum anderen Ufer. Das breite Farbenband aus Licht hob sich in die Dunkelheit und senkte sich jenseits des Flusses, ohne sein Leuchten zu verlieren, auf das Land. Dann zeigte es sich, sie konnten es beide erkennen: das weiße Krokodil. Zwischen den Schatten auf dem Mond bog es sich, als ob es dort in einer Mulde läge. Man sah am leicht geöffneten Maul, dass es lächelte.

Ich hab es dir ja gesagt.

Aminata hörte ihren Vater kaum, sie blickte zwischen dem Nachtregenbogen und dem Mondkrokodil hin und her, spürte das Blechdöschen mit den Dingen ihrer Ahnen in der Hand und fühlte sich plötzlich befreit von der Angst, falsch in ihrer Welt zu sein. Verblüfft spürte sie eine neue Lebendigkeit in sich, Kraft, Mut, sogar Stolz. Als habe sie plötzlich begriffen, dass es in einer Welt, in der nachts Regenbögen entstanden, auf dem Mond ein weißes Krokodil wohnte und Katzen Stiefel und Hüte trugen, nichts Falsches geben konnte. Alles, auch das Ungewöhnlichste gehörte dazu. Auch dass jemand schwarz und weiß zugleich sein konnte.

Sie war frei.

Joseph Mboge erwachte davon, dass seine Frau ihm eine Decke über die Knie legte.

Ich habe von Aminata geträumt, sagte er.

Ja.

Mariama strich ihm über den Kopf. Aber du hast geweint im Schlaf. Ich wusste nicht, ob ich dich wecken sollte. Komm ins Haus, das Essen ist fertig. Aminata hat vorhin eine Mail geschickt. Ihr Job in London ist verlängert worden, sie hat jetzt einen Vertrag für drei Jahre. Ist das nicht wunderbar?

Er blickte in den Abend und dachte an seine Tochter, die ihm über den Kopf gewachsen war. Jetzt war sie mit vierunddreißig Jahren als Ethnologin fest bei einem Nachrichtenmagazin angestellt. Sie hatte sich in London ihr eigenes Leben aufgebaut – in dem Europa, das er als kalt und voller Hass in Erinnerung hatte und wo im Mond kein weißes Krokodil wohnte und es keine Nachtregenbögen gab.

Vielleicht hatte Aminata Bansang schon längst vergessen und die heiligen Krokodile von Kachikally bei Bakau, zu denen er oft mit ihr gefahren war. Langsam würde auch der Gambia River mit seinem Licht aus ihrer Erinnerung verschwinden.

In den Wasserflächen der überfluteten Uferstreifen spiegelte sich der blaugraue Himmel, an dem noch ein paar rötliche Federwolken leuchteten. Und wieder hatte Joseph Mboge das Gefühl, dass etwas Unerklärliches bevorstand, etwas, das kommen würde und noch kein Gesicht hatte.

Dante hat mich zu meiner Mutter geführt.

Er hat sie mir wiedergeschenkt:

Beatrice. So heißt seine angebetete Geliebte, die ihn an der Hand nimmt..

Der Name meiner Mutter war Beate. Die Glückliche. Auch wenn mein Vater sie nie so genannt hat. Irgendwas gefiel ihm nicht an dem Namen.

Aber ich liebe den Namen Beate!

Als ich zum ersten Mal *Beatrice* las, erkannte ich, was Dante mir sagen wollte:

Ich musste nur die Buchstaben von *Beate* abziehen von *Beatrice*, und es blieben drei Buchstaben übrig:

r, i, c.

R.I.C.

Requiescat in caelum:

Sie möge ruhen im Himmel.

Mit dem Namen seiner Geliebten Beatrice hat Dante mir versprochen: *Deine Mutter Beate ruht im Himmel.*

Dort wird sie mich in die Arme schließen.

IX

Der Täter

DIE ROTMILANE KEHRTEN IN DIESEM JAHR später als üblich aus ihren Überwinterungsgebieten in Südandalusien zurück. Waren sie sonst schon Ende Februar, Anfang März in den Nelda-Auen zu sehen, so zogen sie in diesem Jahr erst im April wieder in das Brutgebiet ein und setzten ihre Streitereien um die alten Horste bis in die frühen Nachtstunden fort.

Der Täter sah in der linken oberen Ecke seines Fensters den halben Mond, an dem die großen Raubvögel als Schatten vorüberjagten. Wenn Tote Engel werden, dachte er, könnten seine Opfer hier sehen, wie er im Computer Dantes *Commedia* in Todesbilder verwandelte.

Er hielt den Laptop auf den Knien, hatte den Bildschirm schräg aufgeklappt, dessen Widerschein seine Augen aufleuchten ließ und sein Gesicht mit einer bläulichen Blässe überzog. Er sah müde aus und starrte auf das Display, so als fürchtete er, die Verbindung zu der Maschine, seinen Bildern und Dantes Dichtung zu verlieren. Die Augen hatten mehr Jahresfalten als üblich bei Menschen seines Alters, sie kennzeichneten ihn, den man bei ungenauem Blick allenfalls für Mitte Zwanzig gehalten hätte, als einen Erfahrenen, der Abgründe hinter sich hatte. Jung war an ihm nur die Unbedenklichkeit, mit der er handelte.

Seine Morde hatten Spuren hinterlassen. Wachte er morgens als unbeschriebenes Blatt auf, wurde er, kaum bei Bewusstsein, von den Bildern seiner Taten überfallen, begann am ganzen Leib zu zittern, wühlte seinen Kopf ins warme Dunkel der Bettdecke, zwang sich zu erinnern, warum er gemordet hatte, und wartete auf den Moment, wenn ihn die Woge von Rechtfertigungen erlöste: Aus den Morden, die er begangen hatte, machten seine unabweisbar guten Gründe etwas Selbstverständliches, Richtiges, Unvermeidliches. Das Zittern verging, er zog die Bettdecke weg und begann den Tag, den er unauffällig verbrachte.

Was die Gesellschaft als Verbrechen bezeichnete, war für ihn, wenn er die Aufwachphase hinter sich hatte, nichts als eine Folge einzig möglicher und darum notwendiger Handlungen. Wie sollte er überleben, ohne die Hydra zu besiegen? Er konnte nicht erwarten, dass man ihn verstand. Niemand außer ihm würde begreifen, dass die Ermordung immer derselben Frau nur mit seiner Gewissheit zu tun hatte, durch ihren Lebensverlust selbst Leben gewinnen zu können. Er rettete die Gesellschaft davor, von der Hölle verschlungen zu werden.

Er prüfte schonungslos seine Motive. Er wusste, dass er seinen Zeitgenossen haushoch überlegen war, und dass die bürgerlichen Gesetze, die moralischen und sittlichen Gebote für ihn nicht galten.

Sein Verfahren war unbestechlich: Er hatte sich in den Täter und seinen Richter aufgespalten, und er war intelligent genug, um dem einen sein Geständnis zu entlocken und den anderen, nach kurzer, mitleidloser Erörterung der einzig möglichen Strafe, zum Freispruch zu bewegen. Meist stand am Ende der Prüfung eine hohe Auszeichnung als Retter der Menschheit vor der Lernäischen Schlange.

Die Rotmilane schliefen. Die friedliche Nachtstille, die das Haus umgab, seit die Schreie der Vögel verstummt waren, erfüllte ihn mit innerer Ruhe, er empfand eine helle Daseinsfreude und spürte, wie in ihm die Kraft für den nächsten Mord wuchs, wenn er nötig werden sollte. Doch zunächst musste er die Ermittler auf die Spur von Iris Paintners Leiche setzen, damit sie endlich beerdigt oder eingeäschert werden konnte.

Die leuchtende Hälfte des Mondes sandte genug Licht durch das Dachglas, um die Konturen der Gegenstände im dunklen Raum sichtbar werden zu lassen. Das Rudergerät, mit dem der Täter seine Muskeln bildete, glänzte wie in stummer Erwartung. Er las auf dem Bildschirm Dantes Verse 73–75 aus dem Fünften Gesang der Hölle: … *io venni men così com' io morisse.*

Als ob ich stürbe, sagte er leise vor sich hin und hörte dem altertümlichen Klang nach. *Morisse …*

Für das dritte Level von *Mein ist der Tod* wollte er es den Verfolgern weniger schwer als beim zweiten machen, für das man auf den Sänger Bertran de Born kommen musste. Er wählte die Geschichte der Ehebrecherin Francesca da Rimini und ihres Geliebten Paolo Malatesta, deren Liebesklage in der Hölle Dante derart ergriff, dass er die Besinnung verlor und wie tot niedersank: *così com' io morisse …*

Und während dieser Geist mir das gestanden,
Der andre weinend mir das Herz zerrissen,
Fühlt ich todgleich, wie mir die Sinne schwanden.

154

Todgleich, der Täter las im Internet diese Übersetzung von Dantes *morisse* und fand, dass sie glänzend zum Versteckspiel mit der Leiche passte. War Iris Paintners Körper, den er aus rein praktischen Erwägungen zerstört hatte, nicht ebenso schön gewesen wie der von Francesca da Rimini, die mit ihrem Geliebten wegen Gattenmordes ins ewige Feuer verbannt war?

Iris' Leiche, die er in Torso, Arme und Beine aufgeteilt, jeweils in moosgrüne Teichfolie verpackt und mit Paketklebeband versiegelt hatte, musste allmählich gefunden werden. Wenn der Täter etwas hasste, dann war es der Geruch der Verwesung. Die Tote sollte endlich unter der Erde oder im Feuer eines Einäscherungsofens verschwinden.

Er öffnete die Strecke seiner gespeicherten Videos und kopierte die Sequenz heraus, die er einige Nächte zuvor digital montiert hatte: Die dunkelgrünen Pakete lagen in einem Boot nebeneinander. Hier gab es kein Schilf und keine Bäume wie um den Kahn mit Saskia Runges Schädel, hier sah man nur die trockene, runde Mauer des Fischerbrunnens vom Heiseplatz in der Zungerer Neustadt. Der biedere Entwurf eines ansässigen Bildhauers stammte aus den Siebzigerjahren und war ein allseits zustimmungsfähiges Werk. In der großen Beckenschale erhob sich eine stilisierte Welle aus Sandstein und ging in einen Kahn über, dessen Inneres man von der Rückseite des Brunnens her einsehen konnte, wo fünf Bankreihen terrassenförmig zum Oberglan mit seinen Läden anstiegen.

Die Website der Stadt enthielt einige Brunnenfotos, darunter eines, auf dem man das hohle Innere des Bootes vor seiner Flutung mit Wasser sah. Ende November wurde es

155

trockengelegt und mit hölzernen Paneelen abgedeckt, Mitte Mai wieder geöffnet.

Der Täter bearbeitete die Videoschleife und programmierte sie dann in die künstliche Welt des Computerspiels um, wo die Ähnlichkeit mit der Realität erhalten blieb, aber aus digital gemalten Räumen und Gegenständen bestand. Er ließ die Holzabdeckung langsam transparent werden, die im Boot liegenden, grünen Pakete wurden sichtbar, verschwammen, die Teichfolie bleichte aus, gab ihren Inhalt preis, und die Stücke verwandelten sich zurück in den unzerteilten weißen Leichnam von Iris Paintner, in deren offener Brust kein Herz mehr war. Ihren Kopf gönnte der Täter den Fahndern noch nicht. Auch fehlte die Hand an ihrem linken Arm.

Dann unterlegte er die Sequenzen mit dem *Epilog* aus Sergej Rachmaninows Oper *Francesca da Rimini*. Er hatte sich im Internet für die dramatische Aufnahme mit Göteborgs Symphonikern unter Neme Järvi entschieden. Die Musik dauerte eineinhalb Minuten. Die Schreie der Chöre *A—a …!* steigerten sich in dem Maße, in dem die Tote erkennbar wurde. Als ihr Leib digital geheilt schien und die Haut vom Täter per Mausklick mit einem lebendig wirkenden Rosa versehen wurde, endete die Oper mit Pauken- und Beckenschlägen.

Das Ergebnis sicherte er mit dem Passwort für den Start der Endlosschleife. Es war, wie er meinte, kinderleicht: *Francesca da Rimini.* Zu leicht? Er programmierte einen Auflösungsbefehl: Nach drei falschen Passworteingaben würde sich das Bild in graue und weiße Pixel auflösen.

Noch einmal führte er sich sein Werk vor Augen und sah, dass es gut war.

In jener Nacht, als die Rotmilane an die Nelda zurückkehrten und ihren Brutsommer vorbereiteten, träumte der Täter von einer weichen kühlen Hand, die er in seiner rechten Hosentasche fand, und die er mit seiner eigenen Hand zerquetschen konnte. Es war eine Befreiung.

Am nächsten Morgen erwachte er in guter Laune. Als ihm die Morde, die er begangen hatte, bewusst wurden, krümmte er sich im Bett zusammen. Das Zittern kam wie erwartet und breitete sich durch seinen ganzen Körper aus. Er spannte seine Muskeln an, konzentrierte sich auf die Gründe seiner Taten und genoss, das Gesicht in den Kissen, die eintretende Erlösung: Seine Vernunft sprach ihn frei von den Verbrechen. Er war ein Werkzeug des Schicksals, für das er nicht verantwortlich war. Folglich war ihm nicht freigestellt, sich anders zu entscheiden als für den Tod der drei Hydra-Erscheinungen. Sie hatten ihn tausendfach verdient.

Entspannt lag er auf dem Rücken und blickte zur Dachverglasung hinauf. Kein Sonnentag. Wie lange würde es wohl dauern, bis sie den Kopf dieser Saskia fanden? Er lachte leise. Bertran de Born, Dantes fahrender Sänger mit dem eigenen Schädel in der Hand … Und Donizettis Oper über die geköpfte Anna Bolena …

Sie waren ja alle so ahnungslos. Und bildeten sich weiß Gott was darauf ein, ihre Computer bedienen zu können. Würden sie irgendwann verstehen, dass jedes seiner Opfer seine Dantebarke und seine Arie bekam? Er war ihnen voraus, uneinholbar, hatte ihre Phantasie in der Hand. Er stand auf, zog seinen Morgenrock aus schwarzer Seide an, der vielfarbig mit Drachenmotiven bestickt war, und lief wie jeden Morgen zuerst zu dem alten Bücherschrank am westlichen Ende des Raums, öffnete ihn und berührte die drei Glaszylinder, die je vier Liter fassten und deren Deckel mit Silikon abgedichtet waren. In der Morgendämmerung betrachtete er die bleichen Hände. Jede schien in der siebzigprozentigen Ethanollösung, die sie konservierte, zu schweben, und versicherte ihm, dass ihre Besitzerin tot war. Er legte den Kopf schief, um den Schmuck genauer sehen zu können, die zwei davon noch am Ringfinger trugen, und flüsterte den Händen Namen zu, damit sie nicht vergaßen, wem sie gehört hatten: der einen Teufelin, die drei Mal in anderer Gestalt und mit neuen Händen zurückgekehrt war.

Er schloss den Schrank leise, streckte seine Arme und hob vom Schrankdach den zylindrischen Lederköcher mit seinem Schwert herunter, klappte den Deckel auf und entnahm das Thaitsuki Roiyaru Sanmai Katana.

Es ließ sich, wie an jedem Tag, leicht aus der Scheide ziehen und folgte mit einem geradezu heiteren Fauchen den Armschwüngen und Handdrehungen seines Meisters durch die Luft.

Tageslicht, das durch das bodentiefe Nordfenster einfiel, überzog den polierten Stahl mit flirrenden Reflexen.

Er ließ das Katana beidhändig über sich kreisen, stöhnte vor Lust, erhöhte die Schnelligkeit, das Schwert führte Luftpirouetten aus, sein Meister sprang in einem wirbelnden Tanz von Opfer zu Opfer und schlug imaginäre Schlangenköpfe ab. Er sah aus den Genickstrünken die Fontänen steigen, senkte das Katana und drehte sich langsam unter dem Blutregen seiner Einbildung wie Siegfried unter dem Drachen.

Der Täter war glücklich.

Frau Bossi sprach mit ihrem Team. Das Schilf am rechten Ufer der Nelda war dort, wo die Hubschraubermannschaft den angetriebenen Kahn gesichtet hatte, mannshoch. Es stand so dicht, dass die zwei Taucher vom Landeskriminalamt Mühe hatten, das Fischerboot in den Schlick am Ufer zu ziehen.

Die Hauptkommissarin wartete. Ihr war schlecht. Vorsorglich hatte sie nichts gefrühstückt. Trotz ihrer langen Berufserfahrung nahm der Anblick von Leichenteilen sie noch immer mehr mit als der Fund einer ganzen Leiche, so als wäre im einheitlichen Körper die Person erhalten und hätte im Tod noch einen Rest Würde, während die Menschenstücke auf sie wirkten wie eine doppelte Zerstörung des Lebens.

Der schwere Holzkahn wurde ausgiebig fotografiert und schließlich mit einer Seilwinde auf die Uferwiese gezogen. Er kippte auf die Seite, der Kopf rollte unter das vordere Querbrett in die Wandung. Eine Wolke Fliegen stob auf. Michaela Bossi sah nur kurz hin und wandte sich ab. Sie nickte ihren Leuten in den weißen Schutzanzügen zu. Alles Weitere war Sache der kriminaltechnischen Untersuchung.

Swoboda hatte sich in einiger Entfernung auf den Stumpf einer Ulme gesetzt und schraffierte auf seinem Skizzenblock mit grobem Grafitstift den bedeckten Himmel, zog Schattenlinien ins Schilf ein, sorgte für weiße Lichtstellen auf dem dunklen Wasser und ließ alle menschlichen Figuren auf dem Bild aus. Das gegenüberliegende Ufer der Nelda war kaum zu erkennen. Die Szenerie war für ihn nichts als Natur an einem düsteren Tag.

Das ist aber nicht hier.

Michaela Bossi stand rechts hinter ihm und beugte sich über seine Schulter. Er hörte auf zu zeichnen.

Doch. Nur nicht jetzt. Aber vielleicht kurz vor dem jüngsten Tag. Was, glaubst du, passiert hier während der Auferstehung?

Sie zögerte.

Keine Ahnung. Gar nichts?

Er lachte und klappte den Block zu.

In Mitteleuropa liegen unter jedem Quadratmeter die Toten irgendwelcher Kriege oder Verfolgungen oder Seuchen. Also, beim allgemeinen Seelenstart bricht hier die Wiese auf, und die verrotteten Germanen, Goten oder Sueben oder Hunnen oder Römer oder weiß der Teufel wer packen sich ihr Fleisch wieder auf die Knochen, keinen Schimmer, wo sie das herkriegen, und dann nix wie rauf. Oben ist Party für Abermilliarden von Gästen. Die ganze Erde ein einziger aufgewühlter Acker. Der ganze Himmel ein einziger Leichenstau.

Du bist ein Ekel. Mir reicht es, wenn wir diesen Kopf drüben im Boot wieder mit seinem Körper zusammenlegen.

Swoboda stand auf.

Und die linke Hand?

Nicht dabei.

Langsam setzte er sich zurück auf den Baumstumpf.

Was tut der Kerl mit der Hand? Die linke. Die ungeschickte? Bloß eine Marotte? Wozu macht er sich die Mühe? Köpft sein Opfer, lässt es fallen. Hebt dann den linken Arm an, schlägt die Hand ab. Blutige Sauerei, alles glitscht. Muss Kopf und Hand einsammeln und wegtragen. Hinterlässt Spuren. Warum?

Seine Kollegin wusste nichts zu antworten. Sie blickte in die hängenden Kronen der Uferweiden. Die Wolkendecke war dünner, das Licht stärker geworden. Es blendete. Ihr wurde schwindlig, sie legte Swoboda ihre linke Hand auf die Schulter. Unwillkürlich ließ er den Graphitstift auf das Zeichenblatt fallen, winkelte den Arm an und bedeckte ihre Hand mit seiner. Als er die Haut spürte, wusste er, dass er sofort loslassen, aufstehen und Abstand suchen sollte. Es gelang ihm nicht.

Ich kann das nicht mehr sehen, sagte sie leise. Bei jedem Toten wird mir übel. Früher konnte mich nichts beeindrucken. Bei dem Kopf dort drüben, ich hätte beinahe geheult. Was ist los mit mir?

Andere verlieren ihre Gefühle, du gewinnst sie.

Ich weiß nicht, wohin damit.

Er starrte auf den Fluss und flüchtete sich aus ihrem Geständnis in die Polizeiarbeit.

Das Einzige, was die Opfer gemeinsam haben, ist ihre Haarfarbe.

Sie antwortete nicht, dachte nicht daran, dass auch sie blond war, wollte ihn nur weiter spüren. Sie meinte, sie würde ohne den Halt an seiner Schulter das Gleichgewicht verlieren. Er ließ seine Hand auf der ihren liegen und drückte sie leicht.

Auf dem Damm hinter ihnen wurde ein Jogger in schwarzer Kleidung sichtbar. Er blieb stehen und sah auf den abgesperrten Tatort hinunter. Einer der Streifenpolizisten vor der Absperrung machte eine verscheuchende Handbewegung, und der Läufer setzte seinen Weg fort.

Erst als der KTU-Assistent Klaus Gröber Michaela Bossi zum Boot rief, entzog die Chefermittlerin Swoboda ihre Hand.

Wir haben übrigens Saskia Runges Anrufe ausgewertet. Kein Hinweis.

Aber ich habe sie kurz vorher noch telefonieren sehen!

Prepaid. Empfänger heißt Wolf Böser. Falscher Name, tote Nummer. Vielleicht ein Date. Vielleicht auch was ganz anderes.

Sie ging zum Tatortteam und gab die Anweisungen, die alle längst erwartet hatten. Sie sprach unnötig laut.

Ich will, dass ihr mit dem großen Programm arbeitet, ich will wissen, ob er den Kopf geküsst hat, ich will, dass Spermaspuren gesucht werden, ich will jedes Stäubchen und Härchen und Schüppchen, Flusen, Fett, die gesamte Haut nach fremder DNA, ich will an diesem Kopf das komplette Täterprofil lesen. Und ich will das Wundrandprofil abgeglichen wissen, vielleicht kriegen wir den Schwertschliff oder sogar die Legierung oder sonst was raus.

Gröber, der sie um einen halben Meter überragte und gerade noch in die XXL-Ausführung des Polypropylenanzugs mit Kapuze und Gummizug rund um sein rotes Gesicht passte, gab zu bedenken, dass der Kopf von Saskia Runge bereits seit Tagen im Bilgewasser des Kahns gelegen und zahllosen Insekten ausgesetzt gewesen sei.

Dann will ich jeden Milliliter von diesem Wasser im Kahn

analysiert haben und von jedem verdammten Insekt die Adresse!

Sie schnappte nach Luft, und auf einmal wurden ihr die Beine weich, sie streckte den rechten Arm aus, als bäte sie um eine Zigarette, und sank mit einer zierlichen Drehung zu Boden; ein altmodisches Verhalten, das ihr keiner zugetraut hätte. Der lange Gröber konnte, vollkommen überrascht, gerade noch verhindern, dass sie auf der Wiese aufschlug.

Entschuldigung, sagte sie leise.

Swoboda kam hinzu. Sie saß in ihrer offenen, roten Lederjacke in einer Haltung vor ihm, zu der ihm das Wort anmutig einfiel. Er sprach es nicht aus.

Was ist los? Bist du okay?

Sie schüttelte den Kopf.

Ich muss wohl gestolpert sein.

Helfen Sie, sagte er zu dem Assistenten, wir bringen sie in mein Auto. Ich kümmere mich um sie.

Ich liebe diese Naturfilme! Schilf und Boot, Trauerweide über dem rollenden Kopf – gibt es sanftere Bilder?

Leider war die Zeit zu kurz, den Ton richtig zu bearbeiten, natürlich hätte ein anschwellender Insektenchor dem Ganzen mehr Bedeutung und Volumen verliehen.

Doch wenn es um die Ausmerzung des Bösen geht, kann man nicht jede Feinheit berücksichtigen. Schließlich muss ich so handeln, dass die Bullen, die nichts von der Schlange wissen, mich weiter gegen sie kämpfen lassen. Sie halten mich für einen Mörder.

Alles, was ich für sie tun kann, ist, sie auf die Spur zu lenken. Auf Dantes Wege. Wenn sie ihn lesen, werden sie erfahren, worum es geht. Er kann es besser erklären als ich. Dennoch tut es mir leid, seine Verse wie Perlen vor die Säue zu werfen.

Ich habe gesehen, dass eine Frau bei der Polizei, sie trug Rot!, auf die Wiese sank. Hielt den Anblick nicht aus. Daraus sieht man, dass die Polizei keine Ahnung vom Bösen hat.

Ich empfand eine tiefe Freude, als ich den Kopf filmte, wie er im Boot herumkullerte, ich hätte beinahe laut gejubelt! Ich konnte sogar hören, wie der Kopf um seine Füße bettelte.

X

Die Auferstehung des Leibes

DASS UM DEN FISCHERBRUNNEN AM HEISEPLATZ in der Zungerer Neustadt Hunde streunten und schnüffelten, war nicht ungewöhnlich. Doch an diesem sonnigen, kühlen Morgen, es war noch nicht zehn, fiel auf, dass ein Mann Mühe hatte, seinen hechelnden American Staffordshire Terrier unter Kontrolle zu halten. Trotz gerichtlicher Auflage, dass diese Kampfmaschine einen Maulkorb zu tragen hatte, lief Thor, wie der arme Hund hieß, mit offenem Maul und schlappenden Lefzen um die Brunnenschale, sprang immer wieder hoch, verbiss sich im Rand des Sandsteinbeckens und ließ jaulend los. Offensichtlich verstand er die Unverträglichkeit von Stein und Zahn nicht.

Conan, sein Herrchen, dreiundzwanzig, der mit bürgerlichem Namen Falk Bürklein hieß, Zeitungsausträger, zur Zeit jedoch arbeitslos und bei seinem Vater in der Laubenkolonie am Rand der südlichen Gemeindeteile an der Mahr untergekommen, bemühte sich, seinen Thor zu mäßigen, was ihm schwerfiel, weil der Hund nach allem schnappte, was sich ihm näherte, und weil Falk Bürklein, der sich gern Conan nennen ließ, ein eher schmächtiger Mann von Einsneunundsechzig Körpergröße war und nicht über die nötige Kraft verfügte, dieser Lokomotive aus Muskeln Herr zu werden.

Verena Züllich, die oberhalb des Brunnens auf einer Terrassenbank saß und das zweite Kräuterlikörfläschchen an diesem Morgen öffnete, schüttelte den Kopf, hatte aber nicht die Kraft, sich zu empören.

Auf den vorderen Bänken der Terrasse über dem Brunnen saßen einige junge Männer in schwarzem Leder, rauchten und tranken Dosenbier, auch sie vermutlich ohne regelmäßige Beschäftigung. Sie hatten ihren Spaß an Herr und Hund, verzogen sich aber, als Conan die Kette, an der Thor ihn hinter sich her zerrte, losließ, und das Tier mit einem Satz in die Brunnenschale sprang. Hätte die Stadtverordnung nicht vorgesehen, jährlich erst um den zehnten Mai Wasser einzulassen, wäre Thor abgekühlt worden und hätte sich beruhigt. So aber sprang er aus dem trockenen Becken wieder hinaus, jagte über die Bänke der halbrunden Terrasse, kehrte um, fiel zwei Stufen hinunter, stand auf, schüttelte seinen quadratischen Schädel und setzte zum Sprung auf die Skulptur in der Brunnenmitte an, den Fischernachen auf der Welle. Er landete auf der Holzabdeckung des steinernen Bootes.

Verena Züllich hatte sich nicht von der Stelle bewegt und ihren Schnaps gesüffelt. Sie starrte fasziniert auf den Hund. Man hörte, wie Thor mit seinen Zähnen das Holz aufbrach, die Bretter spaltete und zerbiss. Kaum hatte er ein Loch in die Abdeckung gerissen, hob er mit seinem Kopf die mittlere Palette hoch und ließ sie in die Brunnenschale hinabgleiten. Er sprang in das offene Steinboot und fuhrwerkte darin herum, ohne dass irgendjemand außer Frau Züllich sehen konnte, was er dort tat. Dann stieß er die zweite Palette vom Boot und fing an, die Klebebänder und

166

die Teichfolie um die Glieder von Iris Paintner zu zerfetzen.

Die jungen Männer kehrten zurück, stiegen auf die Terrasse und blickten neugierig von oben ins Boot. Sie wurden bleich und schwiegen. Verena Züllich kippte vornüber und spuckte. Conan war auf eine Bank der dritten Stufenreihe gestiegen und sah fassungslos, womit sich sein Thor beschäftigte. Er rief Thor! Thor! Thor!, was die Lederjungs neben ihm missverstanden. Einer hob die Faust und schrie Halt's Maul!, ein anderer rief die Polizei.

Herking ließ es sich später nicht nehmen, den Kommentar zu verfassen, der auch in den Landesteil der Hauptausgabe gestellt wurde. Er befürwortete die Erschießung des Kampfhundes Thor. Das brachte ihm eine Rüge des Herausgebers ein, der sich nicht mit Tierschützern anlegen wollte. Doch im Prinzip stimmte man Herking zu. Auch eine Leiche hatte Anspruch auf Schutz vor Kampfhunden. Da der American Staffordshire Terrier nicht anders zu bändigen und von seiner Beschäftigung mit der Toten abzubringen war, hatte einer der Streifenbeamten es für notwendig gehalten, das Tier zu töten.

Der Redakteur war Augenzeuge des Ereignisses, hatte sich folglich nicht auf Aussagen anderer verlassen.

Er ahnte allerdings nichts von dem Angriff des Hundes auf die sterblichen Überreste von Iris Paintner, als er fast gleichzeitig mit dem Polizeikommando am Brunnen eingetroffen war und sich mit einem Griff in die Tasche seines Jacketts vergewissert hatte, dass der Umschlag mit der neuen DVD noch da war.

Was hatte diesen sanften und zeitlebens vorsichtigen Mann dazu gebracht, detektivisch vorzugehen und auf eigene Faust einen Tatort zu erkunden? Denn Herking wusste, was im steinernen Nachen lag. Er hatte am Morgen die dritte Folge des Computerspiels *Mein ist der Tod* im Zeitungsbriefkasten seines Hauses gefunden.

Dass dem Absender seine Privatadresse bekannt war, wunderte ihn nicht, doch dass er Herkings Fähigkeiten, Literatur und Verbrechen zusammenzudenken, derart unterschätzte, war schon fast beleidigend. Natürlich hatte der Journalist die Zeilen, die ihm vorgesagt wurden, nach den Erfahrungen mit den beiden ersten Folgen wieder Dante zugeordnet:

Und während dieser Geist mir das gestanden,
Der andre weinend mir das Herz zerrissen,
Fühlt ich todgleich, wie mir die Sinne schwanden.

Er hätte etwas Zeit gebraucht, um herauszufinden, aus welchem Gesang der *Göttlichen Komödie* die Verse stammten. Doch als er die Musik hörte, lachte er laut auf. Rachmaninows *Francesca da Rimini* war für den Opernexperten ein Wink mit dem Zaunpfahl. Als er mit dem Passwort *Francesca da Rimini,* das er lächerlich einfach fand, die Filmsequenz öffnete, erkannte er nach Sekunden den Fischerbrunnen vom Heiseplatz und war von den Bildern nicht geschockt, sondern fühlte sich dem Täter überlegen. Zweifellos besaß er, der unauffällige Kulturkritiker, kriminalistische Qualitäten und konnte zur Aufklärung der Morde wesentlich beitragen. Er würde zu dem Brunnen gehen, die

Verdachung anheben und nachsehen, ob das Computerspiel mit der Realität übereinstimmte. Dann würde er Swoboda anrufen.

Der American Staffordshire Terrier Thor hatte ihm den Erfolg verdorben. Aber Swoboda erschien.

Törring, der beim Team stand, das den Brunnen und sein abgesperrtes Umfeld untersuchte, hatte ihn gerufen, und Herking sah ihn von der Altstadt her im hellen Trenchcoat den Mahrring heraufkommen. Unter dem offenen Mantel trug er den farbverfleckten Blaumann, in dem er an seinen Bildern arbeitete. Er beeilte sich nicht, ahnte, dass ihn ein schwer erträglicher Anblick erwartete.

Rüdiger Törring kam ihm schweigend entgegen und führte ihn zu den Bänken oberhalb des Brunnens. Das Team unterbrach kurz die Arbeit, noch immer sahen sie in Swoboda den Chef. Vom mittleren Terrassenbogen blickte er in den steinernen Nachen hinab. Dort lag in einem Nest aus moosgrünen Plastikfetzen der tote Kampfhund auf der zerstückelten Leiche von Iris Paintner. Swoboda hatte einiges gesehen in seinem Berufsleben. Das hier ließ ihn denken, dass nur ein Hieronymus Bosch so etwas hätte malen können.

Inzwischen hatten sich auf dem unteren Teil des Platzes etliche Zuschauer eingefunden. Der obere Teil mit den Sitzrängen war von der Polizei geräumt worden.

Swoboda schien immer noch in das Boot zu starren. Doch er hielt die Augen fast ganz geschlossen; das Bild, das sich ihm bot, wurde unscharf. So, dachte er, ist Iris Paintner in den Himmel gefahren, denn wer so leidet, muss nicht warten auf den Jüngsten Tag. Aber diesen Anblick kann man in kein Kirchenfenster malen. Jedenfalls, so lange sie nicht als Märtyrerin heiliggesprochen ist.

Er hob den Kopf und blickte zur Altstadt hinüber, von der man die rückwärtige Mauerflanke der Prannburg sah. Irgendwo dort lebte ein wahnhafter Killer, der blondgelockten Frauen den Kopf und die linke Hand abschlug. Vielleicht stand er sogar unten mitten zwischen den Schaulustigen. Was war das für ein Mensch, der zugleich brutal und intelligent und gebildet genug war, sich in Computerspielen zu verrätseln und Dantes *Göttliche Komödie* für seine Zwecke zu benutzen? Ein Profiler vom BKA hatte Michaela Bossi mitgeteilt, dass er von einer vollkommen gespaltenen, akademischen Täter-Persönlichkeit ausginge. Ein unauffälliger Bildungsbürger, dessen andere Seite wahnhaft und skrupellos war, eine Jekyll-und-Hyde-Existenz. Swoboda wusste das auch ohne Profiler.

Das Tatortteam hatte seine Arbeit beendet, der Hundekadaver und die Teile im Boot waren geborgen und in sterilen Plastikkästen abtransportiert worden.

Doch der ehemalige Kriminalhauptkommissar stand noch immer an derselben Stelle auf dem mittleren Bogen des terrassierten Hangs zum Oberen Glan, hatte die Hände in die Manteltaschen gesteckt und hielt die Augen halb geschlossen.

Wieder spürte er den alten Hass auf die Stadt, der sich in ihm seit seiner Jugend angesammelt hatte. Damals war sein jugendlicher Übermut schuld, vielleicht auch Überheblichkeit: Er hatte die bürgerliche Oberschicht der Stadt verachtet, diese Leute, die stolz darauf waren, noch das hässliche Stadtwappen mit der *Zunger Zick* für gute Geschäfte genutzt zu haben.

Auf weißem Grund ließ da ein schwarzer Ziegenkopf seine rote Zunge links lappenartig aus dem Maul hängen, was blöde aussah und zu anstößigen Deutungen Anlass gegeben hatte, in jüngerer Zeit aber zum Markenzeichen geworden war: Neben dem Zickerbier der Brauerei Sinzinger gab es die hellgrauen Zickjacken eines örtlichen Walkjankerherstellers zu kaufen, weiße Korksohlensandalen, die Zickles hießen und englisch ausgesprochen sein wollten, und in der ältesten Konditorei der Stadt daumengroße schwarze Zuckerziegen mit roter Hängezunge, die als Zickerchen guten Absatz fanden. Die Wappenziege hatte auch dem ortsberühmten Zickbrunnen auf dem Kornmarkt den Namen gegeben. Erstaunlich, dass das weithin sichtbare Zungener Wahrzeichen auf der Landspitze zwischen den drei Flüssen, ein runder Turm mit grünem Kupferdach, der einst die Winden einer Seilfähre über die Mahr beherbergte, nicht etwa Zickfried hieß, sondern Mäuseturm. 1794 auf dem spitzen Ende der Altstadt zwischen Mühr und Mahr und mit Blick auf die Nelda errichtet, war er *der Wächter einer Vereinigung zweier sanfter Kräfte zu einem starken Drang*, wie der einzige bedeutende Dichter von Zungen, Julius Karl Heise, 1848 geschrieben hatte. Nach ihm war der Platz benannt, wo sich im Fischerbrunnen die Körperteile von Iris Paintner gefunden hatten.

Es ist kein Kopf dabei. Und die linke Hand fehlt.

Michaela Bossis Stimme brachte Bewegung in Swoboda. Er öffnete die Augen, zog die Hände aus den Taschen und drehte sich zu ihr um.

Ja, sagte er. Ich hab's erwartet.

Sie nahm ihn am Arm und zog ihn behutsam mit sich.

Ich brauche jetzt einen Whisky. Du könntest auch einen gebrauchen.

Er schüttelte den Kopf. Nein. Whisky nicht vor neunzehn Uhr. Untertags nur Calvados.

Sie verließen die Zungerer Neustadt, die nach dem Ende des Zweiten Weltkriegs mit exakten Winkeln und hellen Innenhäusern entstanden war und auf deren Erhalt wenig Wert gelegt wurde. Diese südliche Betonstadt war von einer anonymen Nachlässigkeit geprägt, die in einigen Straßen in Verwahrlosung überging. Swoboda fiel hier nicht auf. Aber Michaela Bossi in ihrer roten Lederjacke und hochhackigen Schuhen wurde begafft und von herumlungernden Männern taxiert.

Das nördliche, alte Zungen, das sie nach der Unterquerung der Bundesstraße erreichten, galt als die schönere Stadt. Die Kriege der letzten fünfhundert Jahre hatten hier nur seitliche Schläge ausgeteilt, und so hatte Zungen seine Fassaden erhalten können. Sandstein der Neldahöhen hinter dem Mahrwald war allen Baustilen gleichermaßen dienlich gewesen, die meisten Bürgerhäuser im alten Stadtkern aber stammten aus dem siebzehnten Jahrhundert, waren barock, dunkel, vom Mauerschwamm befallen und denkmalgeschützt.

Bossi rauchte unterwegs zwei Gauloises. Swoboda schnüffelte unverhohlen gierig den in der Luft schwebenden Rauch. Als sie ihm eine Zigarette anbot, lehnte er ab, und sie behauptete, dass sie ihn dafür bewunderte.

Das Bistro *Corso* an der Ecke Schwedengasse und Alter

Winkel war erst vor einem Jahr eröffnet worden und hatte sich rasch zu einem beliebten Treffpunkt für die Studenten der Städtischen Bildhauerschule am Neldaplatz und die Mitarbeiter der *Zungerer Nachrichten* entwickelt, deren Redaktionsgebäude nicht weit entfernt lag. Swoboda tauchte dort gelegentlich auf, weil es Frühstück bis fünfzehn Uhr gab und er sich nicht mehr wie früher darauf verlassen konnte, dass Martina gegen elf Uhr mit frischen Brötchen in seinem Atelier auftauchte.

Der hagere Wirt streute das Gerücht, er sei Italiener, war aber Kroate und unter seinem Vornamen Ante bekannt. Er fiel durch einen dünnen weißen Pferdeschwanz auf, der am Ende eines sonst fast nackten Schädels baumelte. Ante hatte sein Lokal im niedrigen Erdgeschoss eines Altbaus wahllos mit einer Mischung aus Sperrmüllmobiliar und kleinen Marmortischen unter schwachem Lampenlicht eingerichtet und auf diese Weise eine angenehme Atmosphäre geschaffen.

Der Whisky war ein mittelmäßiger Kentucky-Bourbon, der Calvados ein französischer Handelskettenverschnitt, doch Michaela Bossi und Alexander Swoboda waren dankbar für das Brennen in der Kehle. Der widerwärtige Anblick auf dem Heiseplatz hatte sich als Fäulnis im Mund niedergeschlagen, die mit einem zweiten Whisky, einem zweiten Calvados und anschließendem Espresso bekämpft werden musste.

Die Hauptkommissarin wartete darauf, dass Swoboda etwas sagte. Er schwieg vor sich hin, als sei ihm die Situation peinlich. Dann murmelte er: Ich muss dauernd an die Hand denken.

Sie spürte, dass sie rot wurde. Sie hatten beide nicht darüber gesprochen, dass ihre Hände lange aufeinander lagen, als sie ihm beim Zeichnen über die Schulter gesehen hatte. Sie fragte sich immer noch, warum sie kurz danach beim Anblick von Saskia Runges Kopf im Boot einfach umgekippt war, und sehnte sich danach, seine Hand noch einmal und länger zu spüren. Sie lag keine dreißig Zentimeter von ihrer eigenen entfernt auf der kalten Marmorplatte.

Was glaubst du, fragte Swoboda, macht der Killer mit den Händen? Verbrennt er sie, trocknet er sie, friert er sie ein? Irgendwas muss er doch damit tun!

Sie verbarg ihre Enttäuschung und wurde sofort sachlich.

Wir haben nach einer Verbindung zwischen den Morden hier und unaufgeklärten früheren Frauenmorden gesucht. In Florenz und in Reims gab es Morde an großen, blonden Touristinnen mit lockigem Haar. Beide wurden allerdings nicht geköpft, sondern jemand hat ihnen die Kehle durchgeschnitten. Die eine Tat liegt elf Jahre zurück, die andere neun. Es gab jeweils Bekennerschreiben mit verschlüsselten Zitaten aus –

Lass mich raten, unterbrach er sie, Dante!

Nein, Augustinus, die *Bekenntnisse*. Die Akten sind nicht geschlossen, aber keiner arbeitet mehr an den Fällen. Ich halte einen Zusammenhang für unwahrscheinlich. Was das erste Computerspiel betrifft, haben wir übrigens das Passwort.

Es lautet Minos, nicht wahr?

Wilfried Herking war hinter ihnen an den Tisch getreten und entschuldigte sich für den Überfall. Er sei auch am Heiseplatz gewesen.

174

Ich wollte mit dir sprechen, Alexander. Dann warst du plötzlich weg.

Michaela hat mich losgeeist. Ihr kennt euch. Ich glaube, ich würde immer noch da stehen und auf diesen bescheuerten Brunnen starren. Setz dich her.

Der Journalist zog einen Stuhl vom Nebentisch heran, nahm Platz und legte den Umschlag mit der DVD auf den Tisch, die er bereits angesehen hatte.

Mein ist der Tod Nummer drei. Dieser blöde Köter ist mir zuvorgekommen. Hier drauf findet ihr den Brunnen und die arme Iris Paintner. Er hat diesmal Dantes Begegnung mit Francesca da Rimini in der Hölle hergenommen, das war geradezu kindisch leicht zu knacken.

Erst jetzt fiel ihm auf, dass seine Tischnachbarn ihn nicht bewunderten, sondern fassungslos anstarrten. Frau Bossi streckte den Kopf vor.

Heißt das, Sie haben die DVD ausgepackt, eingelegt, angesehen, entschlüsselt, anders gesagt, mögliche Spuren vernichtet, die zur Ergreifung des Mörders führen könnten?

Herking lehnte sich zurück. Bestimmt nicht. Ich habe alles mit einem Taschentuch angefasst, ich bin ja nicht blöd!

Swoboda grinste. Du wirst einen Orden bekommen, mein Lieber.

Die Hauptkommissarin stand auf, lief aus dem Bistro auf die Straße, telefonierte und rauchte.

Du weißt schon, dass du so was der Polizei geben musst?

Tu ich ja gerade, sagte Herking.

Nachdem du den Helden spielen wolltest. Ich hätte dich für klüger gehalten. Du bist viel zu kompliziert gestrickt für einen Helden, was ist bloß in dich gefahren? Ist dir das Kulturressort zu langweilig geworden, willst du auf deine alten Tage Polizeireporter werden? Jetzt geh raus und beruhige die Madame vom BKA, ich fürchte, das kostet dich ein umfängliches Interview mit ihr samt großem, vorteilhaftem Foto.

Als Michaela Bossi nach dem Gespräch mit Herking auf der Straße wieder ins Bistro kam, war sie empört.

Hat der mir doch tatsächlich angeboten, ein Interview in seinem Blättchen zu drucken. Mit Foto. Wofür hält er mich?

Für attraktiv, sagte Swoboda, winkte Ante und schrieb mit der Hand in die Luft. Der Kroate verstand und brachte die Rechnung. Michaela Bossi bestand darauf, alles zu bezahlen.

Sie traten hinaus auf die Schwedengasse, aus dem wolkenlosen Himmel fiel weiches Licht zwischen die Mauern, Swoboda dachte an ein stark verdünntes Neapelgelb und spürte die beiden Calvados in den Beinen.

Ich glaube, ich sollte mich kurz hinlegen und meine Malerkluft ablegen. Heute fällt mir zum Himmel nichts ein, höchstens zur Hölle.

Sie hakte sich bei ihm unter.

Ich bin, glaube ich, ein bisschen wackelig. Bringst du mich ins Hotel?

Auf dem Kornmarkt drückte sie sich fester an ihn, weil ihr das Gehen auf dem Kopfsteinpflaster Mühe machte. Er spürte am Oberarm ihre Brust. Der Empfang im *Hotel Korn* war nicht besetzt, die Schlüssel hingen am Brett. Swoboda blieb stehen.

Die Treppe?, fragte Michaela Bossi. Er lachte über ihren Bettelblick.

Er begleitete sie in den ersten Stock und ins Zimmer und wusste, dass er das Falsche tat und sein geordnetes Leben ins Chaos rutschen ließ. Zumindest würde er Martinas Verdacht im Nachhinein rechtfertigen. Die Unbefangenheit, mit der Michaela sich auszog, überraschte ihn. Sie legte seine Hände auf ihre Brüste und knöpfte seinen Maleranzug auf. Er sagte sich, dass jetzt kein Rückzug mehr möglich war, ohne sie zu verletzen. Dann gab er die Ausreden auf und teilte sich in zwei Swobodas. Der eine hätte noch weggehen können, doch der andere wollte jetzt hier sein.

Sie ist nicht wieder aufgetaucht.

Ich lese meinen Satz und weiß: Das ist meine Erlösung! Der Satz hebt mich vom Boden.

Sie ist nicht wieder aufgetaucht. Ich könnte fliegen! Ich habe über sie gesiegt! Ich muss sie nicht noch einmal töten!

Ein Rest Angst redet mir ein: Sie wird eine neue Gestalt finden, du bist nicht fertig mit ihr, bilde dir nicht ein, dass du so leicht davonkommst! Die Lernäische Schlange ist unbesiegbar.

Die Angst gießt Blei in meinen Kopf.

Ich befreie mich von ihr, ich gehe aufrecht durch die Stadt, die nicht weiß, wer ihr Retter ist. Sie weiß nicht, dass ich als Einziger mit offenen Augen das Böse ansehen kann, ohne blind zu werden.

Mein blitzendes Schwert kreist über mir, es ist das Schwert der Wahrheit, unerbittlich, unbestechlich, ich höre es in der Luft singen: Mein ist der Tod.

XI

Der Tunnel

Als der Zug bei Folkestone in den Kanaltunnel einfuhr, schloss Aminata Mboge die Augen.

Um zehn Uhr hatte sie auf dem Bahnhof London St. Pancras eingecheckt und bei *Le Pain Quotidien* hastig Croissant und Milchkaffe gefrühstückt. Vier Minuten später als planmäßig, um zehn Uhr neunundzwanzig, war der Eurostar nach Paris gestartet. Sie mochte die Vorstellung nicht, unter dem Ärmelkanal durch eine kleine Röhre zu fahren, vierzig Meter Fels und sechzig Meter Wasser über sich, aber sie hatte sich diese Reise von der Redaktion erkämpft, und ihre Angst vorm Fliegen war stärker als die vor dem Tunnel.

Ihr Redaktionsleiter Tyler Linney, ein Mittdreißiger, promovierter Kunstgeschichtler und schwul, war nicht überzeugt, dass es sinnvoll wäre, im eigenen Nachrichtenmagazin der international verbreiteten Meldung über den sogenannten *Ötzi von der Nelda* nachzugehen, auch wenn es sich dabei um einen Afrikaner, vielleicht sogar um einen *Tirailleur Senegalais* handelte, von dem keiner wusste, wie er in diese Kleinstadt geraten und warum er dort erschlagen worden war. Aber er ließ seiner jüngsten Redakteurin im Kulturressort ihre Marotte. Er schätzte ihre offene Argumentation in den Planungskonferenzen und ihre angenehme Erscheinung.

Als sie sich vorgestellt und behauptet hatte, sie sei eigentlich schwarz, hatte er ihre Geschichte als Märchen abgetan. Nach der Unterzeichnung des Probevertrags waren sie in eine Bar gegangen, Aminata hatte ihm von ihrer Jugend in Gambia erzählt und auf welchen Wegen sie zum Studium nach London gekommen war. Er sprach sie auf ihre rotblonden, schulterlangen Korkenzieherlocken an, und sie wollte ihn nach seiner Rassentheorie fragen, entschied sich dann aber, lachend zu antworten: Alles Natur.

Jetzt gehörte sie fest zur Redaktion und hatte ihm verschwiegen, weshalb sie die Reise unternahm. Ein unbestimmtes Gefühl ließ sie vermuten, es könne sich bei dem Toten um Yoro Mboge handeln. Bisher gab es keinerlei Beleg dafür. Sie nahm die kleine Blechdose aus ihrer Handtasche und umschloss sie mit ihren Fingern. Stumm sprach sie zum weißen Krokodil: Mach, dass es wahr ist.

Ihre Recherchen besagten, dass in den Unterlagen über das Gefangenenlager Stalag VIII, aus dem die Erkennungsmarke stammte, kein Yoro Mboge zu finden war. Entweder hatte man in den Wirren am Ende des Kriegs die Akten vernachlässigt oder gelungene Fluchten verschwiegen. Die deutsche Zeitgeschichtsforschung hatte sich noch fünfzig Jahre nach Kriegsende so gut wie gar nicht mit den schwarzen Kriegsgefangenen oder den zwangssterilisierten deutschen *Negern* in den Konzentrationslagern befasst. Es musste erst das neue Jahrtausend anbrechen, bis man zaghaft anfing zu forschen. Aminata hatte afrikanische und französische Quellen benutzt und einen Crashkurs in Deutsch absolviert, um Akten über die Massaker der deutschen Wehrmacht an schwarzen Gefangenen während des Frankreichfeldzugs lesen zu können.

Tyler Linney hatte davon noch nie gehört und ermahnte sie, sich auf den Ötzi von der Nelda zu konzentrieren und keinen politischen Artikel zu verfassen:

Mag sein, dass die deutschen Historiker da eine rassistische Blindstelle haben, aber du bist nicht dort, um sie zu belehren, sondern um uns eine spannende Story zu erzählen, okay?

Sie hatte genickt. Du kannst es ja dann in den Papierkorb werfen.

Du glaubst doch nicht, dass ich mich mit einer Kollegin anlege, die Kickboxen kann!

Schwarzer Gürtel!, hatte sie gerufen und ihm eine Kusshand zugeworfen.

Nach drei Stunden und zwanzig Minuten fuhr der Eurostar im Pariser Gare du Nord ein, Aminata hatte den längsten Teil des Tunnels verschlafen und machte sich in einer Traube anderer Reisender mit ihrem Rollkoffer auf den Weg zum Gare de l'Est, wo der TGV nach Stuttgart abfuhr. Sie lief langsam, um in diesen fünfzehn Minuten wenigstens etwas von Paris zu sehen. Die Redaktion hatte ihr in München einen Leihwagen reserviert und in Zungen ein Zimmer im *Hotel Korn*. Noch sechs Stunden, und sie würde dort sein. Als sie im TGV saß, stellte sie ihre Uhr auf die kontinentale Sommerzeit ein.

Alexander Swoboda fluchte ins Telefon und knallte das Gerät auf den Küchentisch, nahm es wieder auf und entschuldigte sich.

Tut mir leid. Bist du noch dran? Ich kann wirklich nicht begreifen, dass ihr so einen Anruf nicht weitergebt! Und wenn die Dame noch so alt war, habe ich euch beigebracht, jeder Spur zu folgen oder nicht? – Was heißt, ich wollte in Ruhe gelassen werden, natürlich will ich in Ruhe gelassen werden, aber Freya Paintner ist eine Kundin, sie hat Bilder von mir gekauft, und wenn so jemand sagt, dass er weiß, wer der Tote in den Fischerhäusern ist, dann teilt man mir das mit und lässt den Zettel nicht irgendwo rumliegen!

Am anderen Ende gab Rüdiger Törring auf, sich zu rechtfertigen, und bot an, Frau Paintner selbst aufzusuchen.

Nein, Turbo, das mach ich, und zwar allein.

Er schaltete das Telefon aus. Dann ließ er sich von der Auskunft Freya Paintners Nummer geben.

Sie habe schon gar nicht mehr mit seinem Anruf gerechnet und angenommen, der Fall sei gelöst.

Swoboda hörte, dass sie log.

Nein, nein, man scheint nur zu wissen, dass es sich um einen schwarzen Soldaten der französischen Armee handelt, der vermutlich aus einem Kriegsgefangenenlager geflohen ist. Aber es gibt aus den letzten Kriegstagen kaum reguläre Aufzeichnungen. Und er trug auch keine Erkennungsmarke.

Kann er auch nicht, sagte sie.

Was kann er nicht?

Er kann keine Erkennungsmarke tragen, die habe ich. Genauer gesagt, ich hatte sie.

Swoboda schwieg.

Sind Sie noch da?

Kann ich Sie besuchen? Wir müssen uns unbedingt unterhalten.

Deshalb hatte ich ja angerufen, aber Ihre Kollegen meinten, Sie seien pensioniert.

Bin ich auch. Trotzdem.

Kommen Sie sofort! Es ist so herrliches Wetter, wir nehmen den Tee auf der Terrasse, und bitte bringen Sie keine Blumen mit. Bis gleich.

Pfeifend und mit einer schwarzen Dokumentenmappe unterm Arm betrat Günther Korell den Ausstellungsraum der Galerie. Martina stand an der kleinen Küchentheke hinter dem Grafiktisch und wandte sich um. Er fand sie schön, in ihren Jeans und dem tief ausgeschnittenen Kaschmirpullover, den sie offenbar auf der nackten Haut trug und dessen Blau etwas dunkler war als das ihrer Augen.

Mittag mit jungem Dichter, begrüßte sie ihn, wenn das kein Glück bringt! Espresso? Sandwich?

Er setzte sich an den Besuchertisch und legte die Mappe vor sich hin.

Nur wenn's keine Mühe macht. Ich zahle mit neuen Gedichten.

Als sie die beiden Tassen zum Tisch trug und das helle Licht von der Glastür her auf ihr Gesicht fiel, sah er, dass ihr Lächeln aufgesetzt war. Korell hatte ein untrügliches Gespür dafür, ob eine Frau etwas verbergen wollte. Er hätte selbst nicht sagen können, woran er das ablas, an Augen, Mund, Kopfhaltung, am Gang, an den Händen, vermutete aber, dass er diese Fähigkeit schon als Kind gelernt haben musste. Martina Matt holte einen Teller mit Schinkensandwiches,

183

setzte sich, aß aber nicht, sondern zündete sich eine Zigarette an.

Von deinem Gedichtband habe ich siebzehn Stück verkauft und über dreißig an die Presse verschenkt. Rezensionen: keine. Zweihundert liegen noch eingepackt im Keller. Seit sechs Jahren.

So lange schon!

Fünfeinhalb. Möchtest du, dass ich einen zweiten Band drucke?

Ich möchte nur, dass du die neuen liest. Es geht dir nicht gut, stimmt's? Ich will ja nicht in dich dringen –

Kannst du nicht, unterbrach sie ihn.

Er öffnete die Mappe, nahm ein Gedicht heraus und schob es ihr hin. Vielleicht macht dir das etwas gute Laune.

Sie hob das Blatt auf und las:

Was immer du klagst,
ist vergebens.
Liebe ist
Summe des Lebens,
ist das Gesetz der Gestirne,
ist ihre Bahn und ihr Licht.
Und was auch immer du wagst:
Ohne sie leuchtest du nicht.

Er beobachtete ihre Augen. Sie las das Gedicht ein zweites und ein drittes Mal. Mit Befriedigung nahm er wahr, dass sie sich anstrengte, keine Regung zu zeigen.

Sie legte das Blatt ab, sah ihn nicht an. Der altvertraute, hohe Ton im Text gefiel ihr.

Das ist schön. Aber es hat keinen Titel.

Ich habe es erst heute früh geschrieben. Man könnte einen Frauennamen darüber setzen.

Das wäre platt. Und die anderen Gedichte?

Alle handeln von Liebe. Für einen Band sind es aber nicht genug. Ich denke an etwas anderes. An eine Lesung. Hier, in deiner Galerie. Am besten im Rahmen einer Vernissage. Du könntest dann noch ein paar von den Lyrikbänden verkaufen.

Wäre ja nicht schlecht. Und wann?

Möglichst bald, die Abende werden wärmer, da will keiner drin sitzen und Verse hören.

Sie hielt sich gut, dachte er. Bewundernswert. Vor wenigen Augenblicken war er noch darauf vorbereitet, dass sie in Tränen ausbrechen würde.

Tut mir leid, dass du so wenig Bücher verkauft hast.

Sie drückte die Zigarette in den Aschenbecher.

Du bist in bester Gesellschaft. Der Picasso da drüben hängt seit drei Wochen. In acht Tagen muss ich ihn zurückgeben. Nummerierter Originalabzug, erste Litho-Serie auf Bütten, aus der Suite Vollard 1956, signiert. Vier Expertisen. Möchtest du ihn kaufen?

Korell stand auf und ging zur Ausstellungswand. Das Bild war etwa zwanzig mal dreißig Zentimeter groß in einem schweren Ebenholzrahmen und zeigte unter Glas zwei nackte liegende Frauen und zwei nackte Männer mit Champagnerschalen in den Händen, einer davon der stierköpfige Minotaurus. Auf dem Preisschild darunter stand nur ein Buchstabe.

Wie viel?

Dreitausend. Für dich Zweifünf. Mit Rahmen.

Korell lachte und kehrte zum Tisch zurück. Die Paintners könnten es kaufen.

Die Paintners haben vom Großvater einen Lovis Corinth geerbt und einen Lenbach und halten das für die Speerspitze der Moderne. Also, wann willst du hier lesen?

Er sah sie stumm an, legte den Kopf schief und fragte: Hast du eigentlich was mit deinen Haaren gemacht?

Sie merkte, dass ihr Gesicht rot wurde und ärgerte sich darüber. Die Frage war übergriffig. Sie war seine Verlegerin, er ein kleiner, unbekannter Lyriker. Dennoch gefiel ihr, dass er fragte. Swoboda hatte die neue Frisur nicht bemerkt.

Wieso?

Ich finde dich verändert.

Älter geworden.

Nein. Jünger. Du hast sie abgeschnitten, oder? Und diese Locken hattest du auch nicht.

Martina Matt stand abrupt auf und lief zu ihrem Schreibtisch, um den Kalender zu holen. Sie spürte, dass er sie betrachtete.

Korell kam ihr nach und blieb zu dicht vor ihr stehen.

Es steht dir gut. Wirklich. Gefällt mir.

Sie wich ihm aus, ging zum Besuchertisch zurück, knallte den Kalender auf die Glasplatte, setzte sich und wechselte in ihren geschäftsmäßigen Tonfall.

Jetzt will ich die anderen Gedichte sehen, und wenn sie mir so gefallen wie das erste, machen wir einen Termin.

Korell schlenderte zu ihr hin, stellte sich hinter ihren Stuhl und sagte leise: Zu Befehl.

Swoboda keuchte den Erlenberg hinauf. Er gab sich nicht zu, dass er keuchte. Als er in den Mispelweg einbog, blieb er stehen. Der Schmerz schien vom Magen am Brustbein heraufzukriechen, drang in die Oberarme vor und stieg bis in die Zähne. Dort war er am stärksten und breitete sich im Knochen aus. Swoboda lehnte sich mit dem Rücken an die Gartenmauer und wartete. Seine Gedanken waren klar. Entweder würde jetzt sein Schmerz vergehen oder sein Leben. Er schloss die Augen und blickte in einen Tunnel, an dessen Ende ein winziger heller Punkt leuchtete. Das erinnerte ihn an die Camera Obscura, die er als Jugendlicher im Physikunterricht aus schwarzem Karton gebastelt hatte.

Dann ließ der Schmerz im Oberkiefer nach und zog sich aus den Armen zurück, bildete mitten in der Brust einen Knoten, der langsam schrumpfte, und Swoboda atmete auf.

Blütenduft aus den Gärten.

Er löste sich von der Mauer und stieg den Pfad zum Haus hinauf. Brombeerranken und Schlingen von Wicken überwucherten den Weg und baute Fußfallen über dem vorjährigen Laub. Der Maler sah das Muster am Boden und blieb stehen. Wenn er lange genug auf das Gewirr aus Flächen und Linien hinabsah, wurde die Natur zum grafischen Gebilde und verlor ihr organisches Leben. Der Weg mit seiner verknoteten Flora verwandelte sich in abstrakte Kunst.

So kommen Sie doch herauf, Herr Swoboda, es wird ja der schöne Tee schon gleich kalt!

Dorina Radványi stand im Windfang der Villa und winkte ihm.

Sie wissen doch, Frau Freya erwartet Sie schon so sehnsüchtlich!

Darf ich dir einen Traum erzählen?
Korell hatte sich wieder ihr gegenüber an den Tisch gesetzt.
Ein Poet kann seiner Verlegerin alles erzählen.
Das war leicht hingesagt, und sie meinte es so; ohne die Ironie, die er darin hörte. Sie knabberte lustlos an einem Sandwich, während Korell die schwarze Mappe mit seinen Gedichten so lange vor sich hin und her schob, bis sie exakt ausgerichtet vor ihm lag.
Ich habe von einem Teddybär geträumt.
Was du nichts sagst!
Wenn du dich über mich lustig machen willst, kann ich gleich gehen.
Nein, wirklich, sagte Martina, ich höre dir zu, wirklich, also ein Traum von einem Teddybären, kanntest du ihn?
Es war meiner, den ich als Kind hatte, er war von zu Hause, also, von meinen echten Eltern, und auch im Traum nahm ich ihn immer mit ins Bett. Im Grunde war ich wirklich schon zu alt dafür.
Sie stand auf und holte zwei Gläser und eine Flasche Wasser. Korell lehnte sich zurück und schloss die Augen.
Oder möchtest du lieber einen Wein? Ich habe einen Pichon Le Roc offen, 1995, nicht schwer.
Ich verstehe nichts von Wein.
Solltest du. Schriftsteller, die von Wein nichts verstehen, sind entweder Alkoholiker oder Banausen.
Er öffnete die Augen und lachte. Ich bin kein Alkoholiker.
Martina holte die Flasche Bordeaux und zwei Gläser, setz-

te sich, schenkte ein, hob ihr Glas, wartete darauf, dass er seins aufnahm, und fragte:

Wovon lebt eigentlich ein Lyriker?

Er zögerte, trank, sagte: Von Liebe und Tod.

Sie lachte, verschluckte sich und hustete. Er sprang auf, kam um den Tisch zu ihr und klopfte ihr sanft den Rücken. Als sie sich beruhigt hatte, ließ er seine Hand zwischen ihren Schulterblättern liegen.

Martina Matt lehnte sich nach vorn und entzog sich seiner Berührung.

Ach, ich glaube, der Tee hat zu lange gezogen, sagte Freya Paintner, nun werden Sie mir müde werden, bevor ich Ihnen die ganze Geschichte erzählt habe. Dorina hat ihn zubereiten müssen, Günther ist heute nicht da, und, bitte, was soll eine Ungarin von indischem Tee verstehen?

An ihrem Hals und im Gesicht zeigten sich rote Flecken. Swoboda bildete sich nicht ein, dass sie seinetwegen nervös war, auch wenn sie ihn als Künstler offenbar schätzte und nicht nur eine ganze Serie von Gouachen gekauft hatte, sondern eben auch jenes einssiebzig mal zweizwanzig große *Chamäleon*, das nun die Wand zwischen Zimmerdecke und Kaminsims ausfüllte, seinen Kopf über die Dächer der Stadt in einen düsteren Himmel hob und sein Auge mit dem schwarzen Loch starr auf den Betrachter richtete.

Ihre Nervosität übertrug sich auf die Hände. Mit dem Steuerstick zuckte sie hin und her, ließ ihren Rollstuhl halb auf der Stelle drehen, zum Korbtisch auf der Veranda, wieder von ihm weg, fuhr dann zum Rand der Terrasse und blieb abrupt stehen.

Ist das nicht ein Wunder? Wie alles immer stirbt und wiederkommt?

Swoboda setzte die Tasse ab. Sie passte nicht ganz in die Untertasse und wackelte nach. Freya Paintner steuerte zum Tisch zurück.

Sehen Sie! Dorina ist eine zauberhafte Stütze bei meiner Unbeholfenheit, aber ob das Geschirr zueinandergehört, ist ihr unbegreiflicherweise völlig egal.

Mir auch, gab Swoboda zu.

Günther würde das nie passieren. Bei ihm hat alles seine Ordnung. Schade, dass Sie ihn heute nicht treffen können.

Sie wollten mir von dem Toten im Fischerhaus erzählen.

Ja.

Sie schwieg und blickte in den verwilderten Garten.

Eines müssen Sie zuerst verstehen, Alexander, ich darf Sie doch Alexander nennen, nein? Ich habe zu Ihrer Kunst ein so nahes Verhältnis.

Selbstverständlich. Das ehrt mich.

Keine Schmeicheleien. Ich möchte, dass Sie wissen: Eigentlich passt zu mir ein gepflegter Garten, ein, sagt man gegärtnerter Garten? Und wenn man mich hätte leben lassen, wie ich wollte, mit der Liebe, die ich hatte, dann sähen Sie hier wahrscheinlich gepflegten Rasen, Rabatten, Rosenbeete, getrimmte Hecken und unkrautfreie Steinwege. Aber man hat mir mit meiner Liebe das Leben genommen, nein, angeblich hat man mich vor meiner Liebe gerettet. Jetzt will ich kein anderes Leben mehr sehen außer dem Wildwuchs der Natur.

Der Maler schwieg. Ihm war das Geständnis unangenehm, den Garten fand er scheußlich, sah darin keine geheimnisvolle Urlandschaft, kein Werden und Vergehen, nur ein Durcheinander von Fäulnis und Behauptung. Wenigstens beschien die Sonne das pflanzliche Tohuwabohu mit ihrem milden und frischen Frühlingslicht und ließ in all der Verwesung eine Art Optimismus zu.

Swoboda stand auf und trat neben Freyas Rollstuhl.

Erzählen Sie.

Sie sah zu ihm auf.

Sie mögen meinen Garten nicht.

Nein.

Warum?

Zu viel Tod, sagte Swoboda. Zu viel altes Zeug.

Freya Paintner schob den Stick vor und steuerte den Rollstuhl zu dem kleinen Tisch zurück.

Kommen Sie! Es gibt Zickerchen aus Marzipan. Ich weiß, alte Männer haben häufig diese Sehnsucht nach Jugend und Frische, aber glauben Sie mir, das ist keine Präferenz Ihres Geschlechts, ich habe mein ganzes Leben damit vergeudet!

Es war so, dass ich diesen kleinen Teddy, der auch schon ganz rubbelig und abgeliebt war, mit ins Bett nehmen wollte. Meine Pflegemutter meinte, ich wäre raus aus dem Teddyalter, und wollte ihn mir wegnehmen. Ich hielt ihn fest.

Ist das jetzt der Traum?

Ja, alles, alles Traum, sagte Korell und lief in der Galerie auf und ab, von steigender Unruhe angetrieben. Er klatschte im Vorbeigehen mit der flachen Hand auf den Grafiktisch. Es ging hin und her, ich hatte eine erstaunliche Kraft im Traum, und plötzlich riss der Kopf ab, ich hatte den Leib und sie den Kopf. »Sieh, was du gemacht hast«, schrie sie mich an, »jetzt kommt er endlich in den Müll.«

Er hob die Hand vor den Mund.

Martina Matt betrachtete sein Gesicht.

In der Stille, die zwischen ihnen entstand, griff sie nach der Flasche, goss die beiden Gläser voll, stand auf und kam auf ihn zu.

Korell ließ sich den Rotwein langsam, so, als müsse er nicht schlucken, in die Kehle laufen.

Die Galeristin beobachtete ihn. Sie ahnte, wie er diesen Nachmittag gern beenden würde, und ihr war nicht ganz klar, ob ihr missfiel, was sie ahnte.

Und sie hat das im Traum gesagt, ja?

Ja. Sie hieß Agnes. Agnes Korell. Meine Mama. Nein, Freya ist ja jetzt meine Mutter. Er lachte. Ich habe drei! Sue Dahlke. Agnes Korell. Freya Paintner. Welcher Mann hat schon drei Mütter!

Eine reicht, sagte Martina. Sie hatte keine Lust, ihm von ihrer zu erzählen, die sich damals, als ihr das *Hotel Korn* noch gehörte, in den Tod getrunken hatte.

So habe ich mich in ihn verliebt, schloss Freya Paintner die Geschichte des Soldaten Yoro Mboge ab, den sie, so gut sie konnte, medizinisch versorgt, von seinen Schmerzen befreit, und dessen Nähe sie nach der zweiten Woche so gemocht hatte, dass sie ihn nicht mehr allein lassen wollte.

Er war voller Angst. Verstehen Sie, Alexander, Sie waren ja ein Kind in dieser Zeit, ich war schon eine Frau, aber die Angst am Ende des Krieges, die hatten die Kinder wie Erwachsene, die Angst hatten wir doch alle?

Ja. Wir sind in der Angst aufgewachsen, da haben Sie recht.
Zwei Generationen. Aber Sie hatten die Liebe gefunden!
O ja!
Und wo brachten Sie Ihr Kind zur Welt?
In Hohenkirchen in Österreich. Meine Eltern hatten da offenbar gute Beziehungen. Die Armen Schwestern vom Herzen Mariae nahmen mich auf, ich konnte in ihrem Konvent arbeiten, niemand fragte. Ich habe dort meinen Sohn geboren, durfte ihn nicht stillen, musste unterschreiben, dass ich ihn den Armen Schwestern übergebe und keine Ansprüche stellen werde. Niemals. So hatte mein Vater es gefordert. Nicht einmal den Namen durfte ich bestimmen. Sie nannten ihn Joseph. Und dann wurde er in ihr Haus für die Waisenkinder gebracht, es gab so viele davon direkt nach dem Krieg, auch Besatzungskinder, ausgesetzt, weil sie Mischlinge waren, wie es hieß, aufgefallen ist er da nicht.
Ich frage mich, warum Sie ihn später nicht finden konnten. Er musste doch irgendwo registriert sein.
Freya Paintner lachte. Ach, Alexander, was wissen Sie von diesen Monaten 1945? Falsche Geburtsurkunden haben schon die Nazis den Kindern ausgestellt, die sie entführt haben, durch die Besatzungszonen schwirrten falsche Papiere jeder Art, Pässe, Lebensmittelkarten, Persilscheine, es ist so leicht, eine falsche Ordnung einzurichten, wenn alles in Unordnung ist. Mein Bruder Gernot wollte mir einreden, das Kind sei an Tuberkulose gestorben. Er ist ein notorischer Lügner. Natürlich habe ich nach Joseph gesucht. Aber der Konvent in Hohenkirchen wurde schon 1948 aufgelöst, sie waren wohl zu eng mit den Nazis verbunden. In

Salzburg habe ich dann die Oberin ausfindig gemacht, sie schrieb mir, dass ich auf jedes Recht an dem Kind verzichtet hätte. Ich habe die ganze Korrespondenz hier. Ich drohte, alles öffentlich zu machen, was damals passiert ist. Nach einem Jahr endlich gab sie nach. Das Kind Joseph Mboge sei in eine Missionsstation der Armen Schwestern in Ghana verbracht worden. Sie schickte mir sogar eine Adresse. Ich sollte nach dem Buben fragen, den sie Sepp Sarotti nannten. Kurz darauf starb sie. Ich habe erst nach sechs Monaten und drei Bettelbriefen endlich aus Ghana eine Antwort erhalten. Der Junge sei nicht mehr dort, sondern in ein Heim nach Gambia gebracht worden, nach Georgetown. Bis ich herausfand, an wen ich mich da wenden konnte, vergingen wieder Monate. Ich war längst auf der Universität in München.

Sie stockte. Als Swoboda gekommen war, hatte sie geglaubt, es werde leicht sein, über diese Jahre zu sprechen. Doch mit jedem Satz nahm das Gewicht der Vergangenheit zu.

Er wechselte das Thema. Haben Sie noch Freude an meinem Chamäleon?

Sie sah ihn erstaunt an. Freude? Es ist ja ein erschreckendes Bild, ein gutes, aber doch kein Bild, um Freude zu haben, oder?

Er nickte. Aber Sie wollten mir von der Suche erzählen.

Ja. Und nachher noch etwas zum Chamäleon.

Martina Matt trat zwei Schritte zurück, taxierte Korell, sagte nichts, ging wieder zum Besuchertisch und setzte sich. Er blieb an den Grafikschrank gelehnt stehen.

Aber bevor sie den Teddy in den Müll warf, tat sie noch etwas anderes.

Die Galeristin drehte sich zu ihm um und legte den Ellbogen auf die Stuhllehne.

Im Traum?

Ja, im Traum, alles im Traum. Sie streckte mir den Kopf hin und sagt: Da. Tu das unters Kopfkissen. Damit du immer weißt, was du getan hast. Aber am nächsten Morgen saß sie an meinem Bett. Ich wachte davon auf, dass ihre Hand unter die Decke kroch und meinen Penis anfasste.

Martina Matt wandte sich von ihm ab. Du musst das nicht erzählen.

Korell kam langsam zu ihrem Stuhl.

Der Poet kann mit seiner Verlegerin über alles sprechen, nicht wahr? Ich tat, als ob ich weiterschlief. Sie wusste das natürlich. Zwischen meinen Augenlidern konnte ich sehen, dass sie im offenen Morgenmantel an meiner Bettkante saß und die rechten Hand zwischen ihren Beinen hatte. Was hätte ich tun sollen? Ich war zwölf. Hätte ich sagen sollen: Mama, was machst du? Ich wollte ja, dass sie mir einen runterholt, ich zitterte vor Erregung. Meinst du, ich hätte sie anschreien und von der Bettkante schieben sollen? Warum nicht, sagte Martina, stand auf und ging auf die andere Seite des Tischs. Ich weiß, was kommt, du solltest lieber Gedichte schreiben statt pubertäres Zeug zu erzählen.

Ich bin noch nicht fertig mit dem Bericht. Ich glaube, wir kamen gleichzeitig.

Solche Träume kennt jeder, man muss sie nicht vor anderen Menschen ausbreiten.

Das war kein Traum, sagte Korell. Sie hat es wirklich getan.

Sie kam wieder und wieder. Immer ohne ein Wort. Wir haben auch später nie darüber gesprochen. Aber von da an quälte sie mich nicht mehr. Ich hatte gewissermaßen doppelt gewonnen.

Er beobachtete sie. Ihre Hände hielten sich gegenseitig fest.

Wenn sie es wirklich getan hat, war es Kindesmissbrauch.

Aber ich wollte es, sagte Korell, und ich schämte mich dafür.

Ich möchte, dass du gehst.

Warum?

Sie zündete sich eine Zigarette an und hielt den ersten Zug lange an. Dass ihre Finger zitterten, freute ihn. Die Manuskriptmappe mit den Gedichten vom Tisch greifend, verbeugte er sich theatralisch, ging zwei Schritte rückwärts und sagte: Ich wollte dich nicht beunruhigen. Tut mir leid. Mit den Gedichten wird es wohl auch nichts.

Lass sie hier. Ich habe dir die Lesung zugesagt. Wenn mir die Sachen gefallen.

Wenn du sie deinem Publikum zumuten kannst.

Er warf die Mappe auf den Tisch und verließ die Galerie. Martina Matt sah ihm durch die großen Galeriefenster nach und entdeckte jetzt erst den Jogger, der die Kapuze seines schwarzen Anoraks über den Kopf gestreift hatte und von draußen hereinstarrte. Sie wandte sich ab, atmete tief durch und drehte sich wieder um.

Der Mann war fort.

Dann kam eines Tags dieser Brief vom Districtgovernor in Georgetown. Er teilte mir mit, dass man den Waisenjungen, der aus unerklärlichen Gründen lieber deutsch sprach als englisch, in ein Internat der Britischen Krone nach Bathurst gegeben habe, wo er eine anständige Ausbildung erhalten würde. Ich habe zu lange gebraucht, um von der Direktion dieses Erziehungsinstituts eine Auskunft zu bekommen, ich konnte mich ja nicht als seine Mutter ausweisen. Plötzlich war Gambia unabhängig, Bathurst wurde in Banjul umbenannt, die Briten zogen ab, und was zu sehr nach ihnen roch, wurde beseitigt. Jedenfalls erfuhr ich ein Jahr später, das Internat wäre geschlossen worden, Schülerakten gebe es nicht. Niemand wusste, wo die Kinder hingekommen waren. Ich wollte hinfahren. Dann kam diese verpfuschte Operation. Ich ging mit Rückenschmerzen in die Klinik und kam querschnittsgelähmt wieder raus. Prozesse über Prozesse. Abfindung. Irgendwann hatte ich keine Kraft mehr, nach Joseph zu suchen.

Freya Paintner steuerte den Rollstuhl vom Tisch weg zum Rand der Terrasse und sah in den Garten hinaus. Swoboda blieb stumm sitzen und wartete.

Jetzt sind die Schatten schon so lang, dass sie bis zum Schwimmbad reichen, sagte sie leise. Es wird bestimmt gleich kühl. Aber was die Polizei wissen muss, ist Folgendes: Der Vater meines Kindes heißt Yoro Mboge.

Swoboda zog ein Skizzenheft aus der Innentasche seines Cordjacketts und notierte.

Wie schreibt man das?

Yoro mit Ypsilon. M, b und oge.

Ich bin zwar nicht mehr im Dienst, sagte Swoboda, aber ich möchte Sie um Ihr Einverständnis bitten, weil ich alles, was Sie mir mitteilen, an meinen Kollegen Törring weitergeben will.

Das ist mir klar.

Er beschrieb eine Notizbuchseite, riss sie heraus und reichte Freya den Zettel.

Hier ist meine Mobilnummer, falls Sie es sich noch anders überlegen. Sie können mich zu jeder Zeit anrufen.

Keine Sorge, ich weiß, was ich tue. Ich habe Yoros Sohn Joseph am 12. Oktober 1945 in Österreich zur Welt gebracht. Yoro hatte eine Erkennungsmarke vom Stammlager VIII, in dem Gefangenenlager war er eine Zeit lang interniert. Er wusste, dass er es kaum überleben würde, so wie die meisten Schwarzen umgebracht worden sind, ob sie nun französische Gefangene waren oder deutsche Afrikaner im KZ. Er hat auch was von Dachau erzählt, aber das habe ich nicht verstanden. Nach seiner Flucht hat der Fischer Alois Dietz ihn versteckt. Aber dann wurde Yoro im Fischerhaus von drei Männern meiner Familie ermordet, weil er mich geliebt hat. Mein Vater und meine beiden Brüder Gernot und Helmut haben Alois Dietz in die Nelda geworfen und Yoro Mboge erschlagen, während ich bei den Armen Schwestern vom Herzen Mariae war. Gernot hat es gestanden. Mein Adoptivsohn kann es bezeugen. Ich möchte, dass Sie Gernot und Helmut Paintner vor Gericht bringen. Keine Sorge, dass sie zu alt sein könnten, wir sind ein starker Stamm. Und noch etwas: Ich habe meinem Kind damals eine kleine Blechschachtel in die Wiege gelegt. Darin war die Erkennungsmarke von Yoro, ein kleines Foto von mir und so ein Anstecker aus der Märchenserie vom Winterhilfswerk, der Gestiefelte Kater. Ich hoffe, die Ordensschwestern haben es ihm mitgegeben. Dann hat er wenigstens ein Bild seiner Mutter. Von Yoro konnte ich keins machen. Wenn unser Sohn Joseph noch lebt, ist er ungefähr so alt wie Sie. Jetzt wissen Sie alles. Und nun lassen Sie uns hineingehen.

Nein, nein, sagte sie, als Swoboda das Tablett nehmen wollte. Das macht Dorina dann. Ich muss Ihnen noch etwas zu Ihrem Chamäleon sagen. Übrigens ist hier unterm Dach noch ein Atelier des Vorbesitzers, falls Sie mal einen Ortswechsel brauchen, großzügig verglast und Nordlicht!

Sie fuhr voran in den Kaminsalon.

Ich habe versucht, meinem Kind nahe zu sein, und habe mich mit Westafrika befasst, mit den Völkern, den Kulturen, den Mythen.

Vor Swobodas Chamäleonbild hielt sie an und blickte hinauf.

In alter Zeit, heißt es im Volk der Xhosa, wollten die Götter den Menschen, die sie gerade erschaffen hatten, Eigenschaften geben. Einige Götter schickten das Chamäleon mit dem Ewigen Leben auf den Weg zu den Menschen. Andere schickten die Eidechse mit der Sterblichkeit zu uns. Das Chamäleon durfte früher starten. Aber auf dem Weg zu uns dachte es, sein Auftrag sei nicht so wichtig, legte eine Pause ein und schlief. Deshalb kam die Eidechse zuerst bei uns an, und seither sterben wir. Bei den Xhosa wird das Chamäleon verachtet, weil es schuld daran ist, dass wir nicht unsterblich geworden sind. Als ich Ihr Gemälde sah, war mir klar: Sie haben unser verlorenes Ewiges Leben gemalt. Wussten Sie das?

Swoboda sah dem Chamäleon auf seinem Bild in das starre Auge.

Nein, das wusste ich nicht.

199

Als Aminata am Abend im *Hotel Korn* eingecheckt hatte und später an der Bar noch einen Whisky trinken wollte, begegnete sie einer Frau in roter Lederjacke und schwarzen Jeans, die dort allein auf einem Hocker saß und den zweiten Weißwein trank.

Für den Barkeeper war die Situation ungewöhnlich. Üblicherweise hatte er durchreisende Männer am Tresen. Heute lediglich zwei weibliche Gäste, jede offenbar ohne Begleitung. Er lächelte. Die beiden Frauen lächelten ebenfalls. Und kurz darauf kamen sie ins Gespräch.

Zwei Stunden später, die Frauen waren mittlerweile per Du, hatte Michaela Bossi ihre neue Freundin Aminata Mboge überzeugt, am folgenden Tag mit ihr zum Landeskriminalamt nach München zu fahren, dort ihre Aussage über die Geschichte ihres Vaters und ihres Großvaters zu wiederholen und die Erinnerungsstücke in der kleinen Blechdose kriminaltechnisch untersuchen zu lassen. Noch war die Ermittlerin nicht davon überzeugt, dass Aminatas Vermutung über den Toten im Fischerhaus zutraf. Aber ein Abgleich der DNA würde zweifelsfrei klären, ob Aminata mit dem Ötzi von der Nelda verwandt war oder nicht.

Im Gegenzug dafür durfte die Journalistin die in der KTU aufbewahrten Gebeine ansehen und fotografieren. In Bossis Wohnung, die dem LKA gehörte und ihr für die Zeit der Untersuchungen zur Verfügung stand, konnte sie übernachten. Wenn alles glatt ging, würden sie am Morgen des übernächsten Tages wieder zurück nach Zungen fahren.

Die Chefermittlerin versprach als Gegenleistung, Aminata mit einem Journalisten der *Zungerer Nachrichten* und mit einem Maler bekannt zu machen, der in seinem Brotberuf lange Jahre und erfolgreich in der Mordkommission tätig gewesen war und mehr über den Toten im Fischerhaus wusste als sie selbst.

Ich habe von einem Baum geträumt, den ich in einem Pferdefuhrwerk transportieren musste. Die Baumkrone ragte heraus und bog sich im Fahrtwind.

Ich weiß nicht, was ich damit anfangen soll. Ich war nie in einem Fuhrwerk. Ich hasse Pferde. Kann sie nicht sehen, ohne dass mir schlecht wird.

Dann stand ich auf einem verschneiten Acker neben dem Fuhrwerk, das anscheinend auf freiem Feld gehalten hatte. Um mich herum lauter Krähen. Starrten mich alle an, und ich sah an mir runter und war ab dem Nabel nackt. Fror aber nicht. Habe mich wahnsinnig geschämt.

Es wird allmählich Zeit, dass ich ihnen den letzten Kopf der Teufelin aushändige, den alle Iris nennen werden, wenn sie ihn finden. Der Ort wird den Entdeckern besondere Freude machen. Dann wird es Begräbnisse geben. Christlicher Zauber gegen Höllenmagie und dann endlich tief unter der Erde.

Wenn sie das Rätsel lösen, das ich ihnen diesmal aufgebe:
Per lo patto che Dio con Noè puose,
del mondo che già mai piu non s'allaga

XII

Die leichteste Farbe

Zungen an der Nelda war nie berühmt für sein Nacht-
leben gewesen. Doch seit nicht nur die *Zungerer Nachrichten*, sondern auch diverse Fernsehsender der Republik die
Frauenmorde in all ihrer entsetzlichen Brutalität darge-
stellt, sie ausgeschmückt und kommentiert hatten, war die
Kleinstadt mit Einbruch der Dunkelheit so still, als wäre sie
evakuiert worden.

Dass die Presse versuchte, eine Verbindung der Mordopfer
zu dem aufgefundenen Nelda-Ötzi zu konstruieren und
dessen Herkunft als Afrikaner schwarzer Hautfarbe zu wil-
den Spekulationen über Geheimrituale benutzte, verstärkte das allgemeine Gefühl der Unsicherheit. Nur ein paar
unerschrockene junge Leute entschieden sich, ihre Bierkästen nachts an die Ufer von Mahr und Mühr und zu den
Stufen am Mäuseturm zu tragen. Die leeren Flaschen
schleuderten sie in den Fluss, als ob dort im Dunkel An-
greifer zu treffen wären. Mancher zerschlug sie auf dem
Pflaster und freute sich über den klirrenden Knall in der
lautlosen Stadt.

Alexander Swoboda war zufrieden. Er hatte Freya Paintners
Bezichtigung ihrer beiden Brüder an Kriminalhauptkommissar Törring weitergeleitet; der würde alles, was jetzt zu

203

tun war, in die Wege leiten und das BKA in Gestalt von Michaela Bossi informieren.

Endlich konnte er sich seinem Auftrag widmen.

Es war kurz vor Mitternacht, er stand allein auf dem schwarz-weißen Mosaikboden der Aegidiuskirche. Langsam war er Sprosse für Sprosse von der schwankenden Stehleiter abgestiegen, nachdem er seinen mit Gouache und Aquarell gemalten Entwurf in der Höhe befestigt hatte, und richtete jetzt die Werkstattscheinwerfer auf das Ostfenster der Apsis aus. Die drei Meter lange Papierbahn vor dem Fenster zeigte seine jüngste Fassung der *Auferstehung*. Vom unteren Fensterrand zogen sich drei Farbfahnen in die Höhe, nahmen mehr und mehr Licht auf und vereinigten sich unter dem Spitzbogen der Fensterlaibung nicht als Mischung ihrer Töne, sondern als ein nur noch lasierter Sonnenton auf weißem Grund, der fast blendete.

Die Farbschleier begannen am Grund des Fensters als tiefes Krapplackrot, Vandyckbraun und daneben als fast schwarzes Ultramarinblau, stiegen wie Nebel nach oben, wurden heller und änderten durch zunehmende Beimischung von Chromgelb ihre Tönung: Das tiefe Rot links, das Swoboda an eintrocknendes Blut erinnerte, wandelte sich zu einem flammenden Orange und leuchtenden Gelb, das lichtlose Braun, das aus dem Innersten der Erde zu stammen schien, wurde sandig, hölzern und verlor sich in hellem Ocker, das höhlendunkle Blau rechts hellte sich über ein bläuliches Grün zu einem jungen Echtgrün auf; und höher steigend blichen alle Farbstränge aus, bis sie nur noch aus Sonnenluft zu bestehen schienen. Das große Bild enthielt keine Grenzlinie, keinen Rand, das Ganze war eine einzige Auflösung des Farbgewichts an der Basis in unbegreifliche Schwerelosigkeit am Giebel und hatte das, was Swoboda von Anfang an von seinem Entwurf verlangt hatte: reißende Bewegung in die Höhe, die am oberen Fensterrand nicht aufhörte, sondern über den Eisenrand hinauf unsichtbar und unaufhaltsam weiterzufliegen schien. Wer ihr mit seiner Phantasie folgte, konnte die leichteste Farbe in sich selbst entdecken.

Er schob die hohe Stehleiter, die sonst vom Mesner zum Reinigen und Glühbirnenaustausch benutzt wurde, Stück um Stück beiseite bis an die Kinder-Arche, weil ihn der Gitterschatten der Holme und Sprossen auf der Papierbahn störte. Dann lief er, um Abstand zu gewinnen, zur Westseite der Apsis und betrachtete von dort den Entwurf.

Zum ersten Mal seit Monaten konnte er sich mit einem seiner vielen Versuche anfreunden, einen Farbenweg für die Auferstehung zu erzeugen. Er ging in die Knie und hockte sich hin, um die Perspektive zu wechseln. Lief dann ins dunkle Kirchenschiff und verglich die Stationen der Passion im alten Westfenster mit seiner eigenen Deutung der Himmelfahrt. Das im linken Fenster vorherrschende Blau und Rot, die traditionellen Farben in den Fensterrosen gotischer Kathedralen, hatte er, ergänzt durch tiefes Erdbraun, in seinem Entwurf am unteren Bildrand aufgegriffen, um sie in Licht aufzulösen. Die Kirche würde sich daran gewöhnen, dass ihr im Krieg zerstörtes und später durch grau getöntes Glas ersetztes Ostfenster demnächst auch Farben aufweisen würde, die man in der Zeit ihrer Erbauung noch nicht herstellen konnte.

Swoboda setzte sich in eine Kirchenbank. Das Eichenholz

fühlte sich kalt an. Er beugte sich nach vorn, legte den Kopf auf die Gesangbuchablage und kühlte seine Stirn. Jetzt spürte er die Erschöpfung, die er seit gestern überspielt hatte.

Irgendwann würde Martina erfahren, dass er mit Michaela Bossi geschlafen hatte. Die unvermeidliche Auseinandersetzung würde folgen. Martina hatte sich beherrscht, als er ihr gesagt hatte, er wolle die Stadt verlassen. Wenn es gut für ihn war, konnte sie es ertragen. War aber eine andere Frau im Spiel, ließen sich Verletzung und Kränkung nicht unterdrücken.

Die eine Frau würde kämpfen, die andere Ansprüche stellen, Wut, Schreie, Tränen. Bis endlich die Erschöpfung so etwas wie Besinnung zuließ. Schon oft hatte er das verursacht und ausgestanden, immer schuldig, immer mit schlechtem Gewissen und einer unbestimmten Sehnsucht nach Ruhe. Immer war er der Verletzer gewesen.

Er hob den Kopf und sagte leise in Richtung Altar: Jedes Mal war ich das Arschloch, und jetzt bin ich es wieder, daran besteht nicht der geringste Zweifel. Ich habe es satt. Ich habe mich satt. Und so einer macht ein Kirchenfenster der Auferstehung. Man fasst es nicht.

Er hörte kurz der Stille zu, wartete nicht wirklich auf eine Antwort, wäre aber in diesem Augenblick auch nicht über eine Zustimmung erstaunt gewesen, und fühlte plötzlich die Kälte des Kirchenraums auf seinem Gesicht.

Ausgerechnet die Straßenlaterne vor seinem Haus war defekt. Sie flackerte, ging aus, zuckte hell auf und verlosch in unregelmäßigen Intervallen.

Wilfried Herking hatte bis Mitternacht in der Redaktion gearbeitet, sich über einige zugelieferte Texte geärgert, zwei Schlucke Wodka aus seiner Schreibtischflasche genommen und sich spät auf den Heimweg gemacht. Sein Weg führte aus der Altstadt unter der Bundesstraße hindurch zur Zungerer Neustadt, wo er in der Bebelstraße das Eckgebäude eines dreiteiligen Reihenhauses gemietet hatte.

Vor dem Eingang suchte er im Schlüsselbund nach seinem Türschlüssel, fand ihn im Flackerlicht der Straßenlaterne nicht, der Rauch der Zigarette zwischen seinen Lippen stieg ihm in die Augen, und er sah noch weniger. Eben wollte er sich aufrichten und mit den Armen wedeln, um die Bewegungsmelder an den Lampen der Nachbarhäuser auszulösen, als sie von selbst angingen und eine Männerstimme hinter ihm sagte:

Sie sind ein verteufelt kluger Kopf, Herking.

Nicht, dass Herking dem nicht zugestimmt hätte, doch wenn so ein Lob in der Nacht hinter dem Rücken geäußert wurde, war es nicht angenehm. Er drehte sich um und stand einer großen, schlanken Person gegenüber, die eine Kapuzenjacke und Hosen trug und sich als Silhouette vom Laternenlicht im hinteren Teil der Straße abhob. Herking zog an seiner Zigarette. Im schwachen Schein der Glut waren vom Gesicht seines Gegenübers nur die Augen zu sehen. Zu kurz, um sie sich einzuprägen, doch deutlich genug, um zu erkennen: Sie waren schlitzförmig und von seltsam vielen Falten begrenzt, als seien sie uralt. Der Journalist atmete den Rauch aus und merkte, dass ihm die Knie weich wurden. Er versuchte, kaltblütig zu wirken, ließ die Zigarette fallen, trat sie aus und sagte von oben herab:

Und womit kann ich Ihnen helfen?

Die schwarze Gestalt streckte ihm einen großen Briefumschlag entgegen, den Herking reflexartig annahm.

Ein Geschenk für Sie. Diesmal ist es nicht so einfach.

Er drehte sich um und rannte die Bebelstraße hinunter, lief als Schattenriss unter dem Licht der Straßenlampen bis zur Ecke Klingerstraße, wo er verschwand.

Herking atmete auf. Er hatte die Stimme erkannt, es war dieselbe, die ihm am Telefon die Verse über den enthaupteten Sänger Bertram dal Bornio vorgelesen hatte: *Er trug getrennt sein Haupt an seinen Haaren – wie eine Weglaterne in der Hand – es stöhnte auf, als wir ihm nahe waren …* Dann hatte der Kerl gelacht und gesagt: Die Hölle beginnt vor deiner Tür!

Der Journalist fand seinen Schlüssel, betrat das Haus. Er wusste, dass er die Begegnung melden und den Umschlag, der vermutlich eine neue DVD des Mörders enthielt, sofort bei der Polizei abliefern musste. Doch er zögerte. Er schloss hinter sich die Tür und blieb im Flur stehen, ohne den Mantel auszuziehen.

Hielt er nicht mit dem Umschlag die Chance in Händen, sein Leben zu ändern? Wenn er auch diesmal das Rätsel lösen und die entscheidenden Hinweise geben könnte, ließe sich am Ende, wenn der den Mörder gefasst war, mit Fug und Recht feststellen: Er, Wilfried Herking, hatte aufgrund seiner reichhaltigen Kenntnisse der Literatur die Aufklärung der Verbrechen überhaupt erst ermöglicht. Diese Meldung wäre natürlich eine kleine Sensation, zumindest für die Feuilletons. In den großen Zeitungen der Republik würde man seinen Namen aufmerksam lesen und sich fragen, warum ein derart kompetenter Kulturjournalist in der Provinz versauerte. Und hätte er erst in der Chefetage eines führenden Journals Fuß gefasst, müssten die zwangsläufig dort bestehenden Kontakte zu großen Verlagen ihm das Interesse an seinem Romanmanuskript eintragen, er würde sein Opernbuch vollenden, ja vielleicht erhielt sogar seine Arbeit an der Komödie neuen Schwung, denn natürlich würde er sehr bald den Dramaturgen einer großen Bühne kennenlernen …

So träumte Herking mehrere Minuten, im Flur seines Hauses stehend, das Geschenk eines mehrfachen Mörders in Händen, von seiner bevorstehenden Karriere.

Drei Stunden zuvor in derselben Nacht war es im Haus von Martin Paintner zu einer Begegnung der Brüder Gernot und Helmut gekommen, die für beide unerfreulich verlaufen war.

Martin Paintner hatte ihnen angeboten, das Gespräch, das sein Vater verlangt hatte, im Salon seiner Villa an der Tuchwebergasse zu führen, einem herrschaftlichen Barockzimmer, dessen Zentrum ein Nussbaumtisch mit acht Stühlen bildete; ein wuchtiges, ovales Möbel, an dessen hinterem Ende die beiden alten Männer einander gegenübersaßen. Gernot Paintner wirkte keineswegs älter als sein jüngerer Bruder Helmut, dem man die fünfundachtzig Jahre deutlich ansah, weil er seit Langem seine äußere Erscheinung vernachlässigte: Er wohnte unterm Dach der Villa, hatte sich täglich von seiner Nichte Iris das Essen heraufbringen lassen und verbrachte seine Zeit damit, besessen von der Suche nach einer endgültigen Ordnung, in seinen Münzkästen die aberhundert Sammelexemplare von römischen Sesterzen bis zu prägefrischen Silberausgaben gültiger Zahlungsmittel zu sortieren. Er hörte kein Radio, sah nicht fern und las keine Zeitung, war ganz in seiner numismatischen Welt versunken. Es kam vor, dass er nach Stunden der Überlegung zwei Münzen den Platz tauschen ließ. An schlechten Tagen kippte er ganze Kassetten auf seinem mit Samt bezogenen Tisch aus und brütete über einem neuen Prinzip der Sortierung.

Seine Haare hatte er seit mehr als einem Jahr nicht mehr schneiden lassen, sie hingen ihm als graugelbe Fransen um die Schultern, im Unterkiefer fehlten seit dem im Krieg erlittenen Kieferdurchschuss zwei Backenzähne, und weil durch die Verwundung die rechte Wange eingefallen und ein Teil des Oberkiefers nicht mehr vorhanden war, sah Helmut Paintners blasses Gesicht so erschreckend aus, dass sein Neffe Martin ihm, auf Bitten seiner Frau Susi, verboten hatte, zu den Mahlzeiten herunter ins Esszimmer zu kommen. Man hatte das Dachgeschoss zu einer Wohnung ausgebaut, und so lebte Helmut Paintner dort in seinem geistigen Zwielicht wie ein Fremder über den Köpfen der Familie.

Erstaunt hatte er die Nachricht empfangen, dass sein Bruder Gernot, den er seit Jahren nicht gesehen hatte, mit ihm sprechen wollte.

Nun saßen sie am Tisch und schwiegen, zwei Männer von derart gegensätzlicher Erscheinung, dass man sie schwerlich für Brüder gehalten hätte.

Martin hatte von der Köchin einen Teller mit Käsebroten bringen lassen, ihnen eine Flasche Rotwein und Gläser hingestellt und war unschlüssig am Tisch stehen geblieben. Entsetzen und Trauer über den Tod seiner Tochter hatten sein weiches und fülliges Gesicht zu einer grauen, schlaffen Maske werden lassen. Seine immer etwas hochmütige Lebenszuversicht, mit der er seine Mitmenschen, vor allem seine Angestellten musterte, war verschwunden. Die laufenden Geschäfte des Holzhandels überließ er weitgehend seinem Prokuristen Oliver Hart. Seine Frau Susanna verließ kaum mehr ihr Schlafzimmer, und wenn sie zu den Mahlzeiten herauskam, die sie schweigend mit ihrem Mann einnahm, trug sie Kleider ihrer Tochter, was Martin aber nicht auffiel.

Auf einen herrischen Wink von Gernot verließ sein Sohn das Zimmer und schloss leise die Tür. Helmut hielt den Kopf gesenkt und schien das Wurzelschnittmuster der Tischplatte zu studieren.

Ich war bei Freya, sagte Gernot.

Ach ja. Die hab ich auch seit fünf Jahren nicht gesehen, oder sechs. Oder sieben.

Wir werden uns alle sehen beim Begräbnis von Iris.

Ja. Jetzt bringt Susi immer mein Essen rauf, aber sie redet nicht mit mir, Iris hat mit mir geredet, sie war die Einzige. Das arme Mädel.

Gernot Paintner füllte sein Glas mit Wein, richtete die Flasche auf seinen Bruder und fragte: Auch Wein?

Ja.

Er reichte Helmut die Flasche, und der stellte sie ab.

Lieber nicht.

Dir konnte es nie einer recht machen.

Helmut Paintner hob den Kopf und sah seinen Bruder an,

mit einem Blick, in dem Verachtung mit Resignation gemischt war.

Gernot Paintner wich dem Blick aus, nahm sein Glas auf und trank es in zwei Zügen halb leer, atmete laut und lustvoll aus, schmatzte, stellte das Glas zurück und goss sich nach.

Willst du gar nicht wissen, warum ich bei Freya war?

Ich will wissen, warum du hier bist.

Helmut Paintner schob sich eins von den Käseschnittchen in den Mund und zermahlte es mit eigentümlichen Querbewegungen seines beschädigten Unterkiefers. Er schenkte sich Wein ein, trank in kleinen Schlucken, lehnte sich in den Stuhl zurück und schloss die Augen. Er wusste, dass sein älterer Bruder jetzt wütend wurde, und er freute sich darauf.

Sie haben die Knochen des Niggers gefunden, sagte Gernot Paintner.

Helmut lachte leise, ohne die Augen zu öffnen. Damit habe ich seit fünfundsechzig Jahren gerechnet. Endlich ist es so weit. Weißt du noch, was unser Vater gesagt hat? Den findet hier nie einer. Ich habe schon damals nicht daran geglaubt.

Lass unseren Vater aus dem Spiel. Freya ist das Problem. Sie will uns wegen Mordes vor Gericht bringen

Das kann ich verstehen.

Was heißt, das kannst du verstehen! Sie ist verrückt, sie war immer verrückt, und jetzt will sie dich und mich vor aller Augen zu Mördern stempeln!

Helmut Paintner öffnete die Augen und sagte kaum hörbar:

Wir *sind* Mörder.

Sein Bruder stand auf und schrie ihn von oben herab an: Und die Familie? Kannst du dir überhaupt vorstellen, was das für die Familie heißt? Und für das Geschäft? Oder bist du schon so verblödet, dass du nichts mehr begreifst?

Der Angeschriene schwieg. Gernot Paintner nahm sein Glas vom Tisch und trank es in einem Zug aus, stellte es hart auf den Tisch zurück und versuchte, beherrscht zu sprechen.

Ich habe gehofft, dass du zu mir hältst. Wenn wir zusammenstehen wie ein Mann, kann uns kein Gericht der Welt irgendwas nachweisen. Dann steht unsere Aussage gegen Freyas.

Ich habe einen Brief von ihr bekommen.

Was für einen Brief.

So einen.

Er zog den Brief aus der Tasche seiner grauen Strickjacke und entfaltete ihn.

Zwei Sätze bloß. Lieber Helmut, Gernot hat alles gestanden. Wenn du deine Schuld zugibst, kriegst du vielleicht mildernde Umstände. Freya. – Kein Gruß. Nicht nett. Du hast also schon alles zugegeben.

Nichts hab ich zugegeben. Sie hat mich wütend gemacht.

Er steckte den Brief wieder ein. Das geht bei dir leicht.

Gernot Paintner stand noch immer und stützte sich auf die Lehne seines Stuhls.

Was wirst du ihr sagen?

Dass du recht hast mit deinem Geständnis, ich bin ein Mörder und du bist ein Mörder und unser Vater schmort in der Hölle, wenn es eine Gerechtigkeit gibt.

Der Ältere starrte seinen Bruder an. Dann stieß er hervor:

Du gehörst in die Klapsmühle!, drehte sich um, verließ den Salon, zog die Tür hinter sich zu.

Helmut Paintner presste seine gefalteten Hände gegen seinen geschlossenen Mund. Die Fingerknöchel waren weiß, und aus dem alten Mann drang ein dumpfes Stöhnen, das er erfolglos zu unterdrücken versuchte.

Die Papierbahn löste sich von den Halterungshaken am Fenstergiebel und rauschte in Wellen zu Boden. Swoboda stieg die Leiter hinunter. Er brauchte länger für die viereinhalb Meter als sonst, er war müde und hatte Angst, die Sprossen zu verfehlen. Auf halber Höhe klingelte sein Telefon. Er hielt sich mit beiden Händen an den Holmen fest und ließ es klingeln. Dann kletterte er weiter nach unten. Um diese Zeit konnte nur Martina anrufen, vielleicht beanspruchte jetzt auch Michaela Bossi, jederzeit anrufen zu können. Er sah auf dem Display die Nummer von Wilfried Herking und hörte dessen Botschaft auf der Mailbox ab.

Eine halbe Stunde später stand er unter dem flackernden Licht der Straßenlaterne und klingelte an Herkings Haustür, wurde eingelassen und raunzte den Journalisten sofort an:

Du hast ja wohl wirklich nicht mehr alle fünf Sinne beisammen!

Herking zog ihn in den Flur, trat an ihm vorbei in die offene Tür, blickte sichernd nach beiden Seiten die Bebelstraße entlang, kam zurück und schloss die Tür. Er hängte die Sperrkette ein.

Kurz darauf war Swoboda davon unterrichtet, wie der Journalist den Mörder vor dem Haus getroffen und die DVD in seinen Computer gesteckt hatte. Erfolglos, denn mit dem italienischen Satz, den der Kapuzenmörder ihm nach dem üblichen Opening zuraunte und in brennender Schrift vorführte, konnte er nichts anfangen.

Er startete die DVD.

Die bluttriefende Parole *Mein ist der Tod* vor einem schwarzen Gewitterhimmel verblich, die dunkel dröhnende Musik schwoll an und riss ab. Der Hintergrund veränderte sich in ein tiefes, bräunliches Violett, aus dem die Gestalt in einem schwarzen Kapuzenumhang wuchs, das Gesicht blieb unkenntlich im Schatten. Der gesichtslose Mönch zog wieder den armdicken, geschuppten Schwanz hinter dem Rücken hervor und wickelte ihn sich drei Mal um den Bauch. Dann kamen die Schlangen, mehr als in der ersten und zweiten Version, aus der Luft, braunrote und grünmetallisch schillernde Schuppenkörper wanden sich um die Hände des Mörders, seinen Hals, sie richteten sich vor Herking auf, öffneten ihre Mäuler, züngelten, zischten und entblößten weiße Zahndolche.

Die Stimme des Mörders war zu einem kratzenden Bass verzerrt, während die Schrift erschien:

Per lo patto che Dio con Noè puose, del mondo che già mai piu non s'allaga.

Unter der Kapuze leuchtete, wie in den beiden vorangegangenen Versionen, der Drachenkopf auf, ein gellendes Lachen kam zwischen den dreizeiligen Zahnreihen hervor, und das Gesicht verdunkelte sich wieder.

Der Mönch hob sein Schwert. Der Schriftzug *KILL* flog über den Bildschirm und verschwand.

Herking zeigte Swoboda, wie er mit den Pfeiltasten auf dem

Keyboard den Schwertkämpfer Schwünge und Schläge ausführen lassen konnte, mit denen der die Schlangen in Stücke hieb. Doch je mehr Reptilien er den Kopf abschlug, um
so mehr kamen nach, ringelten sich aus der Dunkelheit,
schossen auf den Zuschauer zu und konnten, wenn man mit
den Richtungstasten das Schwert an ihren Kopf lenkte, mit
dem Enter-Befehl enthauptet werden. Nach einer Weile
wurden es immer mehr Schlangen, die Schwertschläge mussten schneller folgen, ein blitzender Wirbel trennte die
Schlangenhäupter von ihren Leibern; doch während sie blut-
spritzend nach allen Seiten flogen, wuchsen jetzt aus den
Rümpfen zwei Köpfe, wo einer abgeschlagen worden war,
und Herking hämmerte auf die Enter-Taste, als müsse er sich
selbst der Schlangen erwehren.

Swoboda griff nach seiner Hand und hielt sie fest.

Auf dem Bildschirm erstarrte der Mönch, das Schwert halb
in der Luft, die Schlangen lösten sich auf und verschmol-
zen mit dem Hintergrund.

Die Stimme wiederholte:

*Per lo patto che Dio con Noè puose, del mondo che già mai
piu non s'allaga.*

Zugleich erschien eine goldenen Schrift:

Besiege die Hydra.

Herking war schweißgebadet. Bisher hatte er lediglich das
Wort *Dio*, Gott, identifizieren können, doch das kam in
Dantes *Göttlicher Komödie* so oft vor, dass es wenig Sinn
hatte, ein Suchprogramm laufen zu lassen.

Er stand auf.

Willst du was trinken?

Swoboda nickte. Wenn du einen anständigen Weißen hast?

Einen Zwonullachter Buitenblanc von Buitenverwachting. Südafrikaner. Eiskalt. Ich hoffe, er schmeckt dir so gut wie mir.

In erstaunlicher Geschwindigkeit leerte Swoboda zwei Gläser und verlangte dann, dass Herking den Anfang der DVD noch einmal wiederholte.
Den ganzen Kitsch?
Ja, den ganzen Kitsch.
Als die Flammenschrift erschien, bat der Maler, den Film anzuhalten, und sagte dann unvermittelt: Caput mortuum.
Der Journalist hielt den Film an. Caput mortuum? Wo siehst du hier einen Totenkopf?
Die Farbe. Hast du nicht gesehen, dass er den Horizont hinter seiner Kapuze gewechselt hat? Früher stand er vor dem Delacroix-Gemälde von Dante und Vergil mit der brennenden Stadt. Diesmal ist es ein einheitliches violettes Braunrot, und exakt diese Farbe heißt Caput mortuum.
Warum?
Warum, warum, warum. Willst du jetzt auch noch Maler werden? Die einen sagen, das Pigment entstand bei den Alchimisten, als sie versuchten, Schwefelsäure herzustellen, und dann blieb vom erhitzten Pyrit dieser Abfall aus bläulich braunroten Kristallen übrig, den sie Caput mortuum nannten.
Was man von dir nicht alles lernen kann.
Mehr, als du glaubst, wahrscheinlicher ist, dass der Name von der Farbe des eingetrockneten Bluts am Hals abgetrennter Schädel kommt.
Und mit so was malt ihr.

Du hast etwas übersehen: Die Schlangen sind anders als in den früheren Videos, haben andere Köpfe. Ich weiß, woher sie stammen, er hat sie aus einem Bild von Gustave Moreau abgekupfert, es heißt *Die Lernäische Schlange*. Und deren Name war *Hydra*. Also, warum hat er Caput mortuum zum Hintergrund gewählt? Es geht ihm nicht um Rache an den Frauen, wie ich bisher geglaubt habe. Es geht ihm um eine einzige Frau, die so viele Köpfe hat wie das Ungeheuer, er bildet sich ein, dieses Biest töten zu müssen! Er tötet eigentlich immer dieselbe und glaubt, dass ihre Köpfe nachwachsen! Ich wette, wir finden in diesem verdammten Spiel jetzt den Kopf, der uns fehlt. Den von Iris Paintner.

Swoboda holte tief Luft, und Herking nutzte die Gelegenheit für einen Einwand.

Wieso wissen wir, dass er den Namen der Farbe kennt? Genauso gut kann sein, dass er das Delacroix-Bild entfernt hat, weil es nicht mehr nötig ist, es hat uns zur Dantebarke geführt, und er nimmt sich jetzt irgendeinen beliebigen einfarbigen Hintergrund.

Nein. Er teilt uns durch die Farbe und die Lernäische Schlange mit: Hier geht es um seinen Kampf. Die Hydra wurde von Herakles beseitigt.

Ist mir bekannt.

Und unser Irrer will, dass wir seine Heldentaten verstehen. Das eine Haupt, das er immer wieder tötet. Caput mortuum. Er wird nicht aufhören damit.

Er kann nicht aufhören, sagte Herking. Wenn seiner Hydra auch für jeden abgeschlagenen Kopf zwei neue wachsen, hat er sich viel vorgenommen.

Aber woran erkennt er die Frau? Sie ist groß und blond.

Das ist alles. Tausend andere Frauen lässt er leben. Wenn du gut genug spielen und alle seine Schlangen als Schwertkämpfer besiegen könntest, würde er dir vielleicht verraten, wo er den letzten Kopf des Untiers versteckt hat. Aber für solche Spielereien gibt es Spezialisten. Du beendest jetzt das Programm, lässt die Platte in deinem Computer stecken und schaltest ihn aus. Morgen früh kommt das Team vorbei und nimmt dir weg, was dir nicht gehört.

Der Journalist protestierte: Er hat es mir selbst geschenkt! Lass mich noch eins versuchen. Ich habe den italienischen Satz, den der Kerl zweimal sagt, aufgeschrieben, der endet »del mondo che già mai piu non s'allaga«, und in Googles Übersetzungsprogramm eingegeben. Herausgekommen ist folgender Quatsch: ›Unter der Voraussetzung Gott mithilfe von dass selbst Pose weltlich bereits niemals sich das meiste überschwemmt.‹ Das klingt unsinnig. Wenn du aber die Wörter Gott und überschwemmen zusammen denkst, dann kommen wir auf die Sintflut, oder?

Swoboda schenkte sich das dritte Glas Weißwein ein.

Chapeau! Nur hat die mit der Hydra nichts zu tun, außer dass sie eine Wasserschlange war.

Und das verdammte Wort Sintflut kommt in der *Göttlichen Komödie* nicht vor!

Dann versuch's halt mal mit Noah.

Herking wechselte zu seinen Danterecherchen, gab die Suche nach *Noah* ein, und einen Mausklick später erschien eine Stelle aus dem zwölften Gesang des Paradieses, in der von Noah und zwei Regenbögen die Rede ist,

die Gott dem Noah als Versprechen sandte,
dass er hinkünftig keine Fluten sende.

Ohne Swoboda zu fragen, startete er erneut die DVD *Mein ist der Tod*. Er markierte die Schrift *Besiege die Hydra* und überschrieb sie mit dem Passwort: *Noah*.

Das Programm verweigerte sich mit *identity unknown*. Herking fluchte.

Er versuchte es mit *Arche*, und sofort gehorchte das Programm. Als das Bild aufsprang und die hinter dem Passwort verborgene Wahrheit zeigte, schlug er sich die Hand vor den Mund, sprang auf und rannte ins Bad.

Es war nicht nur der Anblick des Kopfes von Iris Paintner, der Herkings Übelkeit bewirkte. Schlimmer noch war die Wiege, in der er lag: Das in Klarsichtfolie verpackte Haupt lag in einem Bett aus niedlichen Stofftieren.

Mein Gott, sagte Swoboda leise. Die Kinderarche in Sankt Aegidius ist seine vierte Dantebarke. Und ich habe die ganze Zeit neben ihr an der Auferstehung gearbeitet.

Es war zwei Uhr, bis das Untersuchungsteam zusätzlich zu Swobodas Arbeitsscheinwerfer genügend Licht installiert hatte, um arbeiten zu können. Rüdiger Törrings Haar war ungekämmt, er fluchte und gähnte abwechselnd und roch Alexander Swobodas Weinfahne so deutlich, dass er sich entschied, seinen einstigen Chef erst am kommenden Vormittag zu vernehmen. Er saß neben ihm in einer Kirchenbank hinter dem abgesperrten Altarbezirk. Beide Männer sahen stumm den weiß vermummten Kollegen zu, die den Kopf von Iris Paintner luftdicht in eine Kühlkiste verpackt hatten und nun ein Kuscheltier nach dem anderen in sterile Plastiktüten einsiegelten. Das Holzschiff, das die Kinder zum Erntedankfest gebaut hatten, wurde zentimeterweise nach Abdrücken und DNA-Spuren untersucht.

Swoboda gähnte, legte Törring die Hand auf die Schulter, stand auf und schob sich an ihm vorbei.

Du hast wirklich einen Scheißberuf.

Danke, du hast ihn mir beigebracht.

Der Hauptkommissar blickte seinem Vorgänger nach, der müde zwischen den Bankreihen zum Ausgang lief und den hohen Türflügel hinter sich ins Schloss fallen ließ. Zum ersten Mal hatte Törring den Eindruck, dass Swoboda ein alter Mann war.

Der Maler trat auf den Kranzplatz hinaus, atmete die kühle Nachtluft tief ein und fühlte sich befreit. Jetzt, dachte er, wäre eine Zigarette gut. Wenn Michaela Bossi hier wäre, hätte sie ihm eine geben können. Andererseits fühlte er sich allein sehr wohl.

Er schlug den Weg zu seinem Atelier in der Prannburg ein und überquerte langsam den Platz. Der Gedanke daran, sein Leben noch einmal radikal zu ändern, hob seine Stimmung. Es gab so viele Orte, an denen er leben könnte.

Er blieb stehen und sah zum Nachthimmel auf. Ihm fiel ein, dass sein Freund Klaus Leybundgut, der ungeachtet seines kuriosen Namens ein guter Arzt gewesen war, über das Weltall behauptet hatte, es sei schwarz. Er selbst hatte dagegengehalten, es könne sich schon aus physikalischen Gründen nur um ein stetig dunkler werdendes Blau in der Tiefe des Raums handeln, so dass am Ende und hinter allem dann Gott das absolut dunkelste Blau sei, was wiederum die einzige sichere Aussage sei, die man über Gott machen könne. Leybundgut war seit zwei Jahren tot. Vielleicht wusste er jetzt, wie dunkel das Blau wirklich war.

Die Vorstellung, Zungen an der Nelda zu verlassen, sich

von dieser Stadt frei zu machen wie vor fast fünfzig Jahren, als er zum Studium aufgebrochen war, beschwingte ihn, er fühlte sich plötzlich nur noch halb so schwer und lief weiter. Hätte der Jogger, der vom Ludwigsbühel her durch die Nacht lief, seinen Blick gehoben, hätte er sehen können, dass Swoboda zwischen seinen Schritten kleine Sprünge einlegte.

Plötzlich schwankte er. Hielt sich an der Hauswand fest. Das hohe Kesselpfeifen, das wie auf Knopfdruck in seinem rechten Ohr eingesetzt hatte, wurde unerträglich.

Herakles hat die Köpfe der Lernäischen Schlange angeblich nicht von ihrem Rumpf geschnitten, sondern mit seiner Keule totgeschlagen. Ein brutales und unsauberes Verfahren. Natürlich bloß eine Legende.

Nachdenklich hat mich gemacht, dass diese Hydra neun Schlangenköpfe hatte und einer davon nicht durch Schwert oder Keule, Feuer oder Gift umzubringen war. Der neunte Kopf lebte abgeschlagen und ohne Hals weiter! Herakles hat ihn in der Erde vergraben und einen Felsen darauf gewälzt. Angeblich half das gegen ihre Unsterblichkeit.

Glaubhaft oder nicht?

Mein Kontrollgang durch die Stadt hat übrigens nichts ergeben, was auf eine erneute Wiedergeburt der Bestie deutet.

Aber was geschieht, wenn die beiden letzten Köpfe wieder mit ihren Körpern vereint werden, weil die Leute ja auf Vollständigkeit im Sarg Wert legen? Sie müssen dann sofort unter die Erde verbracht oder eingeäschert werden.

Ich bleibe in Bereitschaft. Auch die Engel des Herrn schlafen nicht.

XIII

Der Sturz

FRANK ZÜLLICH RANNTE IMMER DENSELBEN WEG, auch
wenn er die Route wechselte. Ob er den Mahrwald hinauf,
am Ufer die Mühr entlang oder nördlich der Stadtgrenze
über das Heergarter Moor lief: Jeder Lauf war für ihn einer
gegen die Welt, gegen die Zeit, gegen das Urteil des Him-
mels, aus dem herab sein Vater ihn begutachtete.
Wenn sein Körper dem Rhythmus der Schritte gehorchte
wie ein selbsttätiges Schlagwerk, gab es keine Atemnot
mehr und keinen Fersenschmerz, es gab nur noch den Weg,
seinen verschwommenen Horizont und die über den Kopf
fliegenden Baumkronen. Er vergaß die Trinkerin, die seine
Mutter war, er vergaß die Aussichtslosigkeit seines Lebens
und wurde, je länger er lief, um so mehr zu Hero Kles, die
Welt vor seinen Füßen verwandelte sich in die Kulissen
des Computerspiels, und wenn er tief genug in den Wald
über der Mahr eingedrungen war und sich unbeobachtet
wusste, nahm er die Schlagbewegungen des Helden auf,
stellte sich mit einer eingebildeten Maschinenpistole in Po-
situr, warf unsichtbare Granaten und zückte im nächsten
Moment das imaginäre Gralsschwert, mit dem er seine
schrecklichen Feinde, die hinter den Bäumen hervortraten,
in Stücke schlug. Er wischte sich ihr Blut von der Stirn,
senkte im Augenblick des Sieges seine Waffe und sah mit

geschlossenen Augen das Leichenfeld, das er angerichtet hatte.

Oft packte ihn in solchen Augenblicken eine angenehme Benommenheit, er setzte sich und war wenige Minuten später eingeschlafen. Es kam vor, dass er erst bei Einbruch der Nacht frierend erwachte und Mühe hatte, seine Furcht vor der Dunkelheit zu überwinden.

Hatte er wieder nach Hause zurückgefunden, schloss er sich in seinen Schuppen ein, und es war ihm gleich, ob seine Mutter betrunken auf dem Küchensofa lag, ob sie vor dem Fernseher oder, was nicht oft vorkam, in ihrem Bett schlief. Er schloss die Tür ab, trank einen halben Liter Wasser, drehte sich einen Joint, zog die Vorhänge vor die Fenster und öffnete Live Porno Seiten im Internet, auf denen sich Frauen vor ihm prostituierten. Er verachtete sie dafür, und er verachtete sich, dass er sie ansah und sich vor ihnen befriedigte. Danach stieg er als Hero Kles wieder in sein Ego-Shooter-Spiel ein und kämpfte gegen die Weibsbestie Heka, in deren Burg er sich inzwischen zu den Verliesen vorgearbeitet hatte.

Der Ablauf nach dem Joggen war längst ein Ritual geworden, und Frank Züllich rechnete schon lange nicht mehr mit irgendwelchen Überraschungen.

Doch an diesem Freitagmorgen begegnete er sich selbst.

Er sah den anderen am Ufer der Mahr unter die Brücke laufen, auf der die Bundesstraße den Fluss überquerte. Wie er selbst trug der andere lange schwarze Tights und eine schwarze Sweatjacke mit Kapuze. Über seine rechte Schulter ragte das Ende eines zylindrischen Köchers, der aus schwarzem Leder zu sein schien.

Frank Züllich verlangsamte seine Schritte. Auch der andere lief aus und blieb stehen. Über ihnen rauschten Autos auf der Brücke vorüber, ihr Geräusch fing sich im Hall des Betonbogens.

Die Männer standen sich, etwa vier Meter voneinander entfernt, wie eine Spiegelung gegenüber und schienen beide nicht zu wissen, warum sie stehen geblieben und nicht einfach aneinander vorbei gelaufen waren. Züllich gab sich zu erkennen und schob seine Kapuze nach hinten. Seine auffällige Tonsur wurde sichtbar. Der andere hob den rechten Arm über die Schulter, griff hinter sich und zog den Lederköcher nach vorn. Er hielt ihn schräg vor sich, und sein Gegenüber dachte daran, dass die Soldaten in seinem Shooterspiel ihre Gewehre so hielten, bevor er sie ins Fadenkreuz nahm und zu Blutfetzen zerschoss.

Das Bild übertrug sich auf den Augenblick. Er sah die schwarze Gestalt des anderen plötzlich als feindlichen Krieger der Herrscherin Heka vor sich. Doch hier draußen fehlte ihm die Wunderwaffe des Hero Kles, die er in jedes Tötungsinstrument, das er sich wünschte, verwandeln konnte. Schlagartig fürchtete er sich vor seinem Gegenüber, und das Gefühl, bedroht zu sein, das er beim Computerspiel nie empfunden hatte, trieb ihn zur Flucht: Er drehte sich und rannte davon, folgte der Uferstrecke, die er als innere Spur kannte. Erst nach Minuten wagte er anzuhalten und sich umzuwenden. Der andere war nicht zu sehen.

Das Kirchendach fehlte, die Sonne schien auf den Altar, in vier Metern Höhe saß Swoboda im Reitsitz auf dem Leiterwinkel, der Wind blies ihm ins Gesicht, er hielt das riesige Glasfenster in seinen Händen. Die Leiter schwankte.

Jetzt sah er, warum. Es war nicht das Übergewicht des Fensters, das er nur mit Mühe halten konnte. Unten stand ein schwarzer Mönch und drückte mit der Schulter gegen die Leiterholmen.

Er schrie auf, doch aus seiner Kehle kam nur ein hoher Pfeifton, der durch den Kirchenraum flog, wieder zurückkehrte und sein rechtes Ohr traf wie ein Pfeil.

Der Mönch hob den Kopf. Ein unbekanntes Gesicht in der Kapuze. Er rüttelte an der Holzleiter und versetzte sie in stärkere Schwingung. In der Höhe wurden die Ausschläge weiter, Swoboda spürte, dass er die Balance verlor und der Schwindel in seinem Kopf zu kreisen begann, ihm wurde schlecht, seine Beine begannen zu zittern.

Und wenn Sie erst hier unten am Boden liegen, Swoboda, rief der Mönch, und noch nicht tot sein sollten, genügt ein Schlag! Man wird die tödliche Wunde immer dem Sturz zuschreiben. Aber Sie haben ja die Auferstehung in der Hand. Das wird Ihnen sicher postmortal hoch angerechnet!

Swoboda sah seinen Mörder direkt unter sich stehen und ließ das Glasfenster auf ihn fallen.

Er erwachte und spürte eine Hand auf der Stirn. Martina streichelte ihn.

Langsam öffnete er die Augen und sah die weiße Zimmerdecke.

Es ist alles gut, sagte Martina, alles gut, du bist in der Klinik, und morgen bist du wieder okay.

Sie richtete mit der Motorsteuerung das Bettoberteil etwas auf, hielt ihm ein Glas Wasser an die Lippen, er trank.

So ist es richtig, sagte sie. Du brauchst viel Flüssigkeit. Diesmal war der Hörsturz gewaltig. Die reden hier vom Infarkt im Ohr. Kannst du mich überhaupt hören?

Er nickte. Was war los?

Du bist in der Nacht auf dem Kranzplatz umgefallen. Hast dir den Hinterkopf aufgeschlagen und warst bewusstlos. Törring hat dich gefunden. Er hatte so ein Gefühl, dass er dir hinterhergehen sollte.

Könnte mein Sohn sein und spielt meinen Papa.

Sei froh. Die Sanitäter haben dich für betrunken gehalten, und wenn er nicht gewesen wäre, hätten sie dich nicht in die Klinik gebracht.

Toll.

Martina schwieg. Er starrte auf die Dosierkapsel unter dem Infusionsbeutel, in die jede Sekunde ein Tropfen fiel.

Sie spürten beide, dass unter der Verstörung durch den Vorfall eine andere Verstörung lag, deren Grund er kannte, während Martina ihn nur spürte. Er hatte nicht den Mut, jetzt von Michaela Bossi zu sprechen, und redete sich ein, dass dies die falsche Situation war. Gab es dafür überhaupt eine geeignete Situation? Irgendwie hatten Martina und er sich ja schon getrennt. Und irgendwie nicht.

Er wandte ihr das Gesicht zu, und die leichte Drehung des Kopfes ließ den Raum um ihn kippen. Er würgte, Martina griff nach der Spuckschale und dem Zellstofftuch auf seinem Nachttisch. Er unterdrückte die Welle aus seinem Magen, atmete tief und entschuldigte sich.

Tut mir leid.

Sie legte die nierenförmige Metallschale zurück und spürte plötzlich einen Widerwillen dagegen, ihn so zu sehen. Sie kam sich wie ein Fürsorgerin vor, das Gegenteil einer Geliebten. Warum hatte er seine Faszination eingebüßt? Wo war das, was sie an ihm bewunderte, den entschiedenen Widerstand gegen sein Leben als Polizist, den Kampf um seine Identität als Künstler? Übrig war ein alter Mann, der sie verlassen und allein leben wollte. Wenn er sich jetzt anders entschied, würde sie ihn vielleicht mit einer gewissen Zuneigung pflegen. Aber lieben? Swoboda sah sie an und erfuhr in ihrem Gesicht, was sie dachte.

Beide wussten, dass es vorbei war und dass sie nichts dagegen tun konnten. Der Augenblick hatte das Zimmer in zwei Räume mit zwei einsamen Menschen geteilt.

Polizeirat Klantzammer hatte die Lage – von der Chefermittlerin Bossi darum gebeten – erst für zehn Uhr dreißig einberufen. Bis dahin werde sie aus München zurück sein. Wenn sie nicht kommt, fangen wir schon mal an, sagte er und setzte sich an die obere Schmalseite des Konferenztischs. Törring?

Ich weiß nicht, ob es sinnvoll ist, ohne die Fakten, die sie mitbringen wird, unsere eigenen Ergebnisse hin und her zu wälzen.

Wenn sie welche bringt, sagte Kommissar Viereck, und Sibylle Lingenfels ergänzte: Eben!

Frau Bossi bringt immer Ergebnisse.

Wie auf sein Stichwort vibrierte Törrings Telefon, und Michaela Bossi teilte mit, dass sie in fünf Minuten mit einer Zeugin eintreffen werde.

Sie betrat zusammen mit einer jungen Frau, die ebenso enge Jeans trug wie sie selbst und einen guten Kopf größer war, das Konferenzzimmer im Präsidium am Burgweg und stellte ihre Begleiterin als Aminata aus London beziehungsweise Gambia vor.

Ich weiß, es ist ungewöhnlich, aber ich werde meine Zeugin später um ihre Anwesenheit bei unserer Sitzung bitten, wenn Sie einverstanden sind. Bernd Viereck taxierte Aminata. Sie gefiel ihm, die rotblonden Locken, die bis auf den Kragen der grünen Fleecejacke fielen, umrahmten ein gelöstes, ebenmäßiges Gesicht.

Ist das okay?, fragte Bossi.

Kriminalrat Klantzammer hatte nicht den Eindruck, er habe etwas zu genehmigen, nickte nur, deutete auf die freie Seite des Tisches und setzte sich. Viereck erhob sich, schob für Aminata einen Stuhl zurecht und betrachtete ungeniert ihre Figur. Törring schien mit der Anwesenheit der Unbekannten nicht einverstanden zu sein und starrte sie an.

Aminata?, fragte er.

Aminata nickte. Sie begriff sofort, dass er sie lieber ausgeschlossen hätte, und lächelte.

Im Übrigen, fuhr die Chefermittlerin des BKA fort, bitte ich darum, Herrn Ex-Kriminalhauptkommissar Swoboda künftig an unseren Sitzungen bezüglich der Fälle Runge, Paintner, Jökulsdóttir teilnehmen zu lassen. Er ist unser einziger und wichtigster Zeuge.

Das ist gegen jede Vorschrift, sagte Klantzammer, ich schätze ihn sehr, wie Sie wissen, aber es würde uns auch nicht gelingen, ihn herzuholen. Er ist, soweit ich weiß, heilfroh, diese Räume für immer verlassen zu haben.

Sie nickte, auch Törring nickte, ebenso nickten Viereck und Sibylle Lingenfels.

Da sich offenbar alle einig sind, werde ich es selbst unternehmen, ihn zu informieren. Ich muss betonen, dass alles, was ich Ihnen über den Ötzi-Fall mitteile –

–, der Geheimhaltung unterliegt, fiel Klantzammer ihr ins Wort. Das ist für uns selbstverständlich, Frau Kollegin.

Gut zu wissen. Dann kann ich Ihnen ja sagen: Das BKA steht in diesem Fall unter Anweisung des Innenministers, der wiederum dringenden Wünschen des Verteidigungsministeriums folgt. Das will offenbar über jede Erkenntnis in dieser Angelegenheit informiert werden. Fragen Sie mich nicht, ich weiß auch nicht, wer da wo gedreht hat, jedenfalls habe ich die Direktive. Dies alles ist nie gesagt worden, klar?

Törring mischte sich ein.

Aber die Sache ist schon bei der Staatsanwaltschaft. Frau Freya Paintner hat Anzeige gegen ihre beiden Brüder erstattet, die angeblich in Gemeinschaft mit ihrem Vater den Kriegsgefangenen Yoro Mboge im März 1945 vorsätzlich getötet haben.

Das ist mir bekannt. Darf ich fortfahren?

Ihr freundlicher Ton war von einer Sachlichkeit getragen, die keinen Zweifel an der Position ließ, aus der sie sprach. Das Bundeskriminalamt hatte sowohl den Fall des Ötzis von der Nelda als auch in Amtshilfe die Frauenmorde übernommen, solange die Möglichkeit bestand, dass sie mit dem toten Tirailleur Senegalais in Zusammenhang standen.

Auch wenn die Chefermittlerin es nicht aussprach: Klantzammer war klar, dass im Verteidigungsministerium offenbar kein erhöhtes Interesse daran bestand, den Fall eines französischen Kriegsgefangenen an die große Glocke zu hängen. Er konnte sich vorstellen, dass Veteranenverbände in Frankreich nicht ruhen würden, bis ihre Regierung nachfragte. Er wunderte sich nur darüber, das seine Kollegin vom BKA diese Vorgehensweise akzeptiert hatte.

Sie verstehen, fuhr Michaela Bossi fort, dass wir die Ermittlungen nicht voneinander lösen können: Neben seiner Leiche lag der Kopf von Nína Jökulsdóttir. Unter den ermordeten Frauen befindet sich die Enkelin und Nichte der verdächtigten Täter im Fall Mboge: Iris Paintner. Vorerst werden die Fälle im Zusammenhang behandelt, so lange wir nicht wissen, ob es sich vielleicht nur um eine zufällige Koinzidenz handelt.

Legen Sie Wert auf den Stand unsere Ergebnisse?, fragte Klantzammer mit der leisen Stimme, für die er im Präsidium bekannt war, wenn er sich ärgerte.

Sehr, antwortete sie sofort. Ich bin aber gern bereit, Ihnen zuerst unsere Erkenntnisse mitzuteilen.

Aminata versuchte, mit ihrem Crashkurs-Deutsch zu folgen und scheiterte. Außer dem Namen Yoro Mboge hatte sie kaum etwas verstanden und mehr auf Mimik und Gestik der Sprechenden geachtet.

Michaela Bossi wandte sich ihr zu und bat sie auf Englisch, für die nächsten Minuten draußen auf dem Flur zu warten. Aminata begriff, dass der jetzt anstehende Teil der Besprechung vertraulich war, ging zur Tür, die Törring ihr aufhielt, und setzte sich draußen auf einen der Stühle im Gang.

Die Chefermittlerin entnahm ihrer Tasche die Ermittlungsmappe, legte sie vor sich und schlug sie auf. Sie sprach konzentriert und schnell, scheinbar ohne innere Beteiligung.

Beginnen wir mit den technischen Feststellungen. Die Teichfolie, in die der Täter Iris Paintners Körperteile verpackt hat, besteht aus 1,05 Millimeter starkem EPDM-Kautschuk und stammt von dem Hersteller Firestone, sie wird seit Jahren über große Gartencenter und sämtliche Versandhändler für Teichbau vertrieben, aussichtslos, ihren Weg zurückzuverfolgen. Dennoch läuft die Ermittlung der Internetkunden seit dem Jahr 2000. Die sogenannten Computerspiele, die vermutlich vom Täter unter dem Titel *Mein ist der Tod* verteilt werden, wurden teils mit Gamestudio/A8 Pro Edition programmiert, einer Software, die immerhin um die siebenhundert Euro kostet, allerdings noch nicht zur ganz hohen Profiklasse zählt. Andere Teile, die Videostrecken, sind mit Avid Studio bearbeitet. Der Täter verfügt über einen relativ hoch aufgerüsteten PC. Er benutzt eine AES-Verschlüsselung, um den Zugang zu den Filmen über die Fundorte seiner Leichen zu sperren.

Die Art und Weise, wie er die Opfer behandelt, zerteilt und versteckt, wie er uns auf sie hin lenkt, weist auf eine hochgradig paranoide, möglicherweise traumatisierte Persönlichkeit hin, im Alltag eher unauffällig. Wir gehen davon aus, dass es sich um einen männlichen Täter handelt, der unter dem Zwang steht, weiter zu töten, wenn wir ihn nicht hindern. Er hat keine Komplizen, obwohl nicht auszuschließen ist, dass jemand von seinen Verbrechen weiß und ihn deckt.

Zur Waffe. Unsere Untersuchungen ergaben, dass es sich mit hoher Wahrscheinlichkeit um ein japanisches Katana handelt, ein Schwert ohne Wellenschliff, mit einer relativ schmalen, ungemein scharfen Klinge aus Karbonstahl. Es handelt sich vermutlich um sogenannten Tamahagane-Stahl mit einer Gebrauchshärte von 66 HRC. Die Waffe liegt sicher in der Preisklasse ab zwei- bis dreitausend Euro. Die glatten Muskelschnitte und die relativ geringe Wirbelzertrümmerung deuten auf ein Schwert, wie man es von amerikanischen und japanischen Anbietern im Internet beziehen kann. Unsere Erhebungen haben diesbezüglich aber noch keine Spur ergeben, die auf Zungen an der Nelda hinweisen würde.

Der Täter führt die Schläge beidhändig aus. Er trifft Iris Paintner und Saskia Runge im Genick, Nína Jökulsdóttir auf der rechten Halsseite, bei ihr wurde zuerst die Muskulatur, und zwar erst der Sternocleidomastoideus, dann Splenius Capitis und Splenius Cervicis durchschnitten. Entschuldigen Sie bitte, ich lese nur die Ergebnisse des Gerichtsmediziners vor, er nimmt es eben genau.

Bei den beiden anderen Opfern liegt die erste muskuläre Verletzung oberhalb des Serratus posterior superior. Bei Iris Paintner ist die Enthauptung hoch angesetzt, das Schwert hat die Halswirbelsäule zwischen Atlas und Axis durchtrennt, ich erspare Ihnen die lateinischen Ausführungen. Die beiden anderen Opfer wurden zwischen dem zweiten und dritten Wirbel getroffen. Wir sind sicher, dass sie sofort tot waren. Die Stümpfe am Handgelenk des linken Arms weisen dieselben Waffenmerkmale auf. Die Hände wurden nach der Enthauptung mit derselben, noch blutigen Waffe abgehackt.

Von Bedeutung ist, wie das Herz der ermordeten Iris Paintner herauspräpariert wurde. Vermutlich verfügt der Täter über ein Skalpell oder zumindest ein skalpellähnliches Instrument. Auch hier kämen japanische Messer infrage, aus Ao-Gami-Stahl. Die Schnitte, mit denen die starken Gefäße, die Arteria pulmonaris sinistra und dextra, die Aorta ascendens am Truncus beziehungsweise Bulbus sowie die Vena cava inferior abgetrennt sind, deutet auf fachmännisches, rasches Handeln, denn das Herz wurde dem noch warmen Körper entnommen.

Sibylle Lingenfels schob ihren Stuhl zurück, stand auf und verließ wortlos das Sitzungszimmer. Frau Bossi unterbrach ihren Bericht für einen fragenden Blick zu Klantzammer, der mit den Schultern zuckte. Sie fuhr fort:

Wir nehmen an, dass beim Täter medizinische Vorkenntnisse bestehen. Es könnte sich vielleicht auch um entsprechende Fertigkeiten aus dem Fleischerhandwerk handeln. Möchte jemand eine Pause?

Rüdiger Törring stand sofort auf.

Ja, das wäre nicht schlecht. Sie möchten sicher rauchen, Frau Bossi, oder?

Yoro Mboge. Ihr erinnert euch doch an den Namen, ja? Martin Paintner hatte für diese Frage seine Frau, seinen Vater und seinen Onkel zu einer Familienversammlung in den Salon seines Hauses bestellt. Durch die beiden hohen Sprossenfenster mit ihren Barockgiebeln flutete das Aprillicht den Raum.

Susi Paintner war erstaunlich folgsam aus ihren beiden Zimmern im ersten Stock, die sie sonst nur noch zu den Mahlzeiten verließ, in ihrem Hausmantel aus dunkelrotem

Samt ins Erdgeschoss gekommen und hatte sich an den Nussbaumtisch gesetzt. Ihr gegenüber lehnte Helmut Paintner in seinem Stuhl, die Augen halb geschlossen. Er hatte sich widerwillig im Dachgeschoss von seiner Münzsammlung gelöst und war nach Susi eingetroffen. Sie ertrug seinen verwahrlosten Anblick und den leichten Uringeruch nicht, stand auf und nahm am Kopfende Platz. Am anderen Ende wartete Gernot Paintner darauf, dass sein Sohn erklärte, was so wichtig sein sollte, diese Familie, die keine mehr war, an einem Freitagvormittag alarmartig zusammenzutrommeln.

Natürlich erinnern wir uns, sagte er, sind wir wegen dem alten Kram hier? Gibt es nichts zu essen und zu trinken?

Martin Paintner lehnte mit dem Rücken an einer breiten Anrichte.

Nein, das ist nicht vorgesehen. Und was du alten Kram nennst, Vater, kann uns in den Abgrund reißen.

Er hatte für diesen Satz all seinen Mut zusammennehmen müssen. Martin Paintner war ein Mann, der zwischen seiner depressiven Mutter und seinem herrischen Vater keine Chance gehabt hatte, selbstständig zu werden. Er war auch mit Mitte fünfzig noch ein dicklicher Junge mit schütterem dunklen Haar, buschigen Brauen über graubraunen Augen, einer hängenden Unterlippe und einem vorsorglich arroganten Gesichtsausdruck, der unter der Trauer um Iris verschwunden war.

Seiner Frau und ihm war es nicht gelungen, die Trauer um ihre Tochter miteinander zu teilen. Seit Susi Paintner jedem Gespräch mit ihm aus dem Weg ging, fand er, dass sie seiner Mutter immer ähnlicher wurde.

Es geht nicht um den alten Kram, sagte er, der alte Kram ist neu geworden. Freyas Anzeige liegt bei der Staatsanwaltschaft, ich habe eine Vorladung als Zeuge, und es werden noch andere aus der Stadt geladen werden, bevor es zur Entscheidung über die Eröffnung eines Verfahrens kommt. Jedenfalls ist die Sache in wenigen Tagen in aller Munde. Und für uns bedeutet das –

Sein Vater fiel ihm ins Wort.

Was für ein Verfahren? Helmut und ich sind zu alt, wir erinnern uns an nichts, du weißt von nichts, Susi hat nichts davon mitbekommen, also was bitte soll passieren? Gar nichts passiert, und du solltest dir nicht in die Hosen machen, nur weil deine geisteskranke Tante Freya ihre Hirngespinste in die Welt setzt!

Martin Paintner schwieg. Auch von den übrigen kam kein Ton. Der Greis blickte vom einen zum andern und hatte das Gefühl, dass ihm niemand seine ungebrochene Zuversicht abnahm. Sie hatten sich schon aufgegeben, er war der Einzige, der standhielt.

Du glaubst das doch selbst nicht, sagte sein Bruder Helmut schließlich. Wir sollten schleunigst verkaufen. So lange wir noch Herren der Lage sind. Freya kriegt ihre Rache. Gönne ich ihr. Aber sie reißt uns alle in den Abgrund.

Darum geht es nicht, sagte Martin Paintner leise. Ich habe aus dem *Hotel Korn* erfahren, dass dort vor zwei Tagen eine junge Frau abgestiegen ist, aus London, und dass sie lange mit der Kommissarin vom Bundeskriminalamt gesprochen hat, die für die Zeit der Ermittlungen auch dort untergebracht ist. Diese junge Frau heißt Mboge. Aminata Mboge.

Die Pause zog sich zehn Minuten hin, Sybille Lingenfels brachte auf einem Tablett Plastikbecher mit Kaffee.

Michaela Bossi führte ihre Begleiterin zurück in den Besprechungsraum.

Ich will Ihnen jetzt Frau Mboge vorstellen, die ein klein wenig Deutsch verstehen kann.

Mboge?, fragte Törring.

Aminata konnte sehen, dass er über ihre Hautfarbe nachdachte, und musste lachen. Sie schüttelte den Kopf, ihre Locken pendelten ums Gesicht.

Bloß ganzes klein weniges Deutsch, sagte sie.

Wir können Englisch mit ihr sprechen, ergänzte Michaela Bossi. Frau Mboge ist aus London zu uns gekommen. Sie ist Journalistin, sie stammt aus Gambia. – Und sie ist die Enkelin unseres Mordopfers Yoro Mboge.

Die einzige Bewegung in der einsetzenden Stille führte Klantzammer aus, der langsam den Kopf schief legte und zu seiner Kollegin vom BKA hinübersah, als sei sie nicht bei Trost.

Sie beendete die effektvolle Pause mit der Antwort auf die von keinem gestellte Frage.

Der DNA-Vergleich mit dem Skelett vom Fischerhaus Nummer 5 ist eindeutig. Yoro Mboge hatte einen Sohn mit Namen Joseph Boge. Sie ist die Tochter dieses Sohnes. Auch ich habe mich gefragt, wie sie weiß sein kann. Unsere Biologen haben mich belehrt, dass Haut und Haarfarbe sich offenbar nicht in wünschenswerter Regelmäßigkeit an die Mendel'schen Gesetze halten. Frau Mboge hat mir dankenswerter Weise Gegenstände zur Verfügung gestellt, die sie von ihrem Vater erhalten hat.

Damit legte sie die Blechdose mit dem Schriftzug *Hühneraugenpflaster Lebewohl* auf den Tisch, öffnete sie und entnahm ihr die kleine Blechmarke mit Kette.

Wir haben die Erkennungsmarke aus dem Kriegsgefangenenlager Stalag VIII prüfen lassen. Sie stimmt mit einem Eintrag überein, der aber nicht den wirklichen Namen enthält. Yoro Mboge war im Stammlager nur als Nummer registriert, mit dem Vermerk *Durchgang*. Nach einem Fluchtversuch wurde er ins KZ Dachau gebracht. Hier gibt es eine Registrierung der Stalag-Nummer, es gibt sogar den Zeugenbericht eines Mithäftlings aus seinem Arbeitskommando darüber, wie Mboge dort gequält wurde: Nach dem Abendappell kam ein SS-Führer zu ihm, um auf seinem nackten Oberschenkel seine Zigarette auszudrücken. Jeden Abend. Außer Sonntag, da fuhr der Sadist zu seiner Familie. Kein Wunder, dass Mboge erneut die Flucht riskierte. Wie er sich von einem Außeneinsatz entfernen konnte, ist nicht dokumentiert oder wurde bewusst verschwiegen. In den Märztagen 1945 kamen große Häftlingstransporte aus den Lagern im Osten nach Dachau, es herrschte Überfüllung, vielleicht zunehmende Unübersichtlichkeit. Jedenfalls ist ihm die Flucht gelungen. Es müssen ihm Menschen geholfen haben, bis er an die Nelda kam. Wir werden wohl nie erfahren, wer die mutigen Wohltäter waren.

Das hier ist ein Spendenabzeichen des Winterhilfswerks und zeigt den Gestiefelten Kater. Auf dem Passfoto ist Freya Paintner als junges Mädchen zu sehen. Damit dürfte klar sein, dass sie die Geliebte von Yoro Mboge war und die Großmutter von Aminata Mboge ist. Ich sehe auch eine gewisse Ähnlichkeit.

Sie gab die Blechschachtel zurück an Aminata. Sylvia Lingenfels schniefte, Törring räusperte sich laut, und Klantzammer sagte leise:
Unfassbar.

Seit er den Namen Aminata Mboge ausgesprochen hatte, fühlte sich Martin Paintner leichter. Die Ratlosigkeit, die sich im Gesicht seines Vaters abzeichnete, bereitete ihm Genugtuung.
Helmut Paintner begann leise zu kichern.
Susi starrte ihren Mann an, als habe sie nicht verstanden, was er gesagt hatte.
Das ist nicht zum Lachen, herrschte Martin Paintner seinen Onkel an, und Helmut hielt sich die Hand vor den Mund.
Gernot Paintner stand auf.
Ich weiß nicht, wer dir diesen Unfug aufgetischt hat, das ist natürlich alles nicht wahr. Ich habe 1950 die vertrauliche Mitteilung von den Armen Schwestern vom Herzen Mariae in Hohenkirchen erhalten, dass der Mischling Joseph Mboge leider an Tuberkulose erkrankt und verstorben sei. Folglich kann er keine Tochter haben.
Diese Geschichte von der TB hat Freya dir schon damals nicht geglaubt, und ich auch nicht, das hast du dir aus den Fingern gesogen!, rief Helmut Paintner dazwischen.
Sein Bruder missachtete den Einwand und fuhr seinen Sohn an:
Wenn sie sich als Tochter ausgibt, schwindelt sie, und du solltest ihr unseren Anwalt auf den Hals hetzen.
Ich habe schon mit Grohe gesprochen. Er rät dazu, ihr ein

Angebot zu machen. Für diese Afrikaner ist ja oft wenig Geld schon ein Vermögen.

Das untersage ich dir, schrie sein Vater, und zum ersten Mal schrie er zurück.

Sie ist in der Stadt! Sie heißt Mboge! Und sie ist weiß!

Er beruhigte sich mit zwei tiefen Atemzügen und fuhr fort: Deine sogenannte vertrauliche Mitteilung ist einen Dreck wert. Ob es dir nun passt oder nicht, wir haben eine Negerin in der Familie.

Gernot Paintner hielt sich mit beiden Händen an der Stuhllehne fest. In der entstandenen Totenstille begann Susi zu schluchzen. Ihr Schwager Helmut, den Martin Paintners Mitteilungen auf eine merkwürdige Art zufriedenstellten, sagte ruhig den entscheidenden Satz:

Warum soll sie ein bisschen Geld annehmen, wenn sie alles erben wird?

Wie leicht wird mein neues Leben sein, wenn ich für immer die Aufgabe los bin, der Retter sein zu müssen. Mein Körper wird am Morgen nicht mehr zittern, ich werde einen Alltag haben wie jeder andere, ohne Schwert, ohne Blut.

Ohne Angst, ihr zu begegnen, werde ich mich unter blühende Kirschbäume legen, in den Himmel sehen und keine Feinde mehr haben.

Durch die Welt, die ich befreit habe, kann ich laufen, mit offenen Augen wie ein Kind, kann jeden Tag schuldlos erwachen, schuldlos in die Träume sinken, ein glückliches, einfaches Leben, weil ich alle von ihr erlöst habe!

Wie gut, wie unendlich gut es ist, ohne Zwang zu leben. Ich habe den Befehl des Höchsten ausgeführt, ich bin demütig und erfolgreich gewesen, ich bin seiner Gnade sicher.

Schon jetzt kann ich sehen, dass meine Mutter Beate mit Liebe aus dem Paradies auf mich herabsieht. Sie ist stolz.

XIV

Die Rückkehr

AMINATA KONNTE DIE MISCHUNG aus Angst und Freude kaum ertragen. Sie hörte die schnellen Paukenschläge ihres Herzens. Auf Michaela Bossis Rat hin hatte sie sich als britische Journalistin angekündigt, die an einer Reportage über Menschen in europäischen Kleinstädten arbeitete. Freya sei ihr von einem Maler namens Alexander Swoboda zum Interview empfohlen worden.

Sie saß am Tisch in der Küche des Kutscherhauses, Dorina Radványi hatte ihr eine Tasse Kaffe auf die geblümte Tischdecke gestellt und sich ihr gegenübergesetzt.

Na, besser ist es, früher zu kommen wie verspätet, sagte die Ungarin, nehmen Sie den Kaffee, junge Frau, und pusten sie erst, er möchte heiß sein. Und von einer englischen Zeitung, sagen Sie, so was hat sich hier ja noch nie nicht ereignet!

Aminata starrte auf die Küchenuhr über dem Buffetschrank und verstand nicht ganz, was Dorina ihr sagte, wusste nur, dass sie die nächsten zehn Minuten hier abwarten sollte, weil Freya Paintner sich erst exakt zu der Zeit sprechen ließ, die vereinbart war. Die Uhr war ein weißer Teller mit roten und grünen Zahlen, über die gebauchte, spitz zulaufende, goldene Zeiger kreisten. Ein strichdünner, schwarzer Zeiger ruckte mit einem klopfenden Geräusch im Sekundentakt voran.

Als die dicken Zeiger sechzehn Uhr anzeigten, klingelte das Telefon, und die Radványi lief ins Nebenzimmer.

Jetzt möchte ich Sie hin zur Frau Freya begleiten, sagte sie mit strahlendem Lächeln, als sie zurück in die Küche kam. Und nehmen Sie bitte auf dem Weg ihre Füße in Acht, es sind Schlaufen da von Brombeeren.

Aminata lief hinter der Pflegerin zum Eingang der Villa hinauf, wo Freya Paintner im Rollstuhl in der Tür wartete. Als sie die junge Frau kommen sah, fuhr sie rückwärts und verschwand im Dunkel der Diele.

Du könntest bei mir wohnen, ich habe eine Wohnung vom LKA, Platz ist genug, sagte Michaela Bossi und weckte mit ihrem Angebot Swoboda, der auf dem Nebensitz einge-schlafen war.

Er brauchte ein paar Augenblicke, um sich zu orientieren und das Kreiseln in seinem Blick zu überwinden, das noch immer eintrat, wenn er nach längerer Zeit die Augen öff-nete. Er war dankbar dafür, dass sie bereits auf der Auto-bahn waren und die kurvige Strecke hinter Zungen an der Nelda hinter sich hatten.

Ich würde dir auf die Nerven gehen. Vor allem nachts, ich schnarche, wenn ich Wein getrunken habe.

Ich auch.

Und ich trinke jeden Abend.

Ich auch.

Aber du bist jung, und ich bin alt.

Sie legte ihre rechte Hand auf seinen Oberschenkel.

Das muss ich irgendwie nicht mitgekriegt haben.

Er wollte nicht darauf eingehen. Bitte nimm die Hände ans

Steuer, ich möchte nicht als Genie sterben, bevor mein Fenster fertiggestellt ist. Außerdem hat die Mayer'sche Hofkunstanstalt eine Künstlerwohnung unterm Dach für mich freigehalten, und sie wären bestimmt beleidigt – Scheiße!

Sie trat auf die Bremse und riss den Wagen nach links. Rechts scherte ein Lkw, dessen Hinterrad sie schon überholt hatte, plötzlich aus. Die Papierrollen des Auferstehungsfensters flogen von der Ladefläche des Kombis hoch, prallte gegen die Kopfstützen der Vordersitze und fielen zurück.

Swoboda hielt sich am Türgriff fest, die Autobahn kreiselte vor seinen Augen. Er wagte nicht, zur Fahrerin hinüberzusehen.

Michaela Bossi nahm den Fuß von der Bremse, ließ den Wagen noch ein paar Meter mit den linken Rädern auf dem Grünstreifen fahren, ohne die Leitplanke zu berühren, gab dann Gas und zog wieder auf die Spur zurück hinter den Laster. Swoboda hatte den Kopf zwischen die Schultern gezogen und die Augen geschlossen.

Gut gemacht, sagte er leise.

Sie hämmerte auf die Hupe.

Den Kerl zeig ich an, Verkehrsgefährdung, Nötigung, versuchter Totschlag mit Fahrerflucht, der gehört in den Knast!

Wie gut, dass du beide Hände am Lenkrad hattest. Als ob ich es geahnt hätte.

Deine berühmte Nase, sagte sie. Die kannst du meinetwegen bei der Hofkunst übernachten lassen, den Rest hätte ich lieber bei mir.

Er hob langsam den Kopf und machte die Augen auf.

Vielleicht ist ja auch in der Künstlerwohnung Damenbesuch erlaubt.

Dass ihm der plötzliche Schwindel auf den Magen schlug und ihm übel war, verschwieg er. Auch, dass er sich im Moment nicht danach sehnte, mit Michaela in ihrer Wohnung heftig bewegten Sex zu haben, sondern sich auf die Ruhe unter dem Dach der Mayer'schen Hofkunstanstalt an der Münchener Seidlstraße freute.

Die Maße des Fensters hatte er vor Wochen durchgegeben, und Max Reber, der Glasmalermeister, der ihm helfen würde, hatte vorgeschlagen, die Bereiche des Fensters aufzuteilen:

Ich würde aus dem unteren Teil zwei hohe Rechtecke machen und das Bogenfeld drüber auch aus zwei Segmenten zusammensetzen, wie zwei Flügel. Dann haben wir in der Mitte eine große senkrechte und kurze waagrechte Bleifuge, ein Kreuz.

Swoboda hatte zugestimmt. Reber klang vertrauenswürdig. Die vier Glasscheiben lagen nun in der Hofkunst, bereit zum Auftrag der Farben und anschließendem Brennen.

Michaela Bossi genügte ein Seitenblick auf ihn.

Dir geht's nicht gut. Soll ich rausfahren?

Nein, alles im grünen Bereich.

Lüg nicht. Dreh die Lehne zurück und leg dich. Wir haben noch eine Stunde. Du brauchst Ruhe.

Sie bemühte sich, nicht mütterlich zu klingen, doch er hörte die Fürsorge heraus, die ihm seine Schwäche bewusst machte.

Er bekam nicht mit, dass sie die Tür aufbrachen. In seinen Kopfhörern mischte sich das Knattern und Bellfern der Waffen mit Todesschreien, brechenden Knochen, platzendem Fleisch und dem Schmatzen der Blutpfützen, durch die er als Hero Kles watete. Er vernichtete die letzten Krieger der Wachmannschaft, die Heka, die bestialische Herrin der Festung, ihm in den Gängen zu den Kellerverliesen entgegenschickte.

Als jemand ihm die Kopfhörer abzog, fuhr er herum und blickte in die Mündung eines schwarzen Schnellfeuergewehrs, das ihm von einem Mann in Gesichtsmaske und voller Sicherheitsmontur vor die Nase gehalten wurde. Er glaubte, das Ego-Shooter-Spiel sei in sein Zimmer übergesprungen, und tastete nach der Wunderwaffe vor der eigenen Brust. Sein Griff ins Leere machte ihm klar, dass der Gegner aus einem anderen Spiel kam, wahrscheinlich einem Realitygame, in dem Frank Züllich kein Held war.

Das Polizeikommando hatte ihn beim Sicherungsangriff in weniger als dreißig Sekunden überwältigt und abgeführt. Danach betrat die Mannschaft zum Auswertungsangriff den Schuppen, fotografierte, sammelte Fingerabdrücke, packte die Computerausrüstung und sämtliche DVDs, die Spiele wie die Pornos, ein, fand auch ein bisschen Haschisch und – das stellte sie besonders zufrieden – im hinteren Zimmer neben seinem Bett eine kleine Ausstellung von Säbeln, Schwertern und Macheten, die an der Wand arrangiert waren.

Verena Züllich verschlief die Verhaftung ihres Sohnes im Kräuterbitterrausch auf dem Sofa ihrer Küche. Sibylle Lingenfels gelang es nicht, sie zu wecken.

Törring, der die Operation leitete, betrat den Schuppen erst, als alles dokumentiert, die wichtigsten Asservate abtransportiert waren. Er sah sich um und hatte plötzlich nicht mehr das gute Gefühl wie vor Beginn des Einsatzes.

Die routinemäßige Durchforstung von Internetbestellungen, in denen unübliche Computerausrüstungen gelistet waren, hatte für Zungen an der Nelda einen einzigen Treffer ergeben:

Frank Züllich hatte an seine Adresse Höllacker 2 vor einem Jahr im Versand Heavygamerstore für zweitausend Euro einen Plazza Gamer PC mit übertakteter GeForce GTX 560 Ti OC – Dual Fan bezogen, eine Ausrüstung, die eine überdurchschnittliche Videoleistung ermöglichte.

Er wurde nur einen Tag lang beobachtet. Als man ihn in seinem schwarzen Joggingoutfit laufen sah, das zur Beschreibung des Täters passte, die Wilfried Herking zu Protokoll gegeben hatte, fiel die Entscheidung: Der Einsatz wurde auf Törrings Antrag von Polizeirat Klantzammer genehmigt. Man wartete, bis er von seinem einstündigen Lauf am Mahrufer zurück war, und griff zu.

In Frank Züllichs Schuppen spürte Törring nichts von der abgründigen Wahnhaftigkeit, die er erwartet hatte. Was er sah, war von einer so biederen Normalität, dass er sich nicht vorstellen konnte, wie der verhaftete Züllich hier diese verrückten Videos programmiert und mit Rätseln aus Dantes *Göttlicher Komödie* gespickt haben sollte.

Wie sich später herausstellte, gab es im ganzen Anwesen Züllich keine einzige Dante-Ausgabe. Was nichts heißen musste, denn jedes Wort des Dichters stand auf zahllosen Internetseiten zu lesen. Und doch hatte der Kommissar erwartet, etwas anderes als den Rückzugsraum eines einsamen jungen Mannes zu finden, der sich auf eine trostlose Weise hier mit Gewaltspielen und Sexvideos eingerichtet hatte. Ungewöhnlich an ihm war nur die Tonsur, die ihm etwas vom Aussehen eines Mönchs zur Lutherzeit gab. Eine Stunde später gestand Frank Züllich, dass er gegen Heka, die bestialische Herrscherin, kämpfte und nicht sicher war, ob sie nur im Computer existierte. Denn manchmal hatte er ihre Kämpfer draußen im Mahrwald angetroffen. Und einmal war er sich selbst begegnet, aber er wusste nicht mehr, ob es nicht Heka war, die schließlich jede Gestalt, auch seine eigene, annehmen konnte.

Ich bin ja Hero Kles. Dann kann der andere nicht auch Hero Kles sein. Verstehen Sie?

Bevor Aminata eintrat, fiel ihr auf, dass die Fassade rechts und links der Tür dick mit verschlungenem Knöterich behängt war, der bis hinauf über die Regenrinne reichte und dort unter die Dachziegel kroch.

Kommen Sie, rief Freya aus dem Flur, kommen Sie, wir gehen ins Gartenzimmer.

Als Aminata die weißhaarige Dame im Rollstuhl vor den bodenlangen Fenstern sitzen sah, vergaß sie alles, was sie sich vorgenommen hatte: ihre Notlüge mit der Reportage über deutsche Kleinstädte, ihre Angst, Freya könnte vor Aufregung sterben, ihre sich selbst verordnete Zurückhaltung und Disziplin.

Sie blieb in der Mitte des Salons stehen, ohne viel davon wahrzunehmen. Was sie sah, war der Schattenriss von Freya im honiggelben Nachmittagslicht, das aus dem Garten in den Raum floss. Der Farbklang passte zur Stimmung der jungen Frau. Es war das Licht, das sie von den Nachmittagen während der Regenzeit am Gambia River kannte, und sie sah in diesem Licht Freya auf der Terrasse des Hauses in Bansang sitzen, wie sie die Arme ausbreitete. Gegenüber saß Joseph und glaubte nicht, was geschah.

Sie bemerkte nicht sofort, dass ihr Tränen aus den Augen liefen, als sei ein über Jahrzehnte festgerostetes Wehr brüchig geworden. Sie spürte, wie ihr die Situation entglitt, auch wenn ihr bewusst war, dass nicht sie selbst weinte, sondern dass sie für ihren Vater weinte, der in Freya seiner Mutter begegnete, dass es seine Sehnsucht nach Nähe war, die jetzt den unbezwinglichen Wunsch in ihr aufkommen ließ, dieser Frau, die ihr aufrecht und gefasst gegenübersaß, in den Armen zu liegen.

Freya sah auf dem Gesicht der jungen Frau nass glänzende Spuren, und ehe sie noch verstehen konnte, warum diese englische Journalistin, die da so unschlüssig in der Mitte des Zimmers stehen geblieben war, weinte, entdeckte sie, dass sie selbst sich gegenüberstand.

Das kleine Passfoto, das sie vor mehr als sechs Jahrzehnten für ihren noch nicht einmal einjährigen Sohn Joseph in die Blechschachtel für *Hühneraugenpflaster Lebewohl* gelegt hatte, schien einem unbekannten Schöpfer als Vorlage für das Gesicht der Engländerin gedient zu haben. Wie in einem Spiegel sah Freya in Aminata eine neue Summe ihres eigenen Lebens.

Sie rief sich zur Besinnung und wischte ihre Phantasie als Altweibersentimentalität beiseite.

Kommen Sie, sagte sie, hier am Erkertisch ist mehr Licht,

ich möchte Sie besser sehen, und wenn Sie wollen, können wir uns gern über die Stadt hier unterhalten, die Sie sich für ihre Reportage ausgesucht haben. Ich lebe nicht gern hier, und ich glaube nicht, dass Ihnen gefallen wird, was ich zu erzählen habe.

Danke.

Sie hatte ihr Schluchzen nicht unterdrücken können.

Freya reagierte laut: Mein Zustand ist nicht so traurig, wie Sie vielleicht denken! Kommen Sie!

Aminata, die zu bewegt war, um die Sehnsucht, die in ihr lebte, länger zu verschweigen, lief auf Freya Paintner zu, blieb vor ihr stehen, senkte den Kopf, sagte: Sorry, fiel auf ihre Knie und legte ihr Gesicht in den Schoß der alten Frau. Freya Paintner stieß sie nicht zurück, war nicht einmal verwundert und staunte über sich selbst. Etwas in ihr schien erwartet zu haben, was eben geschah.

Halb erstickt im Stoff des Kleides weinte die junge Fremde so maßlos, dass Freya ihr unwillkürlich die Hände auf den Kopf legte. Langsam beruhigte sich Aminata und sah ihren Vater vor sich, wie er geweint hatte, bevor der Nachtregenbogen über den Barrakunda Falls sichtbar geworden war. Joseph Mboge nickte ihr zu. Sie konnte seine Stimme hören: Ich hab's dir ja gesagt.

Freya erfuhr in diesem Augenblick, dass ihre verblichenen Träume und abgelegten Hoffnungen sich aus der Vergangenheit hoben. Sie überließ sich dem Gefühl, dass ihr diese Unbekannte, die in ihren Augen ein Mädchen war, ein neues Leben schenkte.

Aminata hob den Kopf nicht, sie sprach in Freyas Schoß: Da war ein Regenbogen in der Nacht.

Freya hörte die dumpfe Stimme, verstand aber die Wörter nicht. Sie spürte in ihren dünnen Händen Aminatas Locken, wollte nicht weinen, konnte nichts dagegen tun. Etwas Ungeheuerliches geschah mit ihrem Leben. Es drehte sich wie ein Planet, die Schattenseite, die sie bisher bewohnt hatte, verschwand, und eine lang verborgene Helligkeit kam hervor.

Später begannen sie zu berichten. Das Licht im Garten wurde schwächer, der Abend schob seine Farben über die Wildnis, und die beiden Frauen ließen einander nicht los. Als Aminata die kleine Blechdose mit der Aufschrift *Hühneraugepflaster Lebewohl* in die Hand ihrer Großmutter legte, schloss sich der Kreis der Erinnerung. Freya konnte ihre Tränen nicht zurückhalten, fühlte sich befreit, als wäre sie von einem Fluch erlöst, und erzählte noch einmal von ihrer Liebe. Aminata hörte zu, als könne sie nicht genug davon bekommen.

Als Günther Korell in den halbdunklen Salon trat und Freyas Namen rief, antwortete sie:

Mach noch kein Licht.

Michaela Bossi fuhr schon durch die Seidlstraße, als Herking Swoboda anrief und ihm mitteilte, man habe den Frauenmörder verhaftet. Es sei ein gewisser Frank Züllich.

Woher weißt du das schon wieder?

Ich habe so meine Verbindungen zur Polizei, sagte Herking.

Ich dachte, ich sei deine Verbindung.

Ich werde mich doch nicht auf einen Künstler verlassen! Jedenfalls werde ich ihm morgen gegenübergestellt. Ich bin ja der Einzige, der ihn gesehen hat. Jedenfalls der einzige Lebende.

Dass Herking lachte, als sei ihm ein Scherz gelungen, missfiel Swoboda.

Ich bin in einer Woche wieder da.

Er schaltete aus. Das Navi plärrte, das Ziel sei erreicht. Die Einfahrt der Mayer'schen Hofkunstanstalt für Glas- und Mosaikkunst lag rechter Hand vor ihnen, und Michaela Bossi fuhr durch den Torbogen und kurzen Tunnel in den Innenhof. Neben dem modernen Atelierbau mit seiner Ziegelfassade stand der Komplex der Werkstätten aus Glas und Stahl, der sich radikal absetzte gegen den Altbau aus der Mitte des neunzehnten Jahrhunderts, der mit seinen Verwaltungsräumen und Restaurierwerkstätten die Straßenflucht bildete.

Der Glasmalermeister kam über die Eisentreppe in den Hof herunter, begrüßte Swoboda und blickte leicht irritiert auf Frau Bossi, die neben dem Wagen stand und ihm die Hand entgegenstreckte.

Ich bin bloß die Chauffeuse.

Reber ließ ihre Hand in seiner verschwinden und machte einen Diener.

Ich bin der Glasmalermeister, sagte er, aber den Beruf gibt es eigentlich nicht mehr, wir heißen jetzt Glasveredler, na ja, wird ja alles immer edler.

Er bückte sich nach Swobodas Tasche.

Ich zeig Ihnen jetzt erst mal die Wohnung, haben Sie Hunger?

Michaela Bossi öffnete die Fahrertür. Ich muss gleich weiter. Wir telefonieren!

Reber sah ihr verwundert nach, als sie den Kombi im engen Hof wendete und durch die Toreinfahrt zur Straße fuhr.

Ihre Frau?

Nein, lachte Swoboda und nahm seine gerollten Papierentwürfe unter den Arm. Eine Kollegin. Ich bin nicht verheiratet.

Max Reber war ein kräftiger Mann, Anfang vierzig, und vereinte, wie Swoboda noch erleben würde, auf ideale Weise Handwerk und Kunst in sich. Er ging über Treppen und Korridore voran, die in den Altbau unters Dach führten, wo die Künstlerappartements lagen.

Vielleicht wollen Sie sich ausruhen oder was essen, oder, ich meine, ich könnte Ihnen auch gleich zeigen, was wir machen –

Ich will möglichst schnell anfangen, sagte Swoboda. Ich muss ja einiges lernen. Also am liebsten jetzt.

Korell bemühte sich, freundlich zu sein.

Er deckte den Esstisch neben dem Kamin und arrangierte eine Käseplatte, dekantierte einen *Vino Nobile di Montepulciano* des Jahrgangs 2003, toastete Weißbrot, stellte einen Kerzenleuchter zwischen die Gläser und tat dies alles mit einer ungewöhnlichen Konzentration, so als müsse er aufpassen, nichts falsch zu machen.

Freya fiel auf, dass er verändert war, vermutete dahinter seine Befangenheit gegenüber Aminata, die offensichtlich war. Er sah ihr nicht in die Augen, hatte ihr zwar zögerlich die Hand gegeben, sie ihr aber so rasch wieder entzogen, als ob er sich verbrannt hätte.

Bei Tisch hob er kaum den Blick von seinem Teller, so dass Freya ihn schließlich fragte: Freust du dich nicht mit mir, dass ich heute einen verlorenen Sohn wiedergefunden und eine Enkelin geschenkt bekommen habe?

Er sah sie an und blieb stumm. Dann stand er auf.

Ich freue mich. Natürlich. Willkommen, Frau Mboge.

Nun sag schon Aminata zu ihr, sie ist schließlich die Tochter meines Sohnes, also deines Bruders!

Ja. Willkommen zu Hause, Aminata.

Noch immer sah er sie nicht an. Seine Adoptivmutter ließ nicht locker.

Das klingt nicht gerade begeistert. Du könntest deine Nichte ruhig umarmen!

Mir ist nicht gut, Freya, den ganzen Tag schon nicht. Ich wünsche dir einen schönen Abend.

Er wandte sich so rasch ab, dass er beinahe seinen Stuhl umgestoßen hätte, und lief zur Tür des Salons, riss sie auf, verschwand, schloss sie nicht ganz hinter sich. Sein überstürzter Aufbruch war Freya peinlich, sie entschuldigte sich bei Aminata für Korell.

Er ist sonst ganz anders, glaub mir, vielleicht hat er Fieber, vielleicht hat er sich Knall auf Fall in dich verliebt!

Die Frauen mussten lachen, und Korell, der vor der Tür stehen geblieben war, hörte ihr Gelächter. Wahrscheinlich würde Freya ihre Enkelin einladen, hier im Haus zu übernachten.

Das Gästezimmer lag im ersten Stock, neben seinem. Er beschloss, das Bad, das er bislang allein nutzte, aufzuräumen und stieg die Treppe hinauf.

Die Lichtröhren im Arbeitstisch zuckten auf, entwickelten ihre volle Stärke und erzeugten eine zehn Quadratmeter große, milchig helle Fläche, auf der Reber schon eine der beiden unteren Fensterhälften gelegt hatte. Gemeinsam entrollten sie den entsprechenden Teil von Swobodas Papierentwurf und hängten ihn an ein Wandgestell.

Das flutende Raumlicht ließ die Dämmerung vor den hohen Fensterscheiben dunkler erscheinen, als sie war. Der große Spiegel an der Decke des Ateliers zeigte den darunterstehenden Leuchttisch, so dass man im Spiegelbild oben die Glasmalerei besser begutachten konnte als in der schrägen Aufsicht vom Rand des Tisches.

Sieht gefährlich aus, sagte Swoboda.

Er stand vor der Regalwand mit den viereckigen Glasdosen, die Pigmente enthielten. Die meisten Behälter in den bunten Reihen trugen kleine orangefarbene Aufkleber mit einem schwarzen Totenkopf vor gekreuzten Knochen.

Ja, fast alle Farben sind giftig, lachte Reber. Wir nutzen Schwermetalle und viele Metalloxyde, Eisen für Grün, Kobalt für Blau, aber wenn Sie die Pigmente auf Glas brennen wollen, wären die nötigen Temperaturen zu hoch, und deshalb wird Bleioxyd beigesetzt, vierzig bis fünfundvierzig Prozent, das senkt den Schmelzpunkt.

Gold?, las Swoboda von einem Behälterschild ab.

Kann sein, dass Sie das brauchen werden. Gold, in Königswasser gelöst, das wird ein wunderbares Pigment, ein tiefes Rot, hier ist Silber für Gelb, aber da kommen wir schnell in die höhere Preisklasse. Pigmente um sechshundert Euro pro Kilo.

Ich verlasse mich auf Sie, Herr Reber, mir geht es nur darum, das Fenster unten düster und schwer wirken zu lassen, um dann farbiger, leichter zu werden und oben sozusagen in den Himmel zu steigen.

Rebers Gesichtsausdruck zeigte, dass er Feuer gefangen hatte. Da sich sein Ehrgeiz darauf richtete, künstlerische Vorgaben nicht nur handwerklich gut auszuführen, sondern sie kreativ mit seinem Können zu verbinden, arbeitete seine Phantasie bereits an der Übersetzung des Papierentwurfs in die Möglichkeiten der Glasmalerei.

Swoboda musste an diesem Abend noch einiges lernen, bevor der Meister ihn in seine Wohnung unterm Dach entließ. Dort schrieb er auf, was Reber ihm über die mit Wasser und Gummiarabikum angesetzten Farben erzählt hatte, von ihrer Veränderung durch den Brennvorgang, dessen Langsamkeit, das drei Stunden lange Aufheizen auf sechshundert Grad, die zwanzig Minuten Brenndauer, die vierundzwanzig Stunden, in denen das Glas mit der eingebrannten Farbe gleichmäßig abkühlen musste.

Swoboda eröffnete sich hier eine andere Welt der Kunst. Allein der Umgang mit den nur acht Millimeter dicken Glasscheiben, die erst am Schluss noch einmal durch Hocherhitzung gehärtet wurden, vorgespannt, wie Reber sagte, und bis dahin immer in Gefahr waren zu brechen – allein diese Begegnung mit einem Material, das so verletzlich zu sein schien, änderte sein künstlerisches Gefühl. Er entdeckte in sich eine Vorsicht, die er gegenüber Papier und Leinwänden nie üben musste.

Als er die Aufzeichnungen beendet hatte, spürte er seinen Hunger. Er zog den Mantel an, fuhr mit dem Lift hinunter und verließ das Haus. Nicht weit von der Hofkunstanstalt fand er in einer hallenartigen Bierschwemme einen Tisch, saß dort bei Bier und Schweinsbraten unauffällig im bayerischen Stimmengewirr und dachte nicht daran, Michaela Bossi anzurufen.

Als sein Telefon klingelte und er ihre Nummer sah, überlegte er kurz, das Gespräch nicht anzunehmen oder zu lügen, er sei mit Max Reber hier beim Essen; dann entschied er sich für die Wahrheit.

Ich will einfach allein sein. Habe nicht mal eine Woche für das Fenster.

Aber das kannst du doch sagen!

Sag ich ja.

Ich meine, vorher, du hättest es vorher sagen können.

Vor was?

Auf der Fahrt. Ich hab damit kein Problem.

Das ist gut.

Sie schwieg, und er spürte, dass sie in ihr Schweigen einen unausgesprochenen Vorwurf verpackte. Auch Martina hatte diese Methode, ihm etwas zu sagen, indem sie es nicht sagte.

Der Menschenlärm um ihn, in dem er sich zuvor wohlgefühlt hatte, war ihm plötzlich unangenehm.

Ich esse noch auf und komme dann.

Brauchst du wirklich nicht.

Nein. Wäre aber vielleicht ganz schön, was meinst du?

Sie nannte ihm die Adresse der LKA-Wohnung und fragte: Trinkst du weiß oder rot?

Kommt drauf an, was du hast. Ich nehme ein Taxi.

Bis gleich.

Sie legte auf. Er fragte sich, wie man das nannte, was ihm

gerade passiert war. Altersnachgiebigkeit? Der Schweine-
braten schmeckte weniger gut als zuvor, das Bier ließ er stehen.

Im Taxi nahm er sich vor, nicht bei Michaela Bossi zu übernachten.

Dorina Radványi konnte nicht schlafen. Es war nicht das
Geschrei der Rotmilane, das sie kein Auge zutun ließ. Die
Vögel schwiegen längst. Sie wälzte sich auf den Rücken,
starrte ins Dunkel und versuchte, ihre Unruhe zu verstehen. Sie fand keinen Grund dafür.

Freya Paintner hatte entschieden, dass Aminata nicht allein
durch die Stadt zum Hotel am Kornmarkt gehen, sondern
bei ihr übernachten sollte. Nicht im Gästezimmer im ersten Stock – sie wollte ihr die gemeinsame Badnutzung mit
Günther Korell nicht zumuten. Im Kutscherhaus gab es ein
Appartement, ein winziges Zimmer mit Dusche und Toi-
lette.

Dorina wurde wie an jedem Abend gerufen, um Freya beim
Zubettgehen behilflich zu sein. Die Ungarin kam, traf die
beiden Frauen in heiterem Zustand an und sah, dass sie die
Flasche Montepulciano geleert und offenbar noch einen
Poire Williams hinterher getrunken hatten. Eine offene,
blaue Pappschachtel und ein Blechdöschen mit geöffnetem
Deckel lagen auf dem Tisch, ihr kleinteiliger Inhalt war auf
der weißen Decke verstreut.

Freya hatte rote Backen, ihre Augen strahlten, das ganze
Gesicht schien neu belebt. Ihre Pflegerin begriff nicht, was
hier vorgegangen war.

Schon als sie eintrat, hatte Freya ihr entgegengerufen: Den-

259

ken Sie nur, Dorina, meine Enkelin ist gekommen, das ist Aminata Mboge. Sie ist die Tochter meines Sohnes Joseph.
Die Pflegerin glaubte, es sei der Wein. Sie nickte stumm. Freya hatte eine andere Reaktion erwartet.
Haben Sie nicht gehört, Dorina?
Doch, doch, Frau Freya. Ich bin nur, ich habe mich überrascht.
Aminata ging auf sie zu und reichte ihr die Hand. Dorina hielt sie fest und sah der jungen Frau in die Augen. Sie musste dazu den Kopf in den Nacken legen. Dann nickte sie.
Man sieht es schon, sagte sie. Die Stirn, und das Kinn. Ein Fleisch und ein Blut. Ich heiße Ihnen herzlich willkommen, Frau Aminata.
Sie wird drüben übernachten, im kleinen Zimmer, sagte Freya.
Ja, natürlich. Ist alles sauber. Aber was werden Sie brauchen, junge Frau? Ich möchte noch eine frische Zahnbürste vorrätig haben.
Aminata bewies, dass die vergangenen Stunden voller Erzählungen ihr Deutsch verbessert hatten:
Ich immer habe mit mir, was ich nötig. Immer. Von mein Vater. Er immer sagt: Du nie weißt. All of a sudden there is a white crocodile in your life.
Und wie recht er hat, lachte Freya. Man weiß wirklich nie. Auf einmal kommen Engel, und man will nur noch tanzen!
In harmonischer Stimmung hatten sie sich getrennt. Aminata wartete, bis die Pflegerin Freya zu Bett gebracht hatte, und ging dann mit ihr zum Kutscherhaus hinunter. In dem kleinen Zimmer hatte Dorina ihr frische Handtücher ge-

geben und sich in ihre eigene Wohnung im vorderen Teil des Hauses zurückgezogen.

Sie hatte Aminata noch leise singen gehört, sich dann schlafen gelegt und nach ein paar Minuten das Licht gelöscht.

Von der Dunkelheit wurde sie wach. Hätte sie ein Geräusch gehört, wäre sie weniger beunruhigt gewesen. Doch die Milane in den entfernten Nelda-Auen hatten ihr Geschrei eingestellt, und es herrschte eine Lautlosigkeit, die jenseits des Lebens zu liegen schien. Dorina Radványi lag mit offenen Augen da und horchte in ihr Zimmer. Die Angst senkte sich aus der Schwärze auf sie herab und lähmte sie. Zugleich arbeitete ihre Vernunft daran, die Gefühle im Zaum zu halten. Es gab keinen Anlass für Panik. Das Haus war still, die Tür verschlossen. Langsam beruhigte sie sich, bewegte ihre Hände auf der Bettdecke, beschloss aufzustehen und sich davon zu überzeugen, dass alles in Ordnung war.

Sie knipste die Nachttischlampe an, stand auf, zog Hausschuhe und Morgenmantel an, schlurfte aus dem Zimmer und griff im Flur nach dem Lichtschalter. Sie schaltete zwei Mal, ohne dass die Deckenleuchte anging, kippte den Schalter noch einmal langsam auf und ab. Kein Licht. Sie hörte ihr Herz, als schlüge es vor ihr im Dunkeln.

Dorina Radványi war keine ängstliche Frau, aber sie spürte, dass das Haus plötzlich kein sicherer Ort mehr war.

Sie wollte sich umdrehen, in ihr Zimmer zurückgehen und sich einschließen. Dann fiel ihr Aminata ein, und sie sagte sich, dass sie die ganze Nacht kein Auge zutun würde, wenn sie nicht geklärt hatte, was hier los war.

Sich im Dunkel zu orientieren, fiel ihr leicht. In einer Küchenschublade lagen Kerzen und Streichhölzer. Drei Schritte durch den Flur, links die Tür zum Bad, fünf Schritte weiter, links die Tür zur Küche. Sie stieß an den Tisch.

Im blauen Mondlicht vor dem Fenster fiel ein Schatten herab, und instinktiv duckte sie sich. Ein Gegenstand schlug neben ihr in den Türrahmen und spaltete das Holz. Sie rannte in den Flur zurück, wandte sich um, sah in der Küche etwas aufblitzen, ein Teller klirrte, und sie wusste, dass die Uhr auf den Boden gefallen war. Bis zur Haustür war es nicht weit, Dorina riss sie auf und lief hinaus in die halbdunkle Nacht, den Weg zum Haus hinauf, verlor den rechten Hausschuh, wollte schreien und brachte keinen Ton heraus, spürte den Schmerz, als sie in die Brombeerschlingen trat, achtete nicht darauf, hörte ihr eigenes Keuchen und ein fremdes dazu, das hinter ihr war, sie verfing sich mit dem linken Fuß in einer Ranke, stürzte, Angst schnürte ihr die Kehle zu, sie sah vor den bleich leuchtenden Wolken die Gestalt ohne Gesicht, die sich über sie beugte, und schloss die Augen. Sie wollte aufhören zu denken. Aber ihr Lebenswille ließ nicht nach und hinderte sie daran, aufzugeben. Sie sah den Tod vor sich, öffnete den Mund und schrie.

Der dritte Schrei in Zungen an der Nelda zerriss die Hoffnung, dass der Alptraum, der über der Stadt lag, mit der Verhaftung von Frank Züllich beendet sei.

Etwas flackerte rot vor Dorinas geschlossenen Augen. Die Alarmleuchte an der Einfahrt war angesprungen, ihr Drehlicht wischte über die Straße und das Grundstück. An den Hausecken flammten Strahler auf. Die Ungarin sah hinter ihren Lidern die Helligkeit, öffnete die Augen und stöhnte: Szent Boldogasszony!

Als sie sich an die Blendung gewöhnt und festgestellt hatte, dass sie unverletzt auf dem Pfad zur Villa lag, setzte sie sich auf und sah, wie eine schwarze Gestalt links neben dem Haus in der Wildnis des Gartens verschwand.

Freya hatte beim Schrei ihrer Pflegerin reflexartig den Alarmknopf neben ihrem Bett betätigt und Licht gemacht. Sie lag wach in ihrer Unbeweglichkeit und starrte auf die Tür ihres Schlafzimmers. Nach einer Zeit, die ihr unerträglich lang vorkam, sah sie die Reflexe des Blaulichts an der Zimmerdecke, die sich mit dem pulsierenden Rotlicht der Alarmleuchte mischten.

Dorina Radványi blieb sitzen, bis die Streifenpolizisten auf sie zu kamen. Sie glaubte noch nicht ganz daran, im Leben zurück zu sein.

Aus dem Kutscherhaus war Aminata, angezogen, als habe sie noch nicht im Bett gelegen, den Weg heraufgelaufen und hatte ihr den verlorenen Schuh nachgetragen. Im ersten Stock der Villa wurde ein Fenster geöffnet. Günter Korell, in einem weißen T-Shirt, lehnte sich heraus und rief: Was ist denn los? Was ist passiert? Dorina?

Ja, ja, rief sie zurück. Es ist Einbruch, Verbrecher hat mich gewollt mördern! Und fuhr, leise für sich selbst, fort: Was er sich nur aufregen möchte, der Junge.

Aminata half ihr auf.

Wir müssen Frau Freya das Gemüt beruhigen, sagte die Radványi, sie wird sich ängstigen. Im Haus oben trat Korell in die Tür. Er trug einen schwarzen Morgenmantel und kam langsam den Weg herunter.

263

Die Streifenpolizistin meldete den Einbruch und wurde, als sie die Adresse nannte, zu ihrer Verblüffung mitten in der Nacht mit Kriminalhauptkommissar Rüdiger Törring verbunden.

Er setzte ein Tatortteam zur Spurensicherung in Bewegung und starrte auf das laufende Fernsehprogramm, das ihn seit zwei Stunden durch den Schlaf begleitete.

Während er seine Schuhe anzog, wurde ihm klar, dass er den falschen Mann verhaftet hatte.

Sie ist hier. Wieder ist es ihr gelungen. Sie hat eine Dienerin, die sie beschützt. Und bedroht Freya und mich in unserem eigenen Haus.
Wieder ist sie aus der Hölle zurück.
Ich habe ihr Schlangengesicht gesehen.
Sie steht mir gegenüber, als wäre sie das unschuldigste Wesen der Welt! Aber ich kenne ihren frechen Mund, ihren Blick auf mein Herz! Dieser Blick, der mich immer noch quält und tröstet und quält!
Was habe ich Maria angetan, dass sie mich nicht stärkt? Sie ist voll der Gnade, und doch lässt sie mich in diesem Kampf allein!
Muttergottes, verleihe mir die Kraft, nicht noch einmal zu versagen!
Ich habe meinem inneren Schweinehund befohlen: Verlasse diesen Körper und kehre zurück in deine Welt aus Schwachheit und Verdorbenheit! Er gehorcht nicht. Die Hydra spürt ihn in mir. Sie will sich mit ihm verbünden.
In der letzten Schlacht werde ich sie vernichten für alle Zeit.
Ich bin berufen zum Reiter der Apokalypse!
Er folgt der Schlange Aminata in meinem Namen.
Mein ist der Tod.

XV

Das Fischerhaus

NACH ÜBERSCHWEMMUNG, wolkengrauen Tagen und
dem befreienden Sturm wies der April auf den Mai voraus
und kündigte ihn mit barockblauen Föhntagen an. In Zungen an der Nelda verdunstete die Feuchtigkeit der Altstadt,
und langsam zog sich die Kälte aus den Gassen zurück.
Die Angst blieb.
In München konnte Swoboda aus dem Fenster seiner
Künstlerwohnung ein Stück der Alpenkette im Süden sehen, noch weiß leuchtend vom Schnee, als stünde sie direkt
am Rand der Stadt.
Er gehörte zu den Menschen, denen diese Wetterlage keine Migräne, sondern Lebenslust zutrug – eine Zuversicht-
lichkeit, die er gemessen an seinem vorherrschenden Ge-
mütszustand als Übermut empfand.
Der Glasmalermeister Max Reber gehörte zum anderen
Teil der bayerischen Bevölkerung, demjenigen, den der
Föhn mit Kopfschmerz und Niedergeschlagenheit quält.
Dennoch rührte er tapfer mit Wasser und Gummiarabi-
cum die Farbpigmente an, die Swoboda ihm vorgab, und
wies auf die anstehende Veränderung der Töne durch das
Brennen hin.
Der Farbauftrag auf die vom Leuchttisch milchweiß grun-
dierte Glasscheibe war am Vortag nicht zufriedenstellend

gelungen. Im Entwurf hatte Swoboda mit großen Aquarell-
zonen und mit Gouache auf nassem Papier gearbeitet: Entsprechend verdünnt verliefen diese Farben auf saugendem
Untergrund weich ineinander und mischten sich in Über-
gängen, die mit Pinseln auf Glas nicht in gleicher Weise
herzustellen waren.

Sie hatten den gestrigen Versuch von der Scheibe gewaschen, sie gereinigt, getrocknet und erneut gründlich ent-
fettet und dann mit den sattdunklen Zonen am unteren
Rand begonnen. Reber, dessen Migräne durch Schmerzta-
bletten kaum gedämpft war, legte den breiten Pinsel, mit
dem er arbeitete, beiseite.

Das wird wieder nichts. Ich zeig Ihnen mal was, hat unlängst ein Künstler hier mit Erfolg benutzt, aber lachen Sie
nicht.

Einer Schublade unter dem Pigmentregal entnahm er einen gerippten Plastikschlauch mit spitz zulaufender Tülle
am Ende, in dessen oberem Ende ein Trichter steckte.

Wir haben bei seinen Glasbildern mit einer Art Gießtech-
nik gearbeitet, die Farben aufgeschwemmt und nachge-
spült, das wird so ähnlich wie Aquarellverläufe! Wir schüt-
ten die Farbe oben in den Trichter und lassen sie unten aus
dem Mundstück wieder auslaufen, man kann mit der
Hand die Menge einfach durch mehr Druck oder weniger
Druck steuern und verwischen.

So lernte Swoboda, die Farblösungen ineinanderzugießen
und nach oben hin auszuwaschen. Nach zwei Stunden hatten sie gemeinsam das rechte untere Fenster so gestaltet,
dass es ihnen gefiel. Nun brauchten die Farbpigmente Zeit,
sich aus der wässrigen Lösung auf dem Glas fest abzuset-

zen, danach konnte das stehende klare Restwasser durch langsames Kippen der Scheibe abgegossen werden.

Reber bat darum, sich ausruhen zu dürfen, und legte sich in seinem Büro auf die Liege. Swoboda wollte dem Sinkvorgang des Pigments zusehen, als ginge das nicht ohne seine Beobachtung. Er zog einen Stuhl heran, setzte sich neben den Leuchttisch, legte den Kopf in den Nacken und betrachtete das Glasbild im Deckenspiegel. Ihm war, als ob sich von dort oben eine farbige Stille über ihn senkte. Er spürte, wie die Stille sich in ihm ausbreitete, aber nicht dunkel, sondern wie eine weite, helle Ebene, in der die Farben sich wechselseitig hervorriefen und vermischten.

Ihm fiel sein Telefon ein, er zog es aus der Tasche, schaltete es aus, steckte es zurück.

Er rutschte in seinem Stuhl etwas nach vorn, ließ sich zusammensinken, um seinen Nacken besser auf die Rückenlehne legen zu können, und sah wieder zu dem Ebenbild seines Glasfensters im Spiegel auf. Ferne Geräusche von der Sandstrahlmaschine im Keller drangen an sein Ohr, die Luftabsaugung kam in Gang und hörte wieder auf. Und so, wie die Farbpigmente sich langsam auf dem Glas absetzten und sich mit ihm verbanden, sank Swoboda mit offenen Augen in den Zustand einer künstlerischen Selbstgewissheit, die er zum ersten Mal in seinem Leben erfuhr und zuvor nicht für möglich gehalten hätte. Als ob er nach vielen Umwegen endlich in sich angekommen wäre.

Wilfried Herking quetschte die leere Zigarettenschachtel zusammen und warf sie in den Papierkorb. Aminata, die ihm auf der anderen Schreibtischseite gegenübersaß, war froh, dass der Redakteur endlich eine Rauchpause einlegen musste.

Die Situation, in der sie sich befanden, war für Journalisten ungewöhnlich: Aminata hatte ihn während ihres Münchner Aufenthaltes mit Michaela Bossi telefonisch über die Geschichte ihres Vaters informiert und um ein Gespräch gebeten.

Herking hatte sofort zu recherchieren begonnen und konnte ihr nun berichten, in welchem Zusammenhang das Schicksal ihres Großvaters zu sehen war. Zwei Aufnahmegeräte speicherten ihre Mitteilungen: Das von Herking lag vor Aminata auf dem Schreibtisch, und ihres lag vor dem Redakteur.

Er fühlte sich geschmeichelt, weil sie darauf bestand, ihn für ihr britisches Magazin zu interviewen. Sie war mit der Absicht gekommen, dass Herking für das Kopfblatt der *Zungerer Nachrichten* eine ausführliche Geschichte über Yoro Mboge und seinen Weg vom Senegal über den Krieg, von der Gefangennahme über die Flucht bis zum Tod im Fischerhaus an der Nelda schrieb. Gemeinsam würden sie diese Geschichte, die von der Familie Paintner so sorgfältig verborgen und verschwiegen worden war, in die Welt tragen.

Herking hatte ihr nach dem nächtlichen Überfall einen Tag Zeit gelassen, bestand jetzt aber auf dem wechselseitigen Interview. Er träumte bereits wieder von einer neuen Karriere, die ihn dieses Mal vielleicht sogar nach London führen würde.

Seine gründlichen Recherchen waren abgeschlossen: Die deutsche Wehrmacht beging während des Frankreichfeldzugs 1940 Massaker an gefangen genommenen französischen Soldaten aus dem Senegal. Schwarze Gefangene wurden nackt, gemeinsam mit grinsenden deutschen Soldaten daneben fotografiert und nach dieser Demütigung ermordet. Manchmal gelang es weißen französischen Offizieren, solche Massaker zu verhindern. Die so vor dem Tod bewahrten Tirailleurs Sénégalais kamen in Gefangenenlager im besetzten Frankreich, manche nach Deutschland. Wie Yoro Mboge. Ob hier auch an ihm medizinische Experimente durchgeführt wurden, ließ sich nicht mehr ermitteln. Deutsche Historiker, die nach 1945 jede sonstige Episode des Krieges erforschten, zeigten so gut wie kein Interesse an diesen Verbrechen der Wehrmacht in Frankreich. Aus Herkings Recherchen erfuhr Aminata, wie die Deutschen mit ihren schwarzen Staatsbürgern umgegangen waren. Schon nach dem Ersten Weltkrieg gab es während der französischen Rheinlandbesetzung ab 1921 auch Liebesbeziehungen zwischen franko-afrikanischen Besatzern und deutschen Frauen: Die sogenannten Rheinlandbastarde entstanden. Seit 1937 wurden diese Kinder per Gesetz zwangssterilisiert. Ein Flugblatt wurde in Umlauf gesetzt: *Deutsche Frauen, deutsche Mädchen! Haltet euch fern von Juden, Negern, Russen, Mongolen! Zeigt Rassestolz!* Die Staatsdeutschen schwarzer Hautfarbe aus den verlorenen afrikanischen Kolonien wurden in der *Deutschen Afrika-Schau* isoliert, kamen ins KZ, wurden willkürlich sterilisiert, ein paar hatten Glück und überlebten als Showkünstler oder Statisten beim Film in Babelsberg. Goebbels konnte sie brauchen. Keiner der Zwangssterilisierten ist nach 1945 als Opfer anerkannt worden, keiner erhielt Entschädigung.

Und all das, schloss Herking seinen Bericht ab, hat, bis auf verschwindende Ausnahmen, die deutschen Zeithistoriker einen Dreck gekümmert. Erst über sechzig Jahre nach Kriegsende haben wir erfahren, dass die Wehrmacht schon 1940 in Frankreich ähnliche Massaker begangen hat wie ein Jahr später auf dem Russland-Feldzug. Über den gab es hier eine kritische Ausstellung. Von den Verbrechen in Frankreich war darin nichts zu finden. Waren ja bloß tote senegalesische Nigger.

Aminata erschrak über das Wort, bis sie begriff, wie Herking es benutzt hatte. Sie sah auf die Uhr, entschuldigte sich, sie habe Freya versprochen, mittags zurück zu sein. Sie sei von dem nächtlichen Überfall noch immer sehr mitgenommen. Obwohl sie es gewesen war, die durch den Alarm das Schlimmste verhindert hatte.

Ob Aminata morgen wieder Zeit hätte?

Herking war aufgestanden und rot geworden.

Ja, sagte sie, lächelte über seine Schüchternheit und steckte ihr Aufnahmegerät ein.

Haben Sie keine Angst, dass der Kerl wiederkommt?

Nein, die Polizei ist innen dem Haus und außen dem Haus. Sentinels, got me?

Er kam um den Schreibtisch herum. Die Polizei hat bisher keinen Verdacht verlauten lassen. Wissen Sie mehr?

Sorry, sagte Aminata.

Herking nickte: Trotzdem. Seien Sie vorsichtig!

Sie lachte: Ich bin stark!, und verließ die Redaktion.

Wenige Augenblicke später stand Herkings Kollege vom Sport in der Tür.

Und?

Was und?

Wird sie eingestellt?

Sie hat sich nicht beworben, oder würdest du von London nach Zungen an der Nelda ziehen, um bei uns zu arbeiten? Schade. Mit der würde ich sofort eine Familie gründen.

Du kannst es ihr morgen früh sagen, da ist sie wieder hier.

Günther Korell lag mit geschlossenen Augen auf seinem Bett unter dem Glasdach des Ateliers. Sein bleiches Gesicht war von der Anstrengung gezeichnet, mit der er seinen Plan für die nächsten Tage entwarf. Jetzt durfte er nichts mehr falsch machen, auf jeden Schritt kam es an.

Martina Matt hatte für den kommenden Abend eine Vernissage angesetzt, zu der seine Lesung angekündigt war. Neue Gedichte. Er konnte nicht in Ruhe seine Poesie vortragen, so lange die Hydra sich frei bewegte. Ihr neuer Name Aminata gefiel ihm, doch er ließ sich nicht in die Irre führen: Sie war die Hydra, die Lernäische Schlange, und sie trug diesen rotblond gelockten Kopf, den letzten ihrer Köpfe, mit großer Anmut, um alle zu täuschen. Es war ihr unsterblicher, wollüstiger Kopf, der auch abgeschlagen weiterleben würde, der Kopf, den Herakles nachlässig begraben hatte.

Nur ein Mittel gab es, um sie endgültig zu vernichten. Er hatte es bei Dante gelesen, auf der *Siebenten Terrasse*, im XXVI. Gesang des *Läuterungsberges* war es beschrieben. Danach würde er handeln.

Er öffnete die Augen. Das Licht, das durch die Dachverglasung einfiel, blendete ihn, aber er zwang sich, die Augen offen zu halten, bis sie tränten. Das göttliche Licht musste in ihn fließen, bis er voll davon war und ganz und gar erleuchtet.

Unter der Dusche ließ er sich das kalte Wasser so lange über Kopf und Körper laufen, bis seine Haut gefühllos geworden war. Er zog einen dünnen Trainingsanzug an, stieg ins Dachgeschoss hinauf und arbeitete sich eine halbe Stunde am Stepper warm, wechselte auf das Rudergerät, legte sich den Pulsmesser um und brachte sich mit den voreingestellten fünf Kilometern gegen die Strömung ins Schwitzen. Trotz der Anstrengung stieg seine Herzfrequenz nur um rund vierzig Prozent und senkte sich nach dem Ende des Trainings in perfekter Kurve wieder ab. Er war zufrieden mit sich, diesem Körper konnte er viel zumuten.

Als er den Schrank öffnete, in dem auf einem Brett in Augenhöhe die drei großen Spiritusgläser mit den linken Händen von Nína Jökulsdóttir, Iris Paintner und Saskia Runge nebeneinanderstanden, nahm ein Plan Gestalt an, den er in seinem Kopf so begrüßte, als sei er aus den in Ethanol konservierten Präparaten in seinen Kopf geflogen. Er musste lachen. So einfach war es, so sicher und unumkehrbar!

Kurz darauf fuhr er seinen Wagen vor den Dienstboteneingang und trug die Glaszylinder durch das rückwärtige Treppenhaus nach unten.

Alexander!

Sie stand mitten im Atelier, und ihr Tonfall verhieß nichts Gutes. Beinahe wäre ihm das nasse Glasfenster aus den Händen gerutscht. Max Reber und er hatten die Scheibe vom Leuchttisch genommen, an den Ecken gefasst, ohne die gefärbte Oberseite zu berühren, und vorsichtig über die Längskante gekippt, um das stehende Klarwasser ablaufen zu lassen. Die Pigmente hatten sich gesetzt und hafteten gut. Bevor Swoboda auf Michaela Bossis Ruf reagierte, legte er mit dem Glasmalermeister die Scheibe zum Abbinden der Farben auf die bereitstehenden Holzböcke. Er trocknete seine Hände am Malerkittel und ging auf die Chefermittlerin zu.

Reber holte Putzzeug und fing an, den Boden aufzuwischen. Entschuldige, sagte Michaela, als er sie umarmte. Aber ich muss dich stören. Es hat einen Anschlag auf deine Zeugin gegeben.

Auf meine Zeugin? Ich habe keine Zeugin. Wann?

Freya Paintner. Vorgestern Nacht. Keine Sorge, ihr ist nichts passiert. Ihre Pflegerin ist dem Tod knapp entronnen, sie wollte ihr helfen. Der Täter ist flüchtig.

Keine Spuren?

Er hat mit seinem Schwert einen Türrahmen gespalten und eine Küchenuhr von der Wand gefegt. Das Schlimme ist: Wir wissen nicht, auf wen er es eigentlich abgesehen hatte: auf die Pflegerin oder Aminata Mboge.

Swoboda schwieg. Er sah ihr an, was sie wollte, und dachte daran, dass er vor einer guten Stunde noch geglaubt hatte, er sei jetzt ganz in der Kunst angekommen und habe sein Polizistenleben endgültig und vollständig hinter sich gelassen.

Ich kann hier nicht weg. Du verstehst, während das eine Fenster trocknet, male ich das zweite, und während das trocknet, wird das erste gebrannt, und das dauert mindestens vierundzwanzig Stunden. Alles greift ineinander.

274

Und du kannst nicht um eine Woche verschieben?

Dann ist hier ein anderes Projekt in der Pipeline. Warte.

Max Reber hatte viele Künstler in seiner Atelierwerkstatt erlebt, aber noch keinen, der sich nach dem ersten von vier Glasfenstern mit der Bitte verabschiedete, der Glasmalermeister solle allein weiterarbeiten und sich möglichst eng an die vorliegenden Papierentwürfe halten.

Ohne Sie?

Aber Sie wissen genau, was ich will, sagte Swoboda.

Sie suchen nach der leichtesten Farbe. Haben Sie gesagt.

Und es geht um Auferstehung.

Ja. Es geht um Auferstehung, bestätigte Swoboda, als sei das eine alltägliche Aufgabe, und klopfte ihm auf den Arm. Und damit wissen Sie alles, was nötig ist. Sie arbeiten in Ruhe allein, egal, ob mit dem Gießtrichter oder mit dem Pinsel oder mit der Hand. Sie wissen besser als ich, wie die Farben sich durchs Brennen verändern. Aber Sie brennen noch nicht, bitte. Sie lassen die getrockneten Scheiben liegen, bis ich wieder hier bin. Dann entscheiden wir. Was uns nicht gefällt, waschen wir weg. Aber ich hab so das Gefühl, dass Sie die Fenster am Ende ohne mich noch besser hinbekommen.

Max Reber überlegte. Dann fragte er:

Glauben Sie an die Auferstehung?

Sie?

Reber zögerte. Ja. Schon.

Swoboda lächelte ihn an: Dann kann ja nichts schiefgehen.

Aminata fand den Tag zu schön, um sofort in die Villa zurückzukehren, und rief Freya an. Sie werde noch etwas spazieren gehen, die Sonne genießen, eine Stunde nur, höchstens anderthalb.

Vom Zeitungsgebäude am Schillerplatz flanierte sie durch die Hauptstraße zum Neldaplatz, an der Galerie Matt vorbei in die Wilhelmstraße, folgte ihr das kurze Stück fast bis zum Kornmarkt, bog kurz davor nach links in die enge Glockengasse, die an der evangelischen Matthäuskirche vorüber und zur Kornbrücke über die Mühr führte. Jenseits der Brücke wandte sie sich nach rechts und lief am Westufer der Nelda entlang, auf der schmalen Teerstraße, die hier Unterer Treidelweg, weiter nördlich dann Floßlände hieß.

Erst als sie die Fischerhäuser sah, fiel ihr auf, wo sie war. Gernot Paintner hatte die Unterbrechung der Abrissarbeiten verfügt, und so standen die schiefen Holzhäuser, umflattert von ein paar Fetzen der polizeilichen Absperrbänder, noch in der Sonne und sahen aus, als starrten sie aus den Giebelfenstern auf das fließende Wasser, das ihre Geschichte davontrug. Haus Nummer 4 war von den Studenten geräumt worden, und der zweiundachtzigjährige Sepp Straubert, der am Tag, an dem die Bagger gekommen waren, vor dem Haus 7 einen Herzinfarkt erlitten hatte, wohnte jetzt in einem Pflegeheim.

Aminata lief langsam über die Uferwiese, betrat die schmale seitliche Veranda am Haus 5 und lief vor zur Flussseite, wo noch ein kurzer Teil des Stegs erhalten war und wie an allen Fischerhäusern eine Bank neben der Tür stand. Oberhalb der verrosteten Eisenklinke klebte noch ein zerrissener Versiegelungsstreifen der Polizei.

Hinter diesem Eingang hatten Freya und Yoro sich geliebt, hier hatten sie Joseph gezeugt. Aminata fand es schwierig, sich ihre Großeltern beim Sex vorzustellen, und ihr fiel ein, dass sie noch nie bei ihren Eltern daran gedacht hatte.

Mit ihrem Mobiltelefon fotografierte sie die Tür, doch sie öffnete sie nicht und wandte sich der Nelda zu. Bilder vom Fluss wollte sie ihrem Vater senden. Und vom grünen Land. Als sie an der linken Hauswand vorbei die Uferwiesen und den Wald ins Visier nahm, stand plötzlich ein Mann im Bild und winkte.

Es war Günther Korell, und Aminata winkte erleichtert zurück. Er kam näher, sie sah, dass er einen Tagesrucksack trug.

Der alte Kombi machte ab Hundertfünfzig einen solchen Lärm, dass Michaela Bossi das Radio fast auf volle Lautstärke drehen musste, um die Nachrichten zu verstehen.

Die Mitteilung war von regionalem Interesse. In der Kleinstadt Zungen an der Nelda hatten Bürger vor dem Polizeipräsidium demonstriert und vollmundig angekündigt, man werde den Frauenmörder, der kürzlich sogar in ein Haus eingedrungen und beinahe deren Bewohnerin geköpft hätte, jetzt mit einer Bürgerwehr suchen. Die Polizei sei offensichtlich überfordert oder wolle aus unerfindlichen Gründen ihre Arbeit nicht machen. Der Landrat des Kreises hatte Verständnis für die Beunruhigung der Protestierenden geäußert, der Innenminister eine Stellungnahme angekündigt, aber noch nicht abgegeben.

Swoboda schaltete das Radio aus.

Könntest du auch weniger schnell fahren?

Sie nahm den Fuß vom Gas.

Immerhin hast du jetzt was gesagt. Das beruhigt mich, ich dachte schon, du wolltest die ganze Strecke schweigen. Was ist los? Bin ich dir zu nah geraten, hat dir unsere Nacht nicht gefallen, hast du Gewissensbisse wegen Martina?

Die Nacht hat mir gut gefallen. Du bist mir zu nah geraten, und ich habe Gewissensbisse.

Sie musste lachen. Das sind doch zwei gute Themen, um sich zu unterhalten.

Nein, ich will darüber nicht reden, und bevor du es sagst, sage ich es: Typisch Mann.

Typisch Mann.

Er richtete sich im Sitz auf.

Außerdem habe ich wieder was getan, was ich eigentlich nicht tun wollte. Ich wollte in der Hofkunstanstalt weiter an meinem Fenster arbeiten, es hat mir Spaß gemacht, ich fand es spannend, ich fand den Glasmalermeister angenehm, ja sogar bewundernswert, und ich wollte mich weiter nur in der Kunst aufhalten. Jetzt sitze ich neben einer Chefermittlerin des Bundeskriminalamtes und bin wieder der blöde Polizist, der ich mein Leben lang war.

Du warst dein Leben lang Maler und als Polizist nie blöde.

Kannst du gar nicht wissen.

Sie beschleunigte wieder und fuhr auf die linke Spur. Jetzt hör auf zu klagen, das macht einen ja trübsinnig.

Ich bin trübsinnig!, rief er durch den Lärm. Und ich weiß nicht, warum ich hier bin und nicht dort, wo ich herkomme!

Sie beendete das Überholmanöver, wechselte auf die rechte Spur und nahm Gas weg.

Du bist hier, weil unser Mörder gestern bei Freya Paintner aufgetaucht ist.

Törring leitet die Untersuchung. Er ist ein gute Kriminaler, er kommt aus meiner Tasche. Er macht das schon alles richtig.

Kein Zweifel. Nur redet Freya Paintner nicht mit ihm.

Was?

Sie hat erklärt, dass sie ausschließlich mit dir redet, mit keinem sonst. Wahrscheinlich Altersstarrsinn.

Swoboda schwieg, blickte über die Motorhaube und ließ die Autobahn mit ihren Markierungen in seinen Blick gleiten. Plötzlich musste er an die vergangene Nacht denken, in der ihn die Frau, die jetzt neben ihm kühl und konzentriert den Wagen steuerte, mit ihrer maßlosen Lust verjüngt hatte.

Er neigte sich zu ihrer Seite, legte seine linke Hand auf ihren Oberschenkel und sagte: Die Nacht war wirklich sehr schön.

Sie sah hinunter auf seine Hand, sofort wieder auf die Straße und antwortete leise: Vorsicht.

Tut mir leid, wenn ich dich erschreckt habe, Aminata, das wollte ich nicht, ich bin auch nicht zufällig hier.

Korell hatte sein jungenhaftes Lächeln aufgesetzt.

Ehrlich gesagt hat mich Freya gebeten, ein bisschen auf dich aufzupassen. Schließlich gibt es auch in Zungen gewaltbereite Rassisten, und auch wenn du weiß bist, das mit deinem Großvater hat sich schnell rumgesprochen.

Sie zog die Augenbrauen hoch und breitete die Arme zu einer Geste der Hilflosigkeit aus. Er begriff, dass er zu schnell zu viel gesagt hatte und wiederholte seine Begrüßung auf Englisch, ließ sich auf die Bank fallen und öffnete den Rucksack.

Hast du Hunger? Komm her, Dorina hat uns Sandwichs gemacht.

Sie setzte sich neben ihn auf die Bank und sah zu, wie er in seinem Rucksack kramte. Schließlich brachte er eine blaue Plastikbox mit belegten Broten zum Vorschein, zwei kleine Plastikflaschen Wasser und eine Rolle Küchenpapier.

Sie hat wirklich an alles gedacht. Wasser mit bubbles oder ohne bubbles?

Mit, lachte Aminata.

Gut so, ohne habe ich auch nicht dabei.

Er drehte die Verschlüsse beider Flaschen auf, es zischte, und als er ihr eine Flasche reichte, sah sie, dass an seiner das Etikett halb abgerissen war.

Sandwich? Ham or Salami?

No, thanks.

Sie spürte jetzt, wie durstig der Spaziergang in der Sonne sie gemacht hatte, und trank die Flasche in großen Zügen halb leer. Das Mineralwasser schmeckte leicht salzig.

Ah, that's good!

Yeah!, rief er übermütig. Do you know I was the one who has found the skeleton here?

No. Tell me.

Und er begann zu erzählen, langsam, mit deutlicher Aussprache, damit sie folgen konnte.

Ich habe das Gerippe schon vor dem armen Jungen entdeckt, der hier durch den Boden eingebrochen ist. Alles, was Freya mir über ihre Liebe zu Yoro Mboge erzählt hat, wies auf dieses Haus hin. Ihn zu finden, war ein Kinderspiel. Die jungen Bildhauer nebenan waren nette Burschen, einer hatte ein geschnitztes Schiff in sein Fenster gestellt. Ich habe ihnen aber nichts erzählt. Ich habe das Skelett deines Großvaters wieder mit den Bodenbrettern zugedeckt. Ich wollte Freya langsam darauf vorbereiten. Verstehst du? Sie ist meine Mutter! Meine dritte! Und ich liebe sie wie meine erste, die Beate hieß, aber mein Vater nannte sie Sue. Die Mutter, von der ich den Nachnamen habe, Korell, sie hieß Agnes, Agnes Korell, habe ich nicht geliebt. Sie hat mich verprügelt. Und wenn die Schläge nicht halfen, hat sie mich bei den Haaren gepackt und hochgehoben, bis meine Füße den Boden nicht mehr berührten. Sie war Linkshänderin und hatte viel Kraft in den Fingern. Wenn sie mich hochzog, schrie ich nicht mehr, ich hing wie ein toter Hase an ihrer Hand. Das hat sie für einen Erfolg gehalten. Aber das weißt du alles, du hast es ja selbst getan.

Aminata war sich nicht sicher, ob sie ihn richtig verstanden hatte. Es fiel ihr schwer, sich auf seine Geschichte zu konzentrieren, und sie blickte auf seine Lippen, um die Wörter mitzulesen.

Ich habe mir nachts die Brust aufgekratzt, um den inneren Schweinehund herauszuholen. You know the Innere Schweinehund?

No.

Er lachte leise. Man muss ein Held sein, um ihn zu besiegen. Einer wie Herakles. Und so einer bin ich geworden. In einem Sagenbuch für Jugendliche, das ihr mir geschenkt habt, Agnes und Thomas, ich glaube, zu Weihnachten, bin ich auf die Geschichte von den zwölf Arbeiten des Herakles gestoßen. Für seinen Kampf gegen die Hydra gab es ein Bild von dieser Lernäischen Schlange. Eine ganze Seite.

Herakles war ein halb nackter, muskulöser Mann mit Locken und Bart, er hob sein Schwert zum Schlag. Die Hydra war ein widerwärtiges Ungeheuer mit Schlangenarmen, vier Reihen tiefhängender Brüste am Bauch, aber ihr Haupt in der Mitte, das den Herakles anfauchte, erkannte ich wieder: Es hatte die Augen von Agnes, es blickte genau wie du, wenn du dich über mich gebeugt und auf mich heruntergeschrien hast. Von da an wusste ich, dass deine Kraft, vor der Thomas genau so viel Angst hatte wie ich, von einer bösen Macht kam, vom Teufel, aus der Unterwelt, aus der Hölle. Aber wem sollte ich sagen, dass Agnes Korell die Wiedergeburt der Hydra war? Niemand würde mir glauben. Thomas am wenigsten. Du hattest ja alle geblendet.

Das Wort *Hölle* hatte sie verstanden, doch sie verlor den Zusammenhang, als er plötzlich von ihr selbst und nicht mehr von seiner Pflegemutter sprach. Aminata ahnte, dass er als Kind gelitten hatte, begriff aber nicht, wie das mit ihr und ihrer Geschichte zusammenhing. Sie wollte ihn fragen. Bevor ihr die Wörter einfielen, redete Korell weiter, schien aber nicht mehr zu ihr zu erzählen, sondern sprach vor sich hin.

Später fand ich beim Herumsuchen in den Büchern meines Adoptivvaters ein Foto. Es war das Bild einer weißen Marmorskulptur, zwei Menschen, nackt, die sich umarmten und küssten, sie saß halb auf seinem Schoß, es war die Plastik *Der Kuss* von Rodin, aber eigentlich hieß sie *Francesca da Rimini*, und das stand auch auf der Rückseite. Du kannst dir nicht vorstellen, wie mich dieses Bild erregt hat. Mehr als die Aktphotos, die wir in der Schule tauschten.

Ich habe es auch wirklich benutzt. Irgendwann bekam ich raus, wer diese Francesca war, und dass ihre Geschichte in einem großen Gedicht vorkam. Auf die Weise bin ich an Dantes *Göttliche Komödie* geraten. Aus Geilheit, wenn du so willst. Aber es war meine Erlösung. Du kannst das nicht verstehen, denn deine Welt ist dunkel und gemein. Meine Welt ist das Paradies.

Er hob den Kopf und sah sie an: The Paradise, you know? Seine Stimme war so dumpf geworden, dass Aminata die Wörter nicht mehr identifizieren konnte. Wie durch eine Wand hörte sie, dass er sich an etwas zu erinnern schien, das irgendwie mit ihr zu tun hatte. Sein Gesicht, das gar nichts Jungenhaftes mehr hatte, verschwamm an den Rändern, seine Stimme entfernte sich mehr und mehr und war bald nur noch ein leise hallendes Echo. Der Fluss vor ihren Augen wurde breit wie der Gambia River und färbte sich mit dem Feuer eines roten Sonnenballs, der in ihn eintauchte.

Sie sah, wie alles um sie herum glühte, und verlor das Bewusstsein.

Korell fing sie auf, als sie zur Seite sank, und legte sie sanft auf dem Steg ab. Er leerte die Wasserflasche, aus der sie getrunken hatte, in den Fluss und warf die Flasche hinterher, sah sie zwischen den Wellenblitzen davontreiben und lächelte.

Was für ein herrlicher Tag, an dem ihm mühelos alles gelang!

Ich habe mich unnachsichtig geprüft. Nichts deutet darauf hin, dass ich meine Pläne ändern müsste.

Es ist schon raffiniert, wie du dich als Afrikanerin tarnst und uns glauben machen willst, dass es weiße Schwarze gibt. Ich muss zugeben, du wirst von Wiederkehr zu Wiederkehr hübscher. Am hässlichsten warst du als Agnes.

Ich bin nicht unempfänglich für Schönheit, wie man an meinen Gedichten sieht. Doch meine Liebe gehört der Wahrheit. Der Reinheit. Das Böse ist nicht intelligenter als das Gute, darum verfängt dein Betrug nicht bei mir.

Das Fegefeuer wartet auf dich, Hydraminata, und wenn ich selber dabei mit verbrenne, soll es mir recht sein. Es wird meinen Dichterruhm nur fördern.

Auf mich wartet das Paradies, auf dich die Verdammnis.

Ich freue mich auf meine Lesung heute Abend. Leider kannst du nicht zuhören. Vielleicht gebe ich dir noch eine Privatlesung, bevor du brennst.

XVI

Die siebte Terrasse

SIE KLINGELTE AM TOR DES BAROCKHAUSES Tuchwebergasse 12. Michaela Bossi hatte darauf bestanden, die Vorladung selbst zu überbringen. Die Familie sollte wissen, dass
es keine Hoffnung auf lokale Verbindungen oder Rück-
sichten gab.

Kurz darauf stand sie im Salon der Villa, stellte sich vor und
war überrascht, neben dem Hausherrn Martin Paintner
nicht nur seinen Onkel Helmut, sondern auch seinen Vater Gernot anzutreffen.

Dann muss ich ja nicht mehr zum Kornmarkt, sagte sie
freundlich.

Martin Paintner bot ihr einen Stuhl an

Ich hoffe, Sie sind gekommen, um uns die Freigabe der
sterblichen Überreste von Iris mitzuteilen. Wir müssen ja
die Beerdigung planen.

Sie setzte sich und legte ihre Aktenmappe vor sich auf den
Tisch.

Leider nein. Das wird wohl noch etwas dauern. Mir tut das,
was Ihrer Tochter zugestoßen ist, wirklich sehr leid. Aber
ich kann Ihnen über die Freigabe im Moment nichts Ge-
naues sagen.

Und warum stören Sie dann? Ich habe meine Enkelin verloren! Wissen Sie nicht, was Pietät ist?, fragte Gernot Paint-

ner, der am anderen Ende des ovalen Tisches neben seinem Bruder saß und in seinem Tonfall unverhohlen seine Aversion gegen die Chefermittlerin anklingen ließ.

Ich weiß, warum sie da ist, sagte Helmut Paintner leise.

Dich habe ich nicht gefragt.

Michaela Bossi öffnete ihre Mappe und entnahm ihr die Formulare.

Ich habe hier zwei Vorladungen, sagte sie ruhig, für Gernot Paintner, geboren am 4.9.1924, wohnhaft in Zungen an der Nelda, Kornmarkt 2, und für Helmut Paintner, geboren am 30.7.1926, wohnhaft in Zungen an der Nelda, Tuchwebergasse 12, wegen des Verdachts auf gemeinschaftlich begangene, vorsätzliche Tötung des Yoro Mboge, französischer Kriegsgefangener, Geburtsdaten noch nicht ermittelt, sowie des Alois Dietz, Fischer, geboren 15.5.1872, am 12. oder am 13. April 1945. Die Verdächtigen werden im Rahmen der Ermittlungen zur Vernehmung einbestellt. Fluchtgefahr besteht nicht, auf Untersuchungshaft wird mit Rücksicht auf das Alter der Verdächtigen verzichtet.

Sie schloss die Mappe und zog sie an sich. Die beiden Papiere lagen auf dem Tisch, keiner griff danach.

Ich kann gleich mitkommen, sagte Helmut Paintner. Sein Bruder wischte mit dem Arm durch die Luft.

Gar nichts wirst du. Anständige Leute verfolgen und Frauenmörder frei rumlaufen lassen, das ist die neue Zeit.

Ich habe Sie nicht verstanden, sagte Michaela Bossi.

Sie haben mich sehr gut verstanden. Sie sollten sich besser um die Gefahr kümmern, in der die Frauen dieser Stadt sind! Stattdessen wühlen Sie in Zeiten, von denen Sie keine Ahnung haben! Was mit diesem Neger passiert ist, geht uns nichts an. Aber es gab damals noch Deutsche mit Anstand, die wussten, was sich gehört und was nicht! Wenn er erschlagen worden ist, dann völlig zu Recht und in Übereinstimmung mit den geltenden Gesetzen. Dass die heute anders sind, dafür kann ich nichts!

Martin Paintner, der mit dem Rücken zur Anrichte unglücklich dastand wie ein Kind, machte einen zaghaften Versuch, seinen Vater zur Vernunft zu bringen.

Du solltest jetzt nichts sagen, Vater, alles wird Dr. Grohe regeln, er weiß am besten, was du sagen sollst und was nicht!

Ach? Verbietet mir der eigene Sohn im eigenen Haus das Maul? Im gemachten Nest sitzen und großtun, das hab ich gerne. Ich habe mein Leben lang gesagt, was ich denke, und ich ändere das nicht, verstanden?

Unerwartet hob Helmut Paintner den Kopf und widersprach dem älteren Bruder:

Du hast diese Familie tyrannisiert, seit unser Vater aufgehört hat, uns zu tyrannisieren. Du bist genau so ein Mörder, wie ich es bin und wie unser Vater es war. Ich werde nicht auf Dr. Grohe hören. Ich werde aussagen. Alles, was ich weiß. Ich werde endlich alles, alles sagen. Und Sie glauben gar nicht, Frau Bossi, wie froh ich darüber bin.

Gernot Paintner versuchte zu lachen, aber jeder konnte hören, dass ihm nicht danach war.

Dieser Mann ist, ich muss es leider sagen, obwohl er mein Bruder ist, seit zwanzig Jahren in psychiatrischer Behandlung. Er ist völlig unzuverlässig, sein Erinnerungsvermögen ist durch die Medikamente, die er leider braucht, nahezu zerstört. Auf den können Sie nicht bauen. Er ist einfach nicht zurechnungsfähig.

Helmut Paintner sah seinen Bruder fassungslos an.

Der lehnte sich in seinem Stuhl zurück und redete unge-
rührt weiter: Wenn er sich selbst bezichtigt, bitte, vielleicht
hat er ja damals sogar den Neger umgebracht, weil der
seine Schwester geschwängert hatte, kann sein, ich weiß es
nicht, Helmut hat Freya sehr gemocht, wer weiß, was passiert ist. Ich weiß es jedenfalls nicht. Und wahrscheinlich
weiß er es selbst auch nicht mehr.

Er stand auf und kam auf Michaela Bossi zu. Er musste dabei an seinem Sohn vorbeigehen und würdigte ihn keines
Blicks.

Damit wäre das wohl erledigt.

Die Chefermittlerin stand auf und nahm ihre Tasche vom
Tisch.

Wir können Ihr Erscheinen auch richterlich erzwingen lassen, Herr Paintner. Dann werden Sie vorgeführt, mit Polizei vor dem Haus und Blaulicht und dem ganzen unschö-
nen Aufwand. Möglicherweise sickert das vorher zur Presse
durch, und es stehen Reporter dabei. Wenn Ihnen das lieber ist.

Ich höre daraus eine Erpressung und werde das meinem
Anwalt mitteilen, sagte Gernot Paintner. Und diesen
Wisch da können Sie wieder mitnehmen.

Besser, Sie geben ihn Ihrem Anwalt.

Er wandte sich ab und verließ das Salonzimmer. Martin
Paintner lehnte regungslos mit dem Rücken an der Anrichte und starrte ins Leere. Noch war ihm der Niedergang
des Hauses Paintner nicht bewusst, doch er ahnte, dass die
Familie die Wiederkehr ihrer Vergangenheit nicht mehr
vermeiden konnte.

Helmut Paintner, den die Erinnerung an den Mord nie losgelassen hatte, saß vornübergebeugt, bedeckte seinen Kopf mit den Händen, und das Zucken seiner Schultern ließ Michaela Bossi vermuten, dass er lautlos weinte.

Sie nickte Martin Paintner zu und verließ das Haus, atmete vor der Tür tief durch und kramte in ihrer Tasche nach Zigaretten.

Swoboda bewunderte die Haltung der alten Dame und war dankbar für ihre Freundlichkeit. Freya saß, gepflegt wie immer, das weiße Haar nach hinten gebunden, die hellblaue Bluse frisch gebügelt, in ihrem Rollstuhl und hatte ihn und Törring gebeten, am Teetisch vor dem Kamin Platz zu nehmen. Dorina servierte den Kaffe und wollte sich zurückziehen.

Törring hielt sie auf. Wir möchten auch mit Ihnen sprechen, Frau Radványi.

Setzen Sie sich zu uns, Dorina, forderte Freya sie auf, und wandte sich dem Kriminalhauptkommissar zu.

Ich muss mich bei Ihnen entschuldigen, Herr Törring, ich habe nur deshalb nach Herr Swoboda verlangt, weil ich ihn so gut kenne. In meinem Alter möchte man nicht sein ganzes Leben noch einmal erklären, und Herr Swoboda weiß schon viel von mir. Aber ich hatte ja keine Ahnung, dass Sie sozusagen sein Schüler sind! Und er hat gesagt, Sie haben ihm schon zwei Mal das Leben gerettet! Da sind Sie mir natürlich willkommen. Nachher gibt es frischen Apfelkuchen, Dorina macht ihn wunderbar!

Ich hätte gern auch mit Frau Mboge und mit Herrn Korell gesprochen, sagte Törring, sind sie denn im Haus?

Nein. Freya schien sich über seine Frage zu wundern.

Aminata geht spazieren, sie war heute morgen in der Redaktion der Zeitung und dann hat sie angerufen. Und Günther ist, glaube ich, noch unterwegs beim Einkaufen. Aber beide haben ja von dem Überfall gar nichts mitbekommen!

Später!, bestätigte Frau Radványi, später ist sich Frau Aminata gekommen und hat mir Pantoffel gebracht, und der junge Mann war an seinem Fenster offen und hat gerufen, was ist los. Ich habe nur gemacht ein Geschrei. So ist gewesen, ich möchte sagen, es war grausam. Was bricht ein in mein Haus dieser Mann? Für was mördert er? Ich bin nicht reich! Nicht böse! Was glaubt er für eine Einbildung? Hat er Hass auf Ungarn? Szent Boldogasszony!

Da alle schwiegen und sie anblickten, begriff sie, dass keiner den Ausruf verstanden hatte, und übersetzte: Das ist Heilige Muttergottes.

Swoboda trank still seinen Kaffee und beschränkte sich darauf, die Gesichter von Freya und Dorina zu beobachten. Er wollte sich bewusst nicht in Törrings Befragung einmischen und behielt sein Gefühl für sich, dass etwas an diesem angeblichen Einbruch nicht stimmte – kein Einbrecher trägt ein Schwert mit sich herum – und dass keineswegs klar war, wen der Täter töten wollte.

Seine Nase sagte ihm: Die Pflegerin hatte den ursprünglichen Plan durcheinandergebracht. Außer ihr war nur Aminata im Kutscherhaus. Folglich ging es um sie, es war ein misslungener Mordanschlag. Aber war es derselbe Täter, der die drei anderen Frauen geköpft hatte? Oder spielte da einer mit der Serie und hatte ganz andere Gründe?

Rüdiger Törring zog ein gefaltetes Blatt Papier aus der Innentasche seines grauen Jacketts, öffnete es und legte es vor Freya auf den Tisch.

Das hat heute morgen im Briefkasten des Polizeipräsidiums gelegen. Sie können es ruhig anfassen, es ist eine Kopie, das Original ist bereits untersucht, keinerlei Spuren.

Freya Paintner nahm den Zettel auf, las, ihre Hände zitterten leicht, als sie ihn zurücklegte.

Swoboda konnte die Schrift von seinem Platz aus lesen. In fetten Druckbuchstaben stand auf dem Blatt: Weg mit der Niggerschlampe! Zurück in der Kral! Oder es passiert was!

Der Einbruch im Kutscherhaus war kein Einbruch, fuhr Törring fort. Es war vermutlich ein Mordversuch. Aber nicht an Ihnen, Frau Paintner, auch nicht an Frau Radványi, sondern an Aminata Mboge. Da bin ich mir ziemlich sicher. Ob es der Frauenmörder war, nach dem wir suchen – ich habe da meine Zweifel. Diesen Drohbrief hier halte ich für ein Ablenkungsmanöver. Jemand will, dass wir glauben, es gäbe in der Stadt eine, sagen wir, rassistische Gegenstimmung gegen Frau Mboge. Ich habe aber einen ganz anderen Verdacht: Frau Paintner, sehe ich das richtig, dass es nach dem Tod Ihrer Nichte Iris nur noch eine Person gibt, die man zur leiblichen Nachkommenschaft der Paintners zählen kann, nämlich Aminata Mboge?

Ja, sagte Freya leise.

Folglich ist sie die Erbin der Firma, ja?

Ja, sie und mein Adoptivsohn Günther.

Törring senkte seine Stimme. Frau Paintner, ich muss Sie jetzt etwas fragen, was ich lieber nicht fragen würde: Trauen Sie einem Mitglied Ihrer Familie zu, Aminata Mboge zu ermorden oder ermorden zu lassen?

Nein! Freya hielt nach ihrem spontanen Ausruf den Atem an, dachte nach und schloss die Augen.

Er hat schon einmal getötet, sagte sie tonlos. Aber jetzt? Nein. Ich weiß es nicht.

Sie blickte hilfesuchend zu Swoboda. Ich kann leider von meinem Bruder Gernot nicht sagen, wozu er fähig oder nicht fähig ist. Helmut? Nein, ausgeschlossen. Und Martin ist ein Angsthase, der kommt nicht mal auf die Idee.

Und Herr Korell?

Günther? Sie lachte. Was sollte der für ein Interesse haben? Ausgeschlossen. Außerdem war er oben im Haus. Wo bleibt denn Aminata?

In Gedanken klopfte Swoboda Törring auf die Schulter.

Sie haben gesagt, sie sei spazieren gegangen.

Ja, aber das ist lang her!

Swoboda neigte sich vor zu ihr: Jetzt haben wir Ihnen Angst gemacht, Freya, keine Sorge, sie wird bestimmt bald auftauchen. Ich glaube, sie weiß selbst, dass der Anschlag nicht Frau Radványi galt.

Dorina stand auf. Ist vielleicht weggefahren? Hat Angst und ist weg? Ich sehe nach.

Sie lief aus dem Zimmer, bevor Freya sie zurückhalten konnte. Weil sie die Tür zur Diele zu schließen vergaß, entstand ein leichter Luftzug, der die Gardinen vor der offenen Terrassentür bewegte. Aus dem Garten zog ein schwacher Duft von Flieder in den Raum. Man hörte ein Auto über den Kies auf der Vorderseite des Hauses rollen, die dumpfen Schläge von Wagentüren, dann rief Korell in der Diele:

Bin wieder da!

Seine Stimme klang fröhlich. Swoboda sah ihn am Türausschnitt vorübergehen, zur Küche, zwei Einkaufstüten in den Händen.

Ich tu das Zeug nur schnell in den Kühlschrank. Morgen gibt's Ossobuco!

Dorina Radványi kehrte zurück, außer Atem, sie war vom Kutscherhaus heraufgerannt und sagte, ohne gefragt zu sein: Nein, ihre Sachen sind im Zimmer zu sehen, sämtlich, es fehlt an nichts.

Wo fehlt es an nichts?

Korell trat durch die Seitentür in den Salon, lief auf Freya zu, beugte sich zu ihr hinunter und deutete eine Umarmung an.

Wir warten auf Aminata, sagte sie.

Ist sie nicht hier? Er stellte sich Swoboda vor und begrüßte Törring.

Ich hab sie doch vor einer halben Stunden gesehen, sie ist in ein Taxi gestiegen, am *Hotel Korn*. Wohin ist sie gefahren?

Sie wollte spazieren gehen, sagte Freya.

Dann hab ich mich getäuscht. Bestimmt habe ich mich getäuscht, ich bin heute so aufgeregt, Sie kommen doch zu meiner Lesung heute Abend?

Swoboda nickte, Rüdiger Törring sah auf den Boden. Korell fixierte ihn.

Herr Kommissar, ich sehe, Sie haben kein Vertrauen zur Poesie. Aber ich verspreche Ihnen, wenn Sie zur Vernissage kommen, werden Sie überrascht sein, wie sehr Gedichte auch in Ihrem Beruf helfen können! Sie erweitern die Phantasie, locken Sie weg von den festen Wegen, sie machen Ihren Kopf frei für das Unwahrscheinliche, das Ungedachte, das Unvorhersehbare, ich lade Sie ein zur Stärkung Ihrer Vorstellungskraft! Vielleicht schnappen Sie dadurch endlich diesen scheußlichen Frauenmörder.

Eben der lässt mir im Moment keinen freien Abend, aber ich will sehen, was ich tun kann, sagte Törring und stand auf. Swoboda erhob sich gleichzeitig.

Törring machte einen Diener. Für heute wär's das, Frau Paintner, ich bin jederzeit für Sie zu sprechen. Herr Swoboda bestimmt auch.

Der soll malen, sagte Freya. Ich überlege, bald was Neues zu kaufen. Also!

Swoboda lachte. Im Moment bin ich noch mit der Auferstehung befasst.

Na, damit hab ich es nicht so eilig, sagte sie. Zugleich fiel ihr auf, dass Korell bei dem Wort Auferstehung zusammenzuckte.

Als der Kriminalhauptkommissar und sein ehemaliger Vorgesetzter das Haus verließen und die Stufen vor dem Eingangsportal hinuntergingen, legte Swoboda Törring die Hand auf die Schulter.

Das war sehr gut. Ich meine, es war eigentlich nicht schwierig, aber oft ist gerade das, was nicht schwierig ist, nicht so leicht. Oder?

Törring blieb stehen, sinnierte, ob sein ehemaliger Chef ein Lob oder eine Gemeinheit ausgesprochen hatte, und sah zu ihm hinunter auf den Vorplatz, wo er um Korells Wagen herum lief, sich bückte und die Räder betrachtete.

Guck dir das an, rief er zu Törring hinauf, was der für Dreck an den Reifen hat! Wo kauft der denn ein?

Aminata erwachte aus einem Traum, in dem ihr ein Mann mit seiner Hand die Lippen zusammenpresste.

Sie öffnete die Augen, blickte ins Halbdunkel, aber der Traum verging nicht. Es war keine Hand, die ihre Lippen verschloss. Ein breites Gewebeband, das über die untere Hälfte ihres Gesichts und um den Hinterkopf herum geklebt war, ließ die Nasenlöcher frei und machte jede Kieferbewegung unmöglich. Der dumpfe Schmerz zwischen ihren Schläfen blockierte ihre Erinnerung. Da sie mit den Augen nicht erkunden konnte, wo sie war, versuchte sie, die Geräusche wahrzunehmen. Wasser. Wellen glucksten gegen etwas. Langsam kamen die letzten Bilder zurück, die sie wahrgenommen hatte:

Auf der Bank vor dem Fischerhaus in der Sonne. Korell reichte ihr eine Flasche Mineralwasser.

Von da an das Abgleiten in die Undeutlichkeit.

Sie lag auf dem Rücken. Den Kopf konnte sie heben. Die Arme waren vom Körper gespreizt und an den Fußboden gefesselt. Sie spürte unter ihren Fingern Holz. Ihre Beine waren zusammengeschnürt und wie die Handgelenke an den Boden fixiert. Sie versuchte, die Beine anzuziehen. Es gelang nicht.

Erst jetzt stieg Angst in ihr auf. Sie wollte sich beherrschen, ihr war bewusst, dass Angst die Lage verschlimmerte.

Aminata Mboge begann, gegen sich zu kämpfen. Sie befahl sich selbst, sich zu konzentrieren. Rief sich die Grundregel des Kickboxens in Erinnerung: Alle Sinne auf das Ziel ausrichten.

Was nicht zu sehen war, hatte sie gehört: Sie befand sich am Fluss. Der Geruch bestätigte, was sie dachte. Sie hatte ihn mittags am Fischerhaus wahrgenommen: Feuchtes Holz, Algen, die modrige Mischung, die sie aus ihrer Kindheit kannte, wenn sie am Ufer des Gambia im Schwemmholz spielte.

Die Angst war stärker. Sie flutete Kopf und Herz, sie ließ den Körper zittern und jagte mit dem Puls die Atmung hoch, bis Aminata begriff, dass sie wieder das Bewusstsein verlieren würde, wenn es ihr nicht gelang, flach und ruhig zu atmen.

Mitten in ihrem Kampf gegen sich selbst wurde der jungen Frau bewusst, dass ihr der Tod bevorstand. Sie sah sich selbst im Halbdunkel des Fischerhauses auf dem Boden liegen. Wenige Meter neben ihr war ihr Großvater erschlagen worden. Jetzt hatte Korell sie zum Sterben an seine Seite gelegt, und bald würde Yoro Mboge kommen und seine Enkelin hinüberführen in die andere Welt, die der Ahnen.

Plötzlich wurde sie ruhig. Sie dachte an ihren Vater, an die Reise, die sie zu dem Nachtregenbogen über den Barrakunda Falls unternommen hatten, sah wieder das weiße Krokodil im Vollmond über dem Fluss und hörte, wie ihr Vater sagte:

Dein Großvater war ein französischer Soldat. Ein Tirailleur Senegalais. Er hieß Yoro Mboge. Versprichst du mir unter dem Nachtregenbogen, dass du mit Dankbarkeit und Ehrfurcht an ihn denkst? Denn er ist dein Ahne. Er hört und sieht alles, was du tust, und er gibt dir ein gutes oder ein schlechtes Schicksal.

Sie glaubte damals genau so wenig an die Ahnen wie ihre Altersgenossen, doch sie hatte ihrem Vater versprochen, worum er sie gebeten hatte. Beim weißen Krokodil. Und bei Jesus Christus. Jetzt fand sie in der Vorstellung, dass ihr auf mystische Weise geholfen werden könnte, eine verwirrende Hoffnung; nichts davon konnte sie für realistisch halten – dennoch fühlte sie sich davon getröstet.

Sie schloss die Augen, spürte, dass aus den äußeren Winkeln Tränen zu den Schläfen liefen, dachte an die kleine Blechdose mit der Erkennungsmarke, an die Anstecknadel mit dem gestiefelten Kater und das Foto von Freya, und hörte wieder ihren Vater sprechen, als er ihr das Döschen gegeben hatte:

Gib gut darauf acht. Kann sein, dass es dich beschützt, man weiß nie.

Wenn Martina Matt in ihre Galerie einlud, kam, wer sich in der Stadt für bedeutend hielt, und so drängten sich auf der Vernissage die Gäste, räumten in einer halben Stunde das reichhaltige Buffet leer, sprachen kräftig dem Sauvignon *Le Petit Loire* und dem Saint-Julien von *Talbot* zu und lobten die ausgestellten Chagall-Radierungen mit Aquatinta aus dem Zyklus der Illustrationen zu den Fabeln von La Fontaine: Museumsdrucke von achthundert Euro aufwärts. Frau Matt bot an, signierte Originalabzüge ab sechseinhalbtausend durch eine Galerie in Amsterdam zu besorgen.

Potente Käufer fehlten an diesem Abend. Die Familie Paintner, für die Chagall das Äußerste an gewagter Moderne gewesen wäre, war in Trauer und zudem in Schwierigkeiten. Liesel Ungureith, Besitzerin des Fleischkonzerns gleichen Namens und mit Abstand die reichste Frau in Zungen, befand sich, wie so oft, auf Reisen. Der Dritte

unter den sogenannten Geldigen, der sechzigjährige Brau-
ereichef Xaver Sinzinger, hatte die Aktienmehrheit an dem
einstigen Familienunternehmen schon vor Jahren einem
belgischen Bierkonzern überlassen und hielt sich mehr auf
seiner Farm nahe Kapstadt als in Zungen an der Nelda auf.
So auch jetzt. Nur sein enger Freund Heinz Ehrlicher, der
am Ufer der Mahr einen großen Baustoffhandel betrieb,
war in seiner Funktion als parteifreier Oberbürgermeister
gekommen und nicht gewillt, Kunst zu kaufen.

Seine Sorge galt der Angst in der Stadt. Als er in dem Ge-
dränge auf Alexander Swoboda traf, hob er sein Glas, stieß
mit ihm an und sagte:

Wenn Sie noch Hauptkommissar wären, Swoboda, dann
hätten Sie das Problem schon längst gelöst!

Er sprach so laut, dass es nicht nur die Umstehenden hören
konnten. Auch Klantzammer, der nicht als Polizeirat, sondern als Kunstliebhaber an der Vernissage teilnahm, bekam
mit, was der Oberbürgermeister vom derzeitigen Zustand
des Polizeipräsidiums hielt.

Swoboda war froh, dass Törring nicht anwesend war, und
widersprach deutlich vernehmbar:

Ich weiß, dass hier von sehr kompetenten Kollegen nach allen Kräften gearbeitet wird. Das kann Ihnen auch Frau
Bossi vom Bundeskriminalamt bestätigen, und die ist bestimmt nicht voreingenommen. Sie muss auch hier irgendwo sein.

Das bestätige ich gern.

Michaela Bossi hatte, von Swoboda unbemerkt, direkt hinter ihm dem Gespräch zugehört. Sie reichte Ehrlicher die
Hand.

Wir haben es aber mit einem Täter zu tun, in dem sich Wahnvorstellungen, Intelligenz, Bildung und kriminelle Energie verbinden. Und das, Herr Oberbürgermeister, ist eine unheilvolle Mischung, die es uns äußerst schwer macht, ein Profil von ihm zu entwickeln. Vielleicht ist er sogar hier. Ich bin sicher, es dauert nicht mehr lange, und wir haben ihn. Also, beruhigen Sie Ihre Stadt: Die Polizei tut alles, was in ihrer Macht steht.

Scheint nicht auszureichen, sagte Ehrlicher, wandte sich ab und begrüßte ein paar Schritte weiter den Direktor des Eichendorff-Gymnasiums. Günther Korell, der nah genug stand, um zu hören, was Frau Bossi zu Ehrlicher gesagt hatte, hielt in der einen Hand ein Glas Wasser, in der anderen seine schwarze Gedichtmappe. Er schien ganz auf seinen Auftritt konzentriert zu sein und kaum etwas um sich herum wahrzunehmen. Als Martina Matt mit einer schweren Messingglocke läutete und zur Begrüßung ansetzte, blickte er auf.

Ich danke Ihnen allen für Ihr Kommen, für Ihr Interesse, für Ihre enorme Kauflust, ja, im Ernst, Sie wissen nur noch nicht, dass in unseren unsicheren Zeiten Kunst als eine der wenigen sicheren Geldanlagen gilt, und bei Chagall können Sie nichts falsch machen. Die Aquatinta-Radierungen zu La Fontaines Fabeln sind signiert schon nicht mehr alle frei am Markt. Ich bin sicher, dass der eine oder die andere sich in den nächsten Tagen bei mir melden wird! – Wie Sie wissen, begleite ich meine Ausstellungseröffnungen gern mit Literatur, und für heute darf ich Ihnen einen Lyriker ankündigen, den einige von Ihnen kennen, er lebt in unserer Stadt, meine Edition hat bereits einen Gedichtband von ihm verlegt, den Sie hier auch erweben können, Günther Korell wird ihn gewiss gern signieren. Freuen Sie sich mit mir auf seine neuen Gedichte!

Nach dem Beifall, unter dem Korell sich zum hinteren Ende der Galerie durchschob, machte die Galeristin vorsorglich darauf aufmerksam, dass die Lesung nur zwanzig Minuten dauern werde.

Wer dennoch sitzen möchte: Hier vorn sind jede Menge Klappstühle, man nehme sich!

Einige Besucher, vorwiegend ältere Damen, setzten sich im Halbkreis vor den Tisch mit Leselampe, hinter dem Korell Platz nahm. In zweiter Reihe stand Wilfried Herking, starrte auf den Stapel unverkaufter Gedichtbände neben dem Autor und überlegte, ob es sich lohnte, Notizbuch und Druckbleistift aus der Tasche zu ziehen. Er entschied sich, die Arme vor der Brust zu verschränken.

Swobodas Telefon brummte, er drängte sich durch die Stehenden zur Tür und ging hinaus.

Es war Törring, der ihm berichtete, dass Aminata noch immer nicht heimgekehrt war, und Freya verlangte, sie polizeilich suchen zu lassen. Das verstieß gegen die übliche Wartezeit, nach der die Polizei für vermisste Erwachsene aktiv wurde. Andererseits war nach dem nächtlichen Anschlag nichts mehr wie üblich.

Was hast du für ein Gefühl, Turbo?, fragte Swoboda.

Kein gutes. Wir haben die Taxifahrer bereits durchgefragt. Keiner hat sie gefahren.

Lässt dir dein Gefühl Zeit bis morgen früh?

Eher nicht.

Dann macht euch auf die Suche. Du kennst meine Einstellung. Regeln sind gut, Nase ist besser. Ich bin noch hier bei der Vernissage. Und danke, dass du mich informiert hast.

Als er die Galerie leise wieder betrat, hatte Korell bereits einige seiner Gedichte gelesen. Nur in den ersten Reihen fand er aufmerksame Zuhörer, etwas weiter hinten verstand man ihn kaum, einige unterhielten sich, andere liefen von Bild zu Bild. Durch die Unruhe sprach er schneller, wodurch man noch weniger verstand. Schließlich kündigte er die beiden letzten Gedichte an, und man konnten die allgemeine Erleichterung spüren.

Beifall. Korell stand auf und verneigte sich. Keiner kaufte den alten Band. Die Gläser wurden neu gefüllt.

Martina brachte ihm einen Weißwein, er lehnte ab: Ich habe Freya versprochen, früh zu Hause zu sein, du weißt, sie ist unruhig seit dem Überfall.

Das verstehe ich gut. Schön, dass du heute auch das Gedicht *Liebe ist Summe des Lebens* gelesen hast, es hat immer noch keinen Titel?

Nein. Ich glaube, ich werde es Freya schenken.

Er schloss seine Gedichtmappe und klemmte sie sich unter den Arm.

Dann bis morgen.

Martina nickte und sah ihm nach. Jemand legte ihr die Hand auf den Arm. Es war Ehrlicher. Er sagte vertraulich leise: Stimmt das mit der Kunst als Geldanlage?

XVII

Die Dehnung der Zeit

DIE NACHT WAR FAST SOMMERLICH WARM.

Frank! Verena Züllich schrie den Namen ihres Sohns. Sie hatte Mühe, sich auf den Beinen zu halten. Sie tastete sich an den Häusern der Hauptstrasse entlang, taumelte auf die Straße und wieder zurück auf den Bürgersteig. Über ihrem grünen Morgenmantel raffte sie ein großes, schwarzes Tuch mit beiden Händen vor der Brust zusammen. Am Schillerplatz blieb sie stehen und lehnte sich an die Mauer des Redaktionsgebäudes, die blaue Leuchtschrift *Zungerer Nachrichten* tanzte vor ihren Augen.

Ihr Kopf fiel nach rechts und schlug gegen die Wand. Der Schmerz ließ sie zurückzucken, und sie setzte sich wieder in Bewegung.

Die Lichter der Straßenlaternen verloren ihren Halt und tanzten wie große Schneebälle durch die Nacht.

Plötzlich sah sie ihren Sohn. Er trat auf den Neldaplatz, blieb stehen, als er ihren Ruf hörte und wandte sich zu ihr um. Sie rannte auf ihn zu, streckte die Hände nach ihm aus: Frank! Frank!

Er wich einen Schritt zurück, das Straßenlicht fiel auf sein Gesicht, und sie erkannte ihren Irrtum. Diese von Falten umringten Augen gehörten nicht ihrem Frank. Es waren Schildkrötenaugen. Dennoch hielt sie ihn am Arm fest.

Mein Sohn, ich muss meinen Sohn wiederhaben, man hat mir meinen Sohn genommen!

Korell riss sich los, sah sie aufs Pflaster fallen und lief in den Hämmerling zur Brückengasse.

Verena Züllich kam schwankend wieder auf die Beine. Ihre Knie schmerzten. Sie schleppte sich weiter zum Kornmarkt hinunter.

Korell überquerte die Brücke. Jenseits der Mühr hatte er seinen Wagen am Unteren Treidelweg geparkt, wo keine Straßenlaternen standen.

Die silberne Motorhaube fing das Mondlicht ein und schimmerte in der Nacht. Er legte seine Gedichtmappe ab, lehnte sich mit dem Rücken an die Fahrertür und sah zu den Sternen auf. Die Wut, die er in der Galerie noch beherrscht hatte, machte sich Luft.

Arschlöcher! Banausen!, schrie er in die Nacht. Verblödetes Pack! Barbaren! Analphabeten!

Der Kränkungsschmerz saß mitten in seinem Körper, eine beißende Bitterkeit, er krümmte sich zusammen und wurde sie nicht los, er stampfte mit den Füßen auf die Erde, trampelte die Ignoranten tot, die seine Gedichte nicht verstanden, nicht würdigten, die nicht wussten, dass er, Günther Korell, ein bedeutender Dichter der Gegenwart war, bedeutender als viele, die rezensiert wurden, ihre Verlage hatten, Preise erhielten.

Langsam beruhigte er sich. Richtete sich auf und sog die Nachtluft tief ein.

Martina war schuld, sie hatte ihn vorgeführt, nicht seiner Größe entsprechend angekündigt, sie hatte versäumt, die Aufmerksamkeit herzustellen, die seine Kunst brauchte.

Aber sie würden sich an ihn erinnern, sie alle würden angeben mit ihm, später, wenn sein Ruhm ihr läppisches bürgerliches Renommee weit überstrahlte.

Er lachte leise. Das arme dumme Pack, das keine Ahnung hatte von der Wichtigkeit seines Auftrags. Von der Dichterfreundschaft zwischen Dante und Korell. Von dem Heldenmut, mit dem er das Böse aus der Welt entfernte.

Er lief um den Wagen herum auf die Fahrerseite, stieg ein und startete den Motor. Ohne das Licht einzuschalten, fuhr er auf dem Unteren Treidelweg zur Floßlände. Das Mondlicht reichte, um den Weg zu sehen, der Boden war weich, aber er hielt, und Korell kam im Schritttempo voran. Es gab keinen Grund zur Eile. Der Reiter der Apokalypse ließ sich Zeit und kostete jeden Meter aus, den er seinem Opfer näher kam.

Solange es Wein gab, blieben die Gäste. Am Schluss saßen Herking und Swoboda noch mit Martina und Michaela Bossi am Glastisch neben dem Eingang zusammen, tranken Espresso, die Damen rauchten. Swoboda hatte längst angekündigt zu gehen:

Ich fahre morgen früh zurück, um am Fenster weiterzuarbeiten.

Dann war er doch geblieben und inhalierte den Zigarettenrauch der anderen.

Und was halten Sie nun von seinen Gedichten, fragte die Galeristin und blickte Herking an.

Ich?

Ja, wer sonst, Sie sind doch der Kenner!

Er hob abwehrend beide Hände. Lyrik, das ist so eine Sache.

Swoboda lachte. Feigling.

Nein wirklich! Herking musste ebenfalls lachen. Im Ernst, ich kann dazu nicht viel sagen, das ist nicht schlecht, nicht umwerfend, irgendwie habe ich das Gefühl, dass er klaut oder zumindest was nachmacht, aber das tun schließlich alle. Echt schwer zu sagen. Ich werde auch nicht darüber schreiben, nur über die Eröffnung, die Chagalls, ein bisschen über die Fabeln von La Fontaine, und dass Korell neue Gedichte gelesen hat, mehr nicht.

Dann wird er gekränkt sein, sagte Martina.

Herking grinste. Das sind sie immer.

Michaela Bossi wandte sich der Galeristin zu: Wo ist er überhaupt?

Sofort gegangen. Seine Gönnerin braucht ihn. Freya Paintner. Junge Dichter und alte Damen, es gibt nichts, was besser zusammen passt.

Wartet mal, sagte Herking, jetzt fällt es mir ein. Da war ganz am Anfang ein Gedicht über die Liebe und die Planeten. Hatte, glaube ich, keinen Titel. Das kam mir bekannt vor.

Das glaube ich nicht, sagte Martina, er hat es erst unlängst geschrieben, es ist schön, ich kann es fast auswendig: Liebe ist das Gesetz der Gestirne, ist ihre Bahn und ihr Licht. Das ist wunderbar!

Swoboda verkniff sich eine bissige Bemerkung.

Ohne zu fragen, griff Herking nach Martinas Zigaretten, nahm sich eine und zündete sie an.

Nur nicht von ihm. Ich wusste es, vorhin ist mir nur nicht eingefallen, woher. Jetzt weiß ich es wieder. Er hat diese Zeilen vom Ende des *Paradiso*, aus dem 33. Gesang. Die

Liebe gibt der Sonne und den Sternen ihre Bahn. Das ist der Schluss der *Göttlichen Komödie*! Es ist Dante!

Triumphierend hatte er seine Erkenntnis in die Runde gerufen, und in dem Moment, als er den Namen Dante von der eigenen Stimme hörte, wurde ihm bewusst, dass es nicht darum ging, Korell des Plagiats zu überführen.

Martina begriff die Erstarrung nicht, die Swoboda und Bossi offenbar schlagartig befallen hatte.

Sie stieß ihre Zigarette im Aschenbecher aus. Und wenn schon! Dann klaut er wenigstens gut!

Dante, sagte Swoboda heiser und wählte Törrings Nummer.

Turbo! Ihr habt doch noch jemanden stehen an der Villa von Freya Paintner. Kannst du den mal fragen, ob Günther Korell zurückgekommen ist? Ich warte.

Michaela Bossi blickte zu ihm her, als würde sie die Nachricht, auf die sie warteten, schon kennen.

Ja?

Er hörte zu, dankte und schaltete aus: Seit Stunden ist niemand zu Freya Paintner gekommen. Nicht Korell und auch nicht Aminata Mboge.

Herking rauchte hektisch, zog seine Notizbuch hervor und fing an zu schreiben. Wenn alles gut ging, hatte ihn seine Literaturkenntnis zum Helden gemacht. Frau Bossi reagierte ruhig, gab die Fahndung nach Korell heraus, forderte einen Hubschrauber und ein Spezialeinsatzkommando an, gab anschließend Törring ihre Maßnahmen durch und erfuhr, dass man bereits nach Korells Wagen suchte.

Sie legte ihr Telefon auf die Glasplatte. Wo ist er? Was hat er vor? Wie tickt der Kerl?

Er hat Aminata, ich bin ganz sicher. Swoboda griff nach Bossis Gauloise-Schachtel und entnahm ihr eine Zigarette, steckte sie zwischen seine Lippen und erwartete, dass ihm jemand Feuer gab.

Du rauchst nicht, sagte Martina.

Bossi ergänzte: Seit sechzehn Jahren.

Herking gab ihm Feuer.

Swoboda atmete tief ein und sagte: Ich rauche nicht. Diese Zigarette ist eine Illusion.

Sie hörte eine Wagentür schlagen. Dann seine Schritte auf dem Seitensteg.

Er trat ein, die Taschenlampe blendete sie. Sie sah ihn etwas tragen. Drei Mal ging er nach draußen, kam wieder zurück und stellte, was er hereintrug, auf den Tisch. Im wischenden Lichtkegel sah sie drei glänzende Säulen. Dann schaltete er eine Stableuchte ein, legte sie mit den Leuchtdioden nach oben auf den Tisch, ihr kaltes Licht wurde von der Decke des Raums reflektiert.

Aus den Augenwinkeln sah sie, dass er dunkel gekleidet war und eine Kapuze über dem Kopf trug. Er legte etwas Blitzendes auf den Tisch hinter die drei schimmernden Säulen, die er mit der Taschenlampe anstrahlte.

Sieh her: Erkennst du sie wieder?

Die Glaszylinder spiegelten, und sie konnte nichts erkennen.

Er blickte auf sie hinunter.

Ich werde dir erlauben, dich auf einen Stuhl zu setzen. Damit du sehen kannst, was geschieht. Du wirst dich ruhig verhalten. Vergiss nie, wer die Macht hat.

Sie schloss ihre Augenlider zum Zeichen des Einverständnisses und öffnete sie wieder. Korell nahm sein Katana vom Schreibtisch und trat näher zu ihr hin. Er stand über ihr wie ein Scharfrichter, und sie sah die blanke Klinge. In ihr schrie ihr Leben.

Er senkte das Schwert zwischen ihre Fußgelenke, die sofort frei wurden. Sie versuchte, die Knie zu beugen, hatte aber kein Gefühl in den Beinen. Er hockte vor ihren Füßen, legte das Katana hinter sich, wickelte die Schnur ab, ließ zwei Handspannen Abstand zwischen den Knöcheln und verknotete die Fessel wieder. Dann drehte er den großen Holzbohrer aus der Bohle, mit dem er die Füße am Boden fixiert hatte. Aminata spürte, wie langsam ein Brennen in ihren Muskeln entstand und das Blut in die Beine zurückkehrte. Sie versuchte, sich zu bewegen.

Na also, Hydra, sagte er leise und kniete sich links neben sie, schraubte den Bohrer, der die Handfessel am Fußboden hielt, heraus, hob den Arm an und ließ ihn fallen. Aminata spürte einen stechenden Schmerz in ihrer Schulter. Korell nahm ihren Arm, legte ihn auf ihren Leib und drehte sie ganz auf die rechte Seite. Bevor er auch neben der rechten Hand den Holzbohrer entfernte, fesselte er die Handgelenke mit breitem Klebeband. Dann stand er auf, ging nach hinten ins Dunkel und kehrte mit einem Stuhl zurück, den er an die Wand stellte. Er hob sein Schwert auf und legte es auf den Tisch.

Jetzt setz dich auf den Stuhl.

Sie wälzte sich langsam auf den Bauch und versuchte, mit zusammengebundenen Händen vor der Brust zu kriechen. In Armen und Beinen wuchsen Feuernadeln. Als sie vor dem Stuhl lag, gelang es ihr, sich auf die Ellenbogen zu stützen und die Knie nach vorn unter den Körper zu ziehen. Sie richtete ihren Oberkörper auf und legte ihn vornüber auf die Sitzfläche. So fand sie Halt genug, um auf den Knien weiter nach vorn zu rutschen. Mühsam kam sie auf die Füße. In winzigen Schritten, so weit die Fessel es zuließ, bewegte sie die Beine an den Stuhl heran, bis sie gebeugt stand, sich drehen konnte und in den Sitz fallen ließ.

Korell applaudierte, sprang auf und schob sie auf ihrem Stuhl nah an den Tisch. Die Leuchtröhre blendete sie.

Er zog den Deckel von einem der Glaszylinder ab. Das Ethanol verbreitete seinen Krankenhausgeruch. Korell griff in das Glas und holte etwas Bleiches hervor.

Diese Hand hat Iris Paintner gehört, das war deine Hand, als du Iris warst, erinnerst du dich? Ein kleiner Rubinring.

Aminata verstand ihn nicht, aber sie sah die abgehackte Hand, die er vor ihren Augen an den Fingern schwenkte. Tropfen spritzten auf ihr Gesicht. Sie würgte.

Er ließ ihr die Hand in den Schoß auf ihre eigenen gefesselten Hände fallen, sie spürte die kalte Haut, hob die Arme und schleuderte die Hand auf den Boden.

Im selben Augenblick berührte sein Schwert ihren Hals.

Vorsicht. Langsam. Wir sind nicht fertig. Es dauert noch, bis du stirbst.

Aus dem zweiten geöffneten Glas hob er die Leichenhand von Nína Jökulsdóttir.

Ist dir die hier lieber?

Er ließ sie abtropfen und hielt sie Aminata vor die Augen. Sieh sie dir an. Have a look! It's Your's! Mit der hast du mir die Fremde vorgespielt, oben im Mahrwald.

Er warf sie in Aminatas Schoß. Sie bäumte sich im Stuhl auf. Er griff nach ihrer Schulter und drückte sie nieder. Dann öffnete er das dritte Spiritusglas.

This was Saskia. Saskia Runge. Erinnerst du dich?

Als er mit Saskias Hand über ihre Stirn schmierte, wagte sie nicht auszuweichen. An ihrer Schläfe spürte sie die kühle Schärfe seines Schwertes.

Brav, du hältst es aus, von dir selbst getröstet zu werden.

Er ließ die Hand auf den Boden fallen. Du glaubst, wenn du gehorsam bist, wirst du mit dem Leben davonkommen? Mach dir keine falschen Hoffnungen.

Er beugte sich zu ihr hinunter.

Ich weiß jetzt, flüsterte er, warum es nichts nützt, dir den Kopf von den Schultern zu schlagen. Du hast nur noch diesen einen Kopf übrig, der nicht sterben kann, selbst wenn du es wolltest, diesen schrecklichen letzten Kopf, den Herakles in der Erde vergrub, unter einem Felsen. Aber er hatte ihn zuvor abgetrennt. Er hätte dich besser mit deinem Kopf voran senkrecht in die Erde gesteckt, tief wie einen Pfahl, und auf deine Füße einen Altarstein gewälzt. Aber auch das hätte dich nicht ruhen lassen, denn es ist dein Schicksal, wiedergeboren zu werden. Nur ich weiß, dass du ungeteilt verbrennen musst, wie Dante es erzählt: Die Wollüstigen werden gereinigt in einer Wand aus Flammen, auf der Siebenten Terrasse des Läuterungsbergs. So wie sie wirst du brennen. Und gereinigt werden von deinem Fluch. Und in deiner Asche nicht mehr wissen, wo dein Herz ist, wo deine Hände sind, wo dein Kopf ist. Alles ist Asche, alles ist Ende. Und du wirst frei sein, Hydra. Endlich erlöst. Dann werde ich sagen: Dein ist der Tod.

Er drehte sich blitzschnell und zerschlug mit einem Schwertstreich die drei Glaszylinder. Die Scherben flogen durch den Raum, das Ethanol ergoss sich über den Tisch und den Boden.

Aminata sah das Feuerzeug und begriff, wovon er gesprochen hatte. Mit erhobenen Armen stand er vor ihr, in der rechten Hand sein Katana, in der linken ein gelbes Gasfeuerzeug, sein Gesicht eine Maske des Triumphs.

Als er mit dem Daumen das Zündrad rieb, warf sie sich nach hinten, ließ den Stuhl kippen, hob die gefesselten Füße und traf Korell zwischen den Beinen. Die Ethanolwolke über dem Tisch verpuffte in einem blauen Feuerball, Korells Wutschrei ging in dem dumpfen Knall unter, sofort stand der Tisch in Flammen.

Korell hieb mit dem Schwert nach ihr, sie rollte sich über die Bohlen, spürte einen stechenden Schmerz an ihrem linken Arm und sah im Feuerschein den abgesplitterten Boden eines Spiritusglases, griff mit ihren gefesselten Händen danach, die Flammen sprangen vom Tisch auf die Holzbohlen und kreisten Korells Füße ein, während er wie rasend das Schwert schwang, als würde er von Luftgeistern angegriffen.

Das Feuer rannte über den Boden, kam als blaugelbe Welle auf Aminata zu, sie riss sich das Klebeband vom Gesicht, trennte mit dem gebrochenen Glas das kurze Seil zwischen ihren Knöcheln auf. Doch als sie die Füße frei hatte, umringten sie die Flammen bereits, sprangen sie an, züngelten nach ihren Haaren, die Hitze schlug auf ihre Augen und glühte in ihrem Mund.

Es kam ihr vor, als ob sie unendlich langsam aufstand,

durch das Feuer zur Tür lief, sich die gefesselten Hände an der Eisenklinke verbrannte, vor der Hütte die kalte Nachtluft in ihrem Gaumen spürte und sich kopfüber ins Wasser der Nelda fallen ließ.

Im Fluss verlor sich die Dehnung der Zeit. Aminata riss das Gewebeband, das ihre Handgelenke verband, mit den Zähnen auf, drehte sich und schwamm von der Flussmitte, in die sie getrieben war, zurück zu dem Feuerzeichen an Land.

Korell sah die Hydra durch die Flammen zur Tür stürzen, er hörte, wie ihr Körper ins Wasser fiel, und ein einziger, schrecklicher Gedanke beherrschte ihn: Er hatte versagt.

Er streckte sich, sammelte seine Kräfte, hob das Katana, ließ es über sich durch den Qualm kreisen, und als es ihm genügend Schwung zu haben schien, zwang er es mit einer ruckhaften Senkung seines Arms in einen tieferen Kreis, in dem das Schwert seinen Hals durchschlug.

Es hielt sich in seiner Hand, als Korells Kopf über die brennenden Bohlen rollte.

Er umklammerte es noch, als sein enthaupteter Körper sich drehte und zwischen die Hände seiner Opfer fiel, und es blieb bei ihm, als er zu brennen begann.

Am Ende der Zigarette rief Swoboda Törring noch einmal an:

Es ist mir erst jetzt eingefallen, bestimmt erinnerst du dich. Er hatte Erde an den Reifen seines Wagens.

Ja, sagte Törring. Wir sind gerade draußen an der Floßlände. Es war die schwarze Erde vom Ufermoor hier. Es ist vorbei. Er ist ziemlich verbrannt, Aminata ist am Leben, nur leicht verletzt. Jedenfalls äußerlich. Wir haben auch die ver-

kohlten Hände. Und noch etwas: Korell hat sich offenbar
selbst enthauptet. Mit einem japanischen Schwert.
Swoboda schwieg.
Bist du noch in der Galerie?, fragte Törring.
Ja.
Und fährst du morgen nach München?
Ja. Muss mich ja um die Auferstehung kümmern.

Während Swoboda mit seinem Bericht Martina veranlasste, Grappa zu servieren, und Michaela Bossi weitere Fälle von Selbstenthauptung in der Kriminalgeschichte verschwieg, saß Verena Züllich auf den Sandsteinquadern der
Mole am Mäuseturm und starrte auf die nachtschwarze
Nelda hinaus.
Ihr war nicht in Erinnerung, dass ihr Sohn Frank in Untersuchungshaft war und ihr bereits am Morgen mitgeteilt
hatte, er werde am folgenden Tag freikommen. In ihrem
Alkoholdunkel war Frank für immer verschwunden, und
sie sah für sich selbst keinen Sinn darin, weiterzuleben.
Dass der Fluss nicht schwarz war, sondern ungezählte Reflexe des Mondlichts zurückwarf, nahm sie nicht mehr
wahr. Ihre Augen waren nur noch empfänglich für die Welt
hinter dem Licht.
Am Westufer der Nelda ging plötzlich ein Stern auf. Verena Züllich sah die Geburt dieses Feuers und wusste, dass sie
ein Zeichen sah. Ein Zeichen, das Frank ihr geschickt hatte. Dort, wo die alten Fischerhäuser auf ihren Abriss warteten und kein Mensch mehr wohnte, hatte das Licht sich
entschieden, Verena Züllich aus ihrer Dunkelheit zu wecken.

Sie hob die Arme, senkte sie wieder, faltete die Hände zu einem stummen Dankgebet. Sie stand mit Mühe auf, wandte sich noch einmal dem fernen Feuer zu und sagte leise:

Wenn du meinst. Ich hab nichts dagegen.

Sie schlurfte über den Kornplatz. Am Zickbrunnen lief seit gestern wieder das Wasser.

Verena Züllich beugte sich über den Rand und wusch sich das Gesicht. Sie trocknete sich mit dem Schultertuch ab und machte sich auf den Weg.

XVIII

Die Klippen von V.

ICH SENDE DIR EINEN GRUß VON DEN KLIPPEN VON V. Eben noch stand ich am Grab von Georges Braque. Ein befreundeter Maler hat ihm ein Mosaik als Grabstein geschenkt, nach der berühmten Taube *von Braque selbst. Hier liegt er nun mit seiner Frau Marcelle, die zwei Jahre vor ihm geboren war und drei Jahre nach ihm starb, unter einer dicken Granitplatte, und ihre Seelen haben die herrlichste Aussicht auf den Atlantik …*

Er vermied es, von Varengeville zu schreiben. Martina würde ohnehin wissen, wo in der Normandie Braque begraben lag, und sollte jemand anderer zufällig die Karte lesen, war es ihm lieber, die Hinweise blieben im Ungefähren. Die Bildseite, eine von Turner gemalte Ansicht der Küste von Etretat, war touristisch genug.

Das Meer lag milchgrün unter dem Himmel, der über den Kreidefelsen fast weiß war und zum Horizont hin langsam in ein Blau überging, das Swoboda heute schon einmal gesehen hatte, am Vormittag, in einem blühenden Leinfeld weiter im Land: Es war ein Blau ohne jedes Gewicht, obwohl es unter seiner Leichtigkeit einen violetten Anteil haben musste, der ihm Tiefe verlieh.

Wo der Atlantik an den Luftraum stieß, war der Horizont von einer dünnen, dunkelgrünen Linie markiert, ein Streifen, der die beiden Lebenswelten scharf voneinander trennte.

Er stand von der Bank auf, trat weiter zum Klippenrand vor und blickte auf die Kliffs der Bucht, die sich im Bogen am Meer entlangzogen und die steile Grenze zwischen dem hochgelegenen Grünland und dem tief anlaufenden Ozean bildeten. Die weißen Kalkwände mit ihren rostroten Längsrissen und quer verlaufenden, braungrauen Bändern aus Feuerstein standen im Sonnenlicht da wie leuchtende Barrieren des Landes gegen die Flut, die jedes Jahr Stücke aus den Felsen leckte und fraß. Abgestürzte Kreidemassen lagen am Fuß zwischen den Klippen, wurden von schaumigem Wasser umspült und langsam hinausgeschwemmt. Alexander Swoboda empfing das Bild, das sich ihm bot, als Trost, ohne sagen zu können, warum; er spürte, wie die Weite von Meer und Land in ihn selbst überging und ihn ruhig werden ließ.

Nach einer Weile drehte er sich um, lief zwischen den Gräbern in die Mitte des Friedhofs, zum Tor der Eglise Saint Valéry, deren graue Steinmauern vom Mittagslicht aufgehellt wurden.

Er trat ein und wanderte, wie an fast jedem Tag, zwischen den Bildsäulen aus Kalkstein mit ihren Reliefs aus Jakobsmuscheln und Köpfen und Fischmenschen umher und blieb vor dem blauen Glasfenster mit dem Stammbaum Jesu stehen, das Georges Braque 1962 hier geschaffen hatte – wenige Monate vor seinem Tod.

Swoboda setzte sich in eine der dunklen Holzbänke, und ließ den Kosmos aus Blautönen auf sich wirken, aus hellem Kobalt über Türkis bis zum tiefsten Ultramarin entstand eine mystische Wirkung. Das Fenster zog den Blick in sich hinein. Swobodas Auferstehungsfenster in der Aegidiuskirche zog die Blicke nach oben, es riss sie geradezu hinauf, hatte Herking in seiner Würdigung geschrieben.

Was anfangs so schwierig gewesen war, hatte sich am Ende, als Swoboda mit Max Reber in der Hofkunstanstalt einige Tage durcharbeiten konnte, als erstaunlich einfach herausgestellt. Und als die Fenster gebrannt waren, dann in hoher Hitze vorgespannt wurden, um ihre widerstandsfähige Härte zu gewinnen, hatte der Glasermeister zu ihm gesagt: Sie müssen an die Auferstehung glauben. So was kann keiner, der nicht glaubt.

Swoboda hatte ihm die signierten Entwürfe geschenkt.

An dem Tag, als die vier Fensterteile angeliefert, mit einem Spezialkran in die Maueröffnung der Kirche gehoben, montiert und in der Form eines hohen Kreuzes mit Bleiruten und einer stabilisierenden Stahleinlage zusammengefügt und verlötet wurden, hatte es sich der Diözesanbischof nicht nehmen lassen, als Erster zu begutachten, ob der Auftrag in seinem Sinne erfüllt worden war.

Die Montage hatte am Morgen begonnen und war im frühen Nachmittagslicht abgeschlossen. Der Bischof schwieg lange vor dem Fenster, blickte immer wieder vom dunklen unteren Rand in den lichten Spitzbogen hinauf, der das Licht fast ungefärbt einließ.

Das ist schön, Herr Swoboda. Die Kirche dankt Ihnen. Man sieht, wie Sie Christus schon im Augenblick seiner Auferstehung in der Dreifaltigkeit gesehen haben, es sind ja drei Wege, die sich dann in einem Licht vereinen, großartig, das hätte ich nicht gedacht, dass ein Maler wie Sie so dogmatisch denken kann. Über dieses Fenster wird viel zu predigen sein.

Swoboda hatte vermieden, den Kirchenmann aufzuklären, dass die Dreiheit der Farbstränge den drei Opfern von Günther Korell gewidmet war.

Jetzt fiel vor ihm das Junilicht durch Braques Fenster in die Kirche Saint Valéry, und Swoboda dachte zurück an seinen Aufbruch von Zungen an der Nelda.

Seit sechs Wochen lebte er nun schon an der Kreideküste der Normandie, die sich zwischen Le Havre und Dieppe in den Ärmelkanal hinzieht, und von Anfang an hatte er das Gefühl, hier zu Hause zu sein. Nach vierzehn Tagen, die er in seinem Wohnmobil auf einem Campingplatz in Yport verbracht hatte, war er in eine ländliche Pension bei Les Petites Dalles umgezogen und hatte sich schließlich in Varengeville, einem Ort mit rund tausend Einwohnern, bei dem Bäcker Bernard Lecluse eingemietet, der mit Aushang in seinem Geschäft zwei Zimmer in dem Haus aus dem achtzehnten Jahrhundert angeboten hatte. Im Parterre befanden sich die Backstube und sein Laden, im ersten Stock die vier hohen Räume, von denen Lecluse ein halbes Jahr nach dem Tod seiner Frau die beiden, die nach Nordwesten gingen, nach einigem Zögern an den Deutschen vermietete. Durch die Bäckerei unten war es oben warm und weniger feucht als in anderen normannischen Häusern.

Dass er Maler sei, habe ihn überzeugt, sagte der Bäcker, Varengeville sei immer ein Künstlerort gewesen. Und er erzählte Swoboda, was der schon wusste: Außer Georges Braque waren, neben vielen anderen, Renoir und Joan Miró hier gewesen, am häufigsten und längsten Claude Monet, der die Eglise Saint Valéry, die Kreidefelsen und das alte Zollhaus mehrfach gemalt hatte. Lecluse war stolz darauf, mit Swoboda die Tradition fortzusetzen, und eines Abends hatte er ihm bei einigen Gläsern Cidre gesagt, es sei besser, dass die Deutschen mit Staffelei und Palette hierherkämen, statt mit Panzern und Artillerie. Swoboda hatte so getan, als ob er ihn nicht verstanden hätte. Sein Französisch war in der Tat miserabel. Doch sie nannten sich seit jenem Abend Bernard und Alexandre.

Tags darauf machte Lecluse ihn mit Madame Catéline Desens bekannt, die passabel Deutsch sprach und sich anerbot, Swoboda in ihrem Haus, nicht weit vom Parc des Moutiers, zu unterrichten. Die füllige, nicht unattraktive Mittfünfzigerin war, wie der Bäcker, verwitwet, brauchte kein Geld und versicherte ihrem deutschen Schüler, dass der Unterricht eine willkommene Abwechslung in ihrem Leben sei. Er fand schnell heraus, dass sie und Lecluse sich ab und zu gegenseitig über den Verlust ihrer jeweiligen Ehepartner trösteten. Catéline schien allerdings nicht abgeneigt zu sein, ihrem Schüler Alexandre neben der französischen Sprache auch eine andere Lebensart beizubringen. Bisher hatte Swoboda sich erfolgreich zurückgehalten.

Er fuhr in seinem weißen Peugeot Boxer ein paar Orte weiter an der Küste nach Südwesten. Am Nachmittag saß er auf der Terrasse eines Hotels über den Klippen an einem Marmortischchen, trank einen Milchkaffe in der Sonne und schrieb an Michaela Bossi auf eine Postkarte, eine Fotografie von Monets Garten in Giverny, einen einzigen Satz:

Ich bin angekommen.

Angekommen woher? Er hatte nur das Nötigste mitgenommen. Das Honorar für das Glasfenster reichte zur Anschaffung des Wohnmobils, das wegen seiner Inneneinrichtung aber für einen großen Umzug kaum geeignet war. Allein die Malutensilien füllten den Platz in den Schränken vollständig aus.

Warum war er so hastig aufgebrochen? Nach all den Jahren, die er in Zungen ausgehalten hatte, nach der Beziehung zu Martina: Was hatte ihn fortgetrieben?

Die Verbrechen konnten es nicht gewesen sein. Zu viele davon hatte er aufgeklärt und war dennoch geblieben. Was hatte sich geändert? Sein Freund Klaus Leybundgut fehlte ihm. Dass der Arzt die eigene Krankheit nicht erkannt oder verdrängt hatte, war schlimm gewesen – das einsame Begräbnis, zu dem nur Swoboda und Martina gekommen waren, noch schlimmer. Den Tod hielt Swoboda aus, den Abschied nicht.

Er blickte auf. Der Himmel über ihm hatte sich mit dem bernsteinfarbenen Nachmittagsglanz überzogen, der ihn weich und etwas müde aussehen ließ. Vor der Terrasse lagen zwei Tennisplätze, auf denen niemand spielte, und hinter ihnen war es nicht mehr weit zu den Falaises, den Kreidefelsen. Dort schien die Luft kälter zu sein, und Swoboda fragte sich, ob es das Grün des Meeres war, das mit seinen Reflexen den weichen Sonnenton auskühlte und einen Wetterumschlag anzukündigen schien.

Über dem Rand der Klippen sah er das fahle Licht, das er von Zungen an der Nelda kannte: eine Himmelsblässe, die sich in den Flüssen spiegelte und in den Gesichtern jede

Falte hervorhob, jede Kerbe an den Häusern, jeden Riss im Asphalt, es schien sogar die Schatten im Innern der Menschen sichtbar zu machen. An einem solchen Tag hatten sie unter bleichem Himmel Iris Paintner auf dem Alten Friedhof hinter der Prannburg zu Grabe getragen. Ihre sterblichen Überreste waren vom Landeskriminalamt überführt worden. Der Leichnam von Nína Jökulsdóttir wurde am selben Tag nach Reykjavik geflogen, der von Saskia Runge nach Dresden gefahren.

Der Engel aus glänzendem Basalt, der über dem Familiengrab der Paintners auf einem Steinsockel saß, ahmte in Haltung und Gesicht die *Melencolia* in Albrecht Dürers Kupferstich nach. Sein düsterer Blick traf eine Familie, die nicht verstehen konnte, warum innerhalb weniger Tage ihre Zukunft vernichtet worden war. Das Verhängnis hatte Martin und Susanna Paintner die Tochter geraubt, die Vergangenheit von Helmut und Gernot Paintner wieder auferstehen lassen und jede Aussicht auf ein Fortleben der familiären Tradition zerstört. Ein wahnhafter Mörder und eine Bluttat, die siebenundsechzig Jahre zurücklag, hatten sich auf eine unbegreifliche Weise verbündet. So standen sie als Opfer und Täter am Grab der jungen Frau, die an all dem keine Schuld traf.

Außer Swoboda, Rüdiger Törring, Martina Matt und Wilfried Herking waren viele Bürger aus Zungen gekommen. Freya hatte sich erst an das offene Grab fahren lassen, als die Zeremonie beendet war und die Trauergäste zum Friedhofstor liefen. Aminata schob den Rollstuhl auf dem Kiesweg an ihnen vorüber, Freya blickte niemandem ins Gesicht.

Swoboda und Martina hatten gewartet. Und als Freya den Strauß weißer Tulpen, den sie im Schoß liegen hatte, auf den Sarg hinunterwarf, hörte man, dass sie etwas sagte, aber niemand verstand die Wörter. Sie ließ sich zu Swoboda rollen, der mit Martina einige Schritte entfernt stand, sah zu ihm auf und sagte:

Noch vor nicht allzu langer Zeit hätte ich gern an Iris' Stelle da unten gelegen. Aber jetzt habe ich einen Sohn wiedergefunden, eine Enkelin geschenkt bekommen, ein ganzes, neues Leben. Sie wissen noch nicht, dass Joseph und seine Frau kommen werden! Aminata hat mit ihnen gesprochen, ich habe es erst nicht gekonnt, nichts schlimmer als eine heulende alte Mutter am Telefon, nun sind die Flüge gebucht, stellen Sie sich das vor, Alexander, mein Sohn kommt! Sie müssen ihn kennenlernen!

Er hatte nicht gewagt, ihr von seiner Reise zu erzählen. Später würde sie es verstehen, vielleicht, wenn er neue Kreidezeichnungen schicken würde, das Meer und die Falaises, die haushohen Rhododendronbäume im Parc des Moutiers, der Rosengarten von Madame Desens – die Motive lagen in seiner Phantasie bereit, und in keinem waren Albträume vorgesehen.

Er war schon zwei Wochen hier, als Martina ihn anrief und ihm mitteilte, man habe die Gebeine von Yoro Mboge in Zungen beigesetzt, in einer neuen Grabstätte, die Freya Paintner für ihn und sich selbst erworben hatte. Dann fragte sie, ob er etwas brauche, was sie ihm nachsenden könnte. Nein, sagte er. Ich habe alles. Und wenn, du hast ja die Schlüssel zum Atelier. Vorerst zahle ich das bisschen Miete weiter.

Kommst du wieder?

Keine gute Frage im Moment. Gib auf dich acht.

Du auch.

Eine Viertelstunde später hatte Michaela Bossi aus ihrem BKA-Büro in Wiesbaden angerufen. Erst machte sie ihrem Ärger über Herking Luft, der einen ausführlichen Artikel über die Verbrechen der deutschen Wehrmacht an schwarzen französischen Soldaten publiziert und damit eben die öffentliche Diskussion ausgelöst hatte, die im Verteidigungsministerium unerwünscht war.

Dann fragte sie, ob es ihm gut gehe. In Wiesbaden sei das Klima bestimmt angenehmer als an der normannischen Küste.

Ich brauche es nicht angenehm. Ich brauche es – anders.

Wie anders?

So wie hier, hatte er gesagt.

Malst du?

Nein, bisher zeichne ich.

Ich kenne die Küste ja gar nicht, sagte sie unvermittelt, und er antwortete schnell: Ich auch nicht. Ich muss sie erst erleben.

Er hatte nicht gesagt *allein*, aber sie hatte es gehört.

Bist du dir eigentlich über jede deiner Handlungen im Klaren?

Seine Antwort kam schnell: Nein. Ich weiß nicht mal, ob ich mir das wünschen sollte.

Sie schwieg einige Sekunden, bevor sie auflegte.

Die Luft bewegte sich stärker. Das bleiche Licht am Horizont wurde jetzt von einer Wolkenbank verdeckt, die in ihrem regengesättigten Grau dünne, rosafarbene Striche aufwies.

Er zahlte, steckte die beiden Postkarten ein und lief am Hotel und den im Wind zitternden Hortensienbüschen vorbei zum Parkplatz hinauf, stieg in sein Wohnmobil und fuhr an der Küste entlang nach Cany, wo er die Karten in einen Postkasten warf, von dort nach Sassetot-le-Mauconduit, kaufte in der Dorfmitte bei einer Dame, die eine kleine Epiçerie betrieb, kurz vor Ladenschluss etwas Schinken, Butter und Käse, las auf dem Gedenkstein neben der Kirche, dass die deutsche Wehrmacht hier Bürger des Dorfes zusammengetrieben und als Rache für einen Sabotageakt erschossen hatte, fuhr weiter, in das Tal nach Les Petites Dalles, ein ehemaliges Fischerdorf zwischen den Kreidefelsen, die in jener Gegend Dalles genannt werden. Er wollte sehen, was Delacroix und Monet hier gemalt hatten.

Swoboda hatte vor, sich aus der Geschichte zu verabschieden und sie durch Kunst zu ersetzen.

Als er auf dem Parkplatz in der Bucht anhielt, sah er die ersten Tropfen auf der Windschutzscheibe.

Er stieg aus, der Wind fing sich die Tür und riss sie auf. Swoboda nahm von der Fahrerbank seinen Anorak, streifte mühsam den flatternden Fetzen über und zog den Reißverschluss zu. Mit den Böen schlug die Kapuze an seinen Hinterkopf. Er streifte sie über und zurrte sie fest.

Über dem Meer lag ein schwarzer Streifen, unter dem sich helle Schaumkämme auf dem Malachitgrün abzeichneten. Noch war die Dünung am Strand sanft und das Scharren der Kiesel leise. Der Himmel zerfaserte, zwischen schiefergrauen Federn hielten sich Flecken von Hellblau, wie mit

Buntstift dazwischengemalt, und an den Rändern der zusammenschießenden Wolken über dem Meer war jetzt, dünn wie ein Faden, das Feuer zu sehen, das hinter der Horizontbarriere des Sturms von der Sonne ausgesandt wurde.

Mit offenem Mund stand Swoboda, die Steilküste im Rücken, auf den runden Steinen des Strands und sah zu, wie sich Himmel und Meer ihre opernhaften Gebärden zuspielten. Der dunkle Balken über dem fernen Meeresbogen wuchs in die Höhe, verbreitete ein violettes Grau über den ganzen Himmel und schob sich über die Kreidefelsen. Der Wind zwang den Regen in die Horizontale, trieb ihn über die Wellenkämme, ließ ihn anprasseln gegen den Schaum der Dünung.

Das Geräusch aus Sturm, rollender Brandung, scharrenden Kieseln, pladdernden Tropfen war ganz nach Swobodas Geschmack, ließ ihn die Freiheit fühlen, die er gewonnen hatte; er legte den Kopf in den Nacken, nahm den Regen mit seinem Gesicht entgegen und spürte unter seinen Füßen den wummernden Aufschlag der Wogen.

Nachbemerkung

DIE HISTORISCHEN GRUNDLAGEN für das Schicksal des *Tirailleur Senegalais*, der im Buch Yoro Mboge heißt, sind erst seit etwa zehn Jahren als Teil der deutschen Zeitgeschichtsforschung für die Öffentlichkeit zugänglich gemacht worden. 2004 erschien das Standardwerk *Zwischen Charleston und Stechschritt – Schwarze im Nationalsozialismus*, das im Auftrag des NS-Dokumentationszentrums der Stadt Köln von Peter Martin und Christine Alonzo herausgegeben wurde. Aus dem selben Jahr stammt die Untersuchung von Gerdtrúd Czinski an der Bauhaus-Universität Weimar: *Repräsentation der Schwarzen im NS-Spielfilm 1934–1944 im Kontext der Geschichte*. Ebenso zu Dank verpflichtet bin ich Raffael Scheck, dessen Buch *Hitler's African Victims* (Cambridge 2006) auf Deutsch unter dem Titel *Hitlers Afrikanische Opfer – Die Massaker der Wehrmacht an schwarzen französischen Soldaten* 2009 in Berlin erschienen ist. Hilfreich waren auch die Studien von Julia Opkara-Hofmann über *Schwarze Häftlinge und Kriegsgefangene in deutschen Konzentrationslagern* und über *Afrikanische Zuwanderung nach Deutschland zwischen 1884 und 1945* von Katharina Oguntoye.

Über die Gründe für das beschämende jahrzehntelange Desinteresse der deutschen Zeitgeschichtsforschung an dem Thema darf spekuliert werden. Gegen den Trend hat immerhin ein Historiker sich bereits 1979 mit dem Schicksal der Rheinlandkinder befasst: Reiner Pommerin. Seine Untersuchung *Sterilisierung der »Rheinlandbastarde«. Das Schicksal einer farbigen deutschen Minderheit 1918–1937* erschien 1979 in Düsseldorf und wurde ein Jahr später von Georg Lilienthal aufgegriffen: *»Rheinlandbastarde«. Rassenhygiene und das Problem der rassenideologischen Kontinuität.* Yoro Mboges Gestalt in diesem Roman ist Fiktion. Doch sie basiert auf dokumentierten Schicksalen.

Über Glasmalerei und die Herstellung von Buntglasfenstern konnte ich mich in der Mayer'schen Hofkunstanstalt zu München kundig machen. Ich danke Michael C. Mayer für Informationen zur Geschichte seines Hauses, vor allem dem Maler Joachim Jung und dem Glasmalermeister Klaus Wloker dafür, dass ich ihre Arbeit begleiten durfte und auf jede Nachfrage geduldig Antwort erhielt.

Nicht zuletzt danke ich meiner Frau, Gisela Heidenreich, für die erhellenden Gespräche während der Arbeit an dem Manuskript und ihre kompetente Hilfe. Ich verdanke ihr konstruktive Einwände und Vorschläge.

Die Übertragungen aus Dantes *La Commedia* stammen vom Autor. Zur Grundlage diente die von der Italienischen Dante-Gesellschaft autorisierte Edition der Commedia mit den Holzschnitten der Ausgabe von 1487, erschienen bei Fógola Editore in Turin, 1977.

Seefeld, im Januar 2012

Gert Heidenreich im dtv

»Heidenreich lässt Realitäten im Unerklärbaren verschwimmen
und kreiert Träume, die wahr werden.«
Brigitte

Abschied von Newton
Roman
ISBN 978-3-423-**12875**-9

Schelmenroman, Zirkusroman
und romantische Satire zugleich
– mit großer erzählerischer
Phantasie und politischem
Scharfblick entführt Heidenreich seine Leser in die Welt
eines realen Wunders.

Der Geliebte des dritten Tages
Erotische Mysterien
ISBN 978-3-423-**12941**-1

»Bewußt weit jenseits des an
Begriffen ziemlich reduzierten
heutigen Erotik-Wortschatzes
schafft Heidenreich geheimnisvolle, knisternde Geschichten.« (Die Welt)

**Die Steinesammlerin
von Etretat**
ISBN 978-3-423-**13573**-3

Die Geschichte einer Liebe
zwischen einer Französin und
einem Deutschen im Kriegs-
und Nachkriegsfrankreich:
eine zeitlose Parabel von
Liebe und Tod.

Im Dunkel der Zeit
Kriminalroman
ISBN 978-3-423-**13713**-3

Als Alexander Swoboda in der
scheinbar friedlichen Kleinstadt in einem Mordfall zu
ermitteln beginnt, ahnt er
noch nicht, dass sich hinter
der eisernen Maske des Toten
das Gesicht eines alten Schul-
freundes verbirgt ...

Das Fest der Fliegen
Kriminalroman
ISBN 978-3-423-**14055**-3

»Spannend und stilistisch
gekonnt erzählt Heidenreich
einen religiösen Verschwö-
rungskrimi à la Dan Brown.«
(SZ Extra)

Mein ist der Tod
Kriminalroman
ISBN 978-3-423-**14390**-5

In einer Kirche wird zu Füßen
einer Marienstatue eine Blutlache entdeckt: Ein Serientäter
kündigt damit seine brutalen
Frauenmorde an. Der Künstler
und Ex-Kommissar Swoboda,
der in der Kirche ein Fenster
gestalten soll, wird in die
Ermittlungen hineingezogen.

Bitte besuchen Sie uns im Internet: www.dtv.de

Wilhelm Genazino im dtv

»Genazinos Helden sind scheiternde Experten der Lächerlichkeit,
Lebenskünstler der nobilitierten Vergeblichkeit.«
Neue Zürcher Zeitung

Abschaffel
Roman-Trilogie
ISBN 978-3-423-**13028**-8

Abschaffel streift durch eine
Metropole der verwalteten Welt
und kompensiert mit innerer
Fantasietätigkeit die äußere Er-
eignisöde seines Angestellten-
daseins.

**Ein Regenschirm für
diesen Tag**
Roman
ISBN 978-3-423-**13072**-1

Vom Dasein eines Flaneurs,
der sich seinen Lebensunter-
halt mit dem Probelaufen von
Luxushalbschuhen verdient.

**Eine Frau, eine Wohnung,
ein Roman**
Roman
ISBN 978-3-423-**13311**-1

Weigand will endlich erwachsen
werden und die drei Dinge
haben, die es dazu braucht: eine
Frau, eine Wohnung und einen
selbst geschriebenen Roman.

Fremde Kämpfe
Roman
ISBN 978-3-423-**13314**-2

Da die Aufträge ausbleiben,
versucht sich der Werbegra-

fiker Peschek auf fremdem
Terrain: Er lässt sich auf kriminelle Geschäfte ein …

Die Ausschweifung
Roman
ISBN 978-3-423-**13313**-5

›Szenen einer Ehe‹ vom minu-
tiösesten Beobachter deutscher Alltagswirklichkeit.

**Die Obdachlosigkeit
der Fische**
ISBN 978-3-423-**13315**-9

Eine Lehrerin an der Schwelle
des Alterns vergewissert sich
einer fatal gescheiterten
Jugendliebe inmitten einer
brisanten Phase ihres Lebens.

Der gedehnte Blick
ISBN 978-3-423-**13608**-2

Ein Buch über das Beobachten
und Lesen, über Schreibaben-
teuer und Lebensgeschichten,
über Fotografen und über das
Lachen.

Achtung Baustelle
ISBN 978-3-423-**13408**-8

Kluge, ironisch-hintersinnige
Gedanken über Lesefrüchte
aller Art.

Bitte besuchen Sie uns im Internet: www.dtv.de

Wilhelm Genazino im dtv

»Wilhelm Genazino beschreibt die deutsche
Wirklichkeit zum Fürchten gut.«
Iris Radisch in ›Die Zeit‹

Die Liebesblödigkeit
Roman

ISBN 978-3-423-13540-5

Ein äußerst heiterer und tief-
sinniger Roman über das
Altern und den Versuch, die
Liebe zu verstehen.

Mittelmäßiges Heimweh
Roman

ISBN 978-3-423-13724-9

Schwebend leichter Roman
über einen unscheinbaren Angestellten, der erst ein Ohr und
dann noch viel mehr verliert.

Das Glück in glücksfernen Zeiten
Roman

ISBN 978-3-423-13950-2

Die ironische und brillante
Analyse eines Menschen, der
am alltäglichen Dasein ver-
zweifelt.

Die Liebe zur Einfalt
Roman

ISBN 978-3-423-14076-8

Deutschland in den Wirtschafts-
wunderjahren – doch warum,
fragt sich der heranwachsende
Erzähler, nehmen *seine* Eltern
nicht am Aufschwung teil?

Aus der Ferne · Auf der Kippe
Bilder und Texte

ISBN 978-3-423-14126-0

Ein Fotoalbum der etwas
anderen Art.

Wenn wir Tiere wären
Roman

ISBN 978-3-423-14242-7

»Ein ebenso skurriler wie ver-
gnüglicher Roman.« (NZZ)

Leise singende Frauen
Roman

ISBN 978-3-423-14292-2

»Exkursionen zu den verborgenen Ereignissen der Poesie«
(Die Zeit).

Idyllen in der Halbnatur

ISBN 978-3-423-14328-8

Kurzprosastücke aus den
Jahren 1994 bis 2010.

Tarzan am Main
Spaziergänge in der Mitte
Deutschlands

ISBN 978-3-423-14366-0

Eine poetische Lokalrunde
durch Frankfurt.

Bitte besuchen Sie uns im Internet: www.dtv.de

Gerhard Henschel im dtv

»Henschel ist der satirischste Realist unter
den deutschsprachigen Autoren.«
Thomas Andre im ›Hamburger Abendblatt‹

Kindheitsroman

ISBN 978-3-423-**13444**-6

Zwischen Sandkasten und
Carrerabahn – Eine tief
berührende Chronik deutschen Familienalltags in der
alten Bundesrepublik. Ein
literarisches Fotoalbum,
schöner als jede Zeitreise.

Der dreizehnte Beatle
Roman

ISBN 978-3-423-**13977**-9

Er hat die besten Absichten:
Billy Shears, Zeitreisender aus
dem 21. Jahrhundert, will die
Trennung der Beatles verhindern. Doch sein Eingreifen in
die Ereignisse der Swinging
Sixties droht mehr zu verändern, als ihm lieb ist.

Jugendroman

ISBN 978-3-423-**14079**-8

Eine Jugend in den siebziger
Jahren auf dem platten Land
zwischen Schule, Fußball und
erster Liebe. »Mehr als einmal

schlägt man sich beim Lesen
die Hände vors Gesicht und
denkt sich: O Gott, genau so
schrecklich war das …«
(Matthias Wulff in der ›Welt
am Sonntag‹)

Liebesroman

ISBN 978-3-423-**14124**-6

1978 – die Zeit scheint stillzustehen in der emsländischen
Kleinstadt Meppen. Doch die
Ruhe trügt, denn in Martin
Schlosser brodelt es: Morgen
wird er seiner Mitschülerin
Michaela Vogt endlich offenbaren, was er für sie empfindet …

Abenteuerroman

ISBN 978-3-423-**14424**-7

Endlich hat Martin Schlosser
eine Freundin gefunden, und
schon beginnen zermürbende
Beziehungsdiskussionen. Es
sind die frühen 80er und
Martin möchte nichts dringender, als der Kleinstadt
Meppen entfliehen.

Bitte besuchen Sie uns im Internet: www.dtv.de

Benno Hurt im dtv

»Benno Hurt ist ein großer deutscher Erzähler.«
Denis Scheck

Eine deutsche Meisterschaft
Roman
ISBN 978-3-423-**13456**-9

1955. Kolbstadt, eine kleine Großstadt im Süden Deutschlands. Wirtschaftswunder, Borgward Isabella, Fußballweltmeisterschaft – wir sind wieder wer. Nur Familie Kirsch versäumt den Zug in die strahlende Zukunft.

Der Wald der Deutschen
Roman
ISBN 978-3-423-**13640**-2

1972. Kolbstadt. Christian Kirsch ist Richter auf Probe. Die Studentenrevolte ist auch an ihm nicht spurlos vorübergegangen – auch er hat gegen Altnazis in der Justiz agitiert. Bei seiner Vereidigung zum Richter auf Probe, schwört er einen Eid auf jene Verfassung, die er gestern bekämpft hat ...

Ein deutscher Mittelläufer
Roman
ISBN 978-3-423-**13771**-3

Kolbstadt 1992. Der Sohn von Christian Kirsch ist wegen »ausländerfeindlicher Umtriebe« angeklagt. Soll Kirsch als Oberstaatsanwalt seine Position nutzen, um seinen Sohn zu schützen?

Eine Reise ans Meer
Roman · dtv premium
ISBN 978-3-423-**24592**-0

Mitte der 50er Jahre brechen zwei junge Männer aus der Kleinstadt Kürren auf zu einer Reise nach Italien, ans Meer und zu den Mädchen am Strand.

Wie wir lebten
Roman · dtv premium
ISBN 978-3-423-**24686**-6

Ein schillerndes Portrait der 90er Jahre mit seinen arrivierten Repräsentanten und kantigen Außenseitern.

Im Nachtzug
Eine Entfernung
Roman · dtv premium
ISBN 978-3-423-**24828**-0

Michael folgt der Einladung eines Verlages nach Köln. Nachts im Zug erinnert er sich an die vergangene Zeit in seiner Heimatstadt Kürren ...

Die Richterin
Roman
ISBN 978-3-423-**28029**-7

Judith, eine hervorragende Richterin, rotes Haar, kinderlos, wenig erfahren in der Liebe, führt, gerade in der Nacht, ein Doppelleben.

Bitte besuchen Sie uns im Internet: www.dtv.de